KB269466

서문문고
60

삼국지 (6)

김 광 주 옮김

차 례

삼국지 6

101. 일인삼역

出隴上諸葛妝神
奔劍閣張郃中計

사마의는 군사를 수습해서 장안으로 돌아갔고, 공명은 무사히 성도로 돌아와서 후주를 만나 보고 별안간 철수령을 내린 까닭을 물었다. 후주는 어물어물하고 대답을 잘 하지 못했다. 공명은 모든 일을 눈치채고, 조정 안에 간사한 무리들이 있으면 적을 토벌하기가 어렵다고 솔직히 고백하니 후주가 말했다.

"짐은 환관의 말을 너무 믿었기 때문에 승상을 불러올렸소. 이제야 까닭을 명백히 알게 됐으니 후회막급이오."

공명이 여러 환관들을 불러들여서 추궁한 결과 구안(苟安)이 유언을 퍼뜨렸다는 사실이 드러났으므로, 그를 잡으려고 했으나, 그는 이미 위나라로 도주해 버린 뒤였다. 공명은 이런 뜬소문을 후주에게 알린 환관을 주살하고, 간사한 자들의 움직임을 모르고 있던 장완·비위를 준엄하게 꾸짖고 나서, 이엄에게 종전대로 군량을 수집해서 수송하도록 명령하고 또다시 출사할 일을 상의했다. 양의가 한 가지 의견을 제출했는데, 공명더러 우선 군사 10만 명만 거느리고 기산으로 출전하여 3개월만큼씩 돌려보내고 교대를 시켜 가면서 지구책(持久策)을 써 보자는 것이었다. 공명도 이 의견에 찬성하고, 군사를 두 반(班)으로 나누어서 백 일을 기한으로 서로 교대하며 기한을 어기는 자는 군법으로 처단하기로 했다.

때는 건흥 9년(서기 231년) 봄, 2월. 공명은 또다시 위를 토벌하는 군사를 일으켰으니, 바로 위나라의 태화(太和) 5년이었다.

위주 조예는 공명이 중원을 공격한다는 소식을 알자 시급히 사마의를 불러서 상의했고, 사마의는 비록 조진이 없어졌다고는 하지만 혼자서라도 적군을 토벌하여 충성을 다하겠다고 비장한 결심을 표시했다.

사마의는 마침내, 조예로부터 출진 명령을 받고 장합에게 선봉을 명령하여 대군을 통솔하게 하고, 곽회에게 농서 각 군의 수비를 명령하고, 기산을 향해서 출동했다.

전군 초마(前軍哨馬)가 보고하기를, 대군을 거느리고 기산으로 떠난 공명의 전부선봉(前部先鋒) 왕평과 장의가 이미 진창을 나서서 검각(劍閣)을 지나 산관(散關)에서 사곡(斜谷)으로 향했다는 것이었다.

사마의는 공명이 이런 노선을 취하고 진군하는 것은 농서의 보리를 베어서 군량에 충당하려는 의도임을 간파하고 장합에게 명령하여 기산으로 나가서 진을 치게 했고, 자기는 곽회와 함께 천수(天水) 각지를 순찰하면서 촉병이 보리를 베지 못하도록 방비하기로 했다.

공명은 기산에 도착하자, 위수 강변에 위군이 방비선을 치고 있다는 것을 재빨리 알아차렸지만 이엄이 수송하는 양미(糧米)도 도착하지 않고, 또 보리가 익을 때라서, 왕평·장의·오반·오의 네 장수에게 기산의 영채를 지키도록 하고, 공

명이 친히 강유·위연 등 여러 장수들을 거느리고 농상 지방
으로 나가서 보리를 베기로 했다.

전군(前軍)에서 보고가 들어왔는데, 사마의가 벌써 이곳에
와서 버티고 있다는 것이었다.

"이놈이 내가 보리를 베러 나오리라는 것을 알아챘구나!"

공명은 깜짝 놀라기는 했으나, 그 즉시 목욕을 하고 옷을
갈아입고, 똑같은 사륜거 세 채를 밀고 나오게 했는데, 이것들
은 장식까지 조금도 다르지 않았다. 이것은 공명이 촉중(蜀
中)에서 미리 만들어 두었던 것이다. 강유에게 명령해서 군사
1천 명을 거느리고 이 사륜거를 호위하도록 하고 5백 명을 시
켜서 북을 치게 하며 상규(上邽) 뒤에 숨어 있으라 했다. 마
대는 왼쪽에서, 위연은 오른쪽에서 역시 군사 1천 명에게 사
륜거를 호위하라 하고 5백 명에게 북을 치도록 하고, 24명은
검은 옷에 맨발을 하고 머리를 풀어 헤치고 칼을 손에 뻗쳐
들고 칠성조번(七星皁旛), 검정 깃발을 휘두르며 좌우에서 사
륜거를 밀라고 했다.

공명은 또 관흥에게는 천봉원수(天帥一天神) 같은 몸차림을
하고 손에는 칠성조번을 잡고 사륜거 앞에서 걸어가게 하고,
공명은 그 위에 단정히 앉아서 위영(魏營)을 향하여 행진을
개시했다.

염탐꾼이 이 광경을 보고 사람인지 귀신인지 분간 못하여
허둥지둥 사마의에게 보고하니, 사마의도 즉시 나와서 이 광
경을 바라다보았다.

"공명이 또 괴상한 짓을 하는구나!"

사마의는 정병 2천 명에게 사륜거와 병사들을 모조리 잡아

들이라고 명령했다.

그런데 이상하게도 위병이 쫓아가면 공명의 사륜거는 돌아서 서서히 후퇴하고, 또 그것을 또 추격하면 음풍(陰風)이 습습(習習), 냉무(冷霧)가 만만(漫漫), 아무리 급히 쫓아가도 쫓아갈 수가 없으며, 공명의 사륜거는 언제나 30리쯤 거리를 두고 떨어져 있는데,그것을 앞에 보면서도 쫓아갈 수가 없었다. 20리쯤 쫓아가면 공명의 사륜거는 또 서서히 후퇴하고, 후퇴하다가는 또 이편으로 달려들고 이렇게 되풀이하기를 몇 차례, 마침내 사마의가 달려들며 쫓아가지 말라는 명령을 내렸다. 그것이 공명의 축지법(縮地法)임을 깨달았기 때문이다.

사마의가 말머리를 돌리려고 하자 북소리가 요란스럽게 들리더니 1군의 촉병이 달려드는지라 곧 병사를 내보내 대항하게 했다. 그랬더니 촉병 가운데서 별안간 24명의 귀신 같은 병사들이 사륜거를 호위하고 내닫는데 그 위에는 공명이 우선을 손에 들고 단정히 앉아 있었다. 사마의가 깜짝 놀랐다.

"방금 사륜거를 타고 가는 공명을 50리나 추격하다가 놓쳤는데, 여기 또 공명이 나타나다니, 정망 괴상한 일이다."

말을 마치기 전에 오른쪽에서 또 북소리가 요란스럽게 일어나더니, 또 하나의 똑같은 행렬이 나타나는데, 공명은 역시 사륜거 위에 단정히 앉아 있고, 24명의 귀신 같은 병사들이 사륜거를 호위하며 밀고 있었다.

"이야말로 신병(神兵)이구나!"

사마의 편의 장수들이 간담이 서늘하여 무기를 버리고 도주하려니까, 또 1군의 군사가 덤벼드는데 선두에는 역시 사륜거에 공명이 단정히 앉아 있었다. 사마의는 이것이 귀신인지 사람인지 알 수도 없고, 또 촉병이 얼마나 있는지 그 수효조차 상상할 수 없어서 겁을 집어먹고 상규로 도주하여 성문을 잠그고 나오려 들지 않았다.

이때 공명은 벌써 3만의 정병에게 명령을 내려 농상의 보리를 모조리 베어 가지고 볕에 말리려고 노성(鹵城)으로 운반해 버렸다. 나중에야 공명의 3로 복병이 사실은 공명이 아니고 강유·마대·위연이었으며, 맨처음에 유진(誘陣)하러 나왔던 사륜거 위에 타고 있던 하나만이 진짜 공명이었다는 사실을 알고, 그 신출귀몰한 꾀에 혀를 내둘렀다.

노성에서 보리를 말리고 있다는 소식을 알게 된 사마의는 곽회와 둘이 군사를 양로로 나누어 공격했지만, 방비가 든든한 공명의 진지를 도저히 격파할 수는 없었고, 무수한 사상자를 낼 뿐이었다. 부도독 곽회가 사마의에게 말했다.

"촉병과 서로 대치한 지 이렇게 오래 되어도 물리칠 계책이 서지 않는데, 이번에도 또 패하여 3천여 명의 사상자를 냈으니, 일찌감치 무슨 대책을 강구하지 않으면, 날이 갈수록 점점 더 물리치기 어려울 것입니다. 옹주(雍州)·양주(涼州)의 군사를 집결시켜서, 소생이 1군을 거느리고 검각(劍閣)을 습격하여 적의 퇴로를 차단하여 양도를 막아 버릴 테니, 적군이 당황하여 동요를 일으킬 때 습격하면 이를 격파할 수 있을 겁니다."

사마의가 곽회의 계책대로 옹·양 2주로 격문을 날렸더니, 며칠 안 되어서 대장 손례가 군사를 인솔하고 도착하여 그 즉시 곽회와 함께 검각을 습격하라고 명령했다.

공명은 노성에서 오랫동안 적군과 대치하고 있었는데, 위군이 요로를 든든히 방비하고 나와서 싸우려 들지 않음은, 촉군의 양식이 떨어지기를 기다리고 있다가 검각을 습격하리라는 사실을 간파했다. 그래서 강유·마대에게 명령하여 각각 1만 기씩을 주어서 검각의 요로를 방비하게 했다.

이때 장사 양의가 아뢨다.

"승상께서는 백 일만 되면 군사를 교대하시겠다고 말씀하셨는데, 벌써 그 기한이 되었고, 한중의 군사도 이미 떠났다 하오니, 이곳에 있는 8만 명 중, 4만 명은 돌려보내심이 좋을까 합니다!"

공명은 양의의 의견대로 곧 군사를 교대하기로 결정했고, 병사들도 돌아갈 채비를 차리고 있었다. 이때 위군측에서는 손례가 옹·양 2주로 군사 20만을 거느리고 싸움을 거들러 떠났으며, 사마의도 친히 군사를 인솔하고 노성으로 향했다는 보고가 날아들었다. 촉병은 깜짝 놀라지 않는 사람이 없었다.

양의가 나타나서 또 공명에게 말했다.

"위병이 이다지 급박하게 닥쳐드는데 이번 환반군(換班軍)을 잠시 그대로 머물러 두시고 적군을 물리치게 하고 신병(新兵)이 도착한 다음에 교대시키도록 하십시오."

공명이 말했다.

"그건 안 되오. 나는 용병에 있어서 신(信)을 근본으로 삼는데, 이미 명령해 놓은 일을 어찌 지키지 않겠소? 또 촉병으로서 응당 돌아가야 할 사람들은 그 부모 처자들이 눈이 빠지게 기다리고 있을 것이니, 내게 설사 큰 어려움이 있다손치더라도 더 붙잡아 둘 수는 없소."

즉시 명령을 내려서 떠나야 할 병사들은 그날로 출발하라고 했다.

여러 군사들은 그 말을 듣더니 모두 큰 소리로 외쳤다.

"승상께서 이렇게 여러 사람에게 은혜를 베푸시니 저희들은 모두 돌아가고 싶지 않습니다. 각자가 한 목숨을 내던지고 위병을 몰살시켜서 승상께 보답하겠습니다."

"그대들은 집으로 돌아가야지, 무엇 때문에 여기에 남아 있겠다는 건가?"

여러 군사들은 막무가내, 모두 출전을 원하며 집으로 돌아가지 않겠다는 것이었다.

"그대들이 끝끝내 나와 같이 출전하겠다면 성 밖으로 나가서 진을 치고 위병이 내닫거든 숨쉴 틈도 주지 말고 그 즉시 무찔러 버려라. 이것은 준비를 갖추고 피로한 적을 기다리는 전법이니라."

병사들은 공명의 명령대로 성 밖으로 나가서 진을 치고 기다리기로 했다.

이때, 서량의 인마는 하룻길을 갑절로 달렸으므로 모두 극도로 피곤해서 막을 치고 쉬려던 중이었다. 그런데 촉병이 한꺼번에 밀고 들어오니 뿔뿔이 흩어져서 도주하다가 촉병의 칼과 창을 맞고 옹·양 군사들의 시체는 벌판에 즐비하게 깔렸고, 피가 흘러 넘쳤다.

공명은 성 밖으로 나가서 이긴 군사들을 수습해 가지고 다시 성 안으로 들어와서 위로하고 상을 주었다.

이때 갑자기 영안(永安)에 있는 이엄에게서 급한 편지가 왔다는 소식이 들어왔다. 그것은 동오에서 낙양으로 사신을 파견하여 위나라와 화친하고 위나라가 동오를 시켜서 촉나라를 공격하라고 했는데 ,동오에서는 아직 군사를 동원하는 기색은 없으니, 공명에게 이를 탐지하고 시급히 처치해 달라는 것이었다.

공명은 깜짝 놀라서 여러 장수들을 소집했다.

"동오에서 군사를 일으켜 촉나라를 침범한다면 나는 급히 돌아가야 되겠소."

그 즉시 명령을 내려 기산 대채(大寨)의 인마를 서천으로 철수하라고 하고, '사마의는 내가 여기에 둔군(屯軍)하고 있는 줄 알고 추격하지는 않을 것이다'라고 지시했다. 이리하여 왕평·장의·오반·오의는 두 길로 군사를 나누어 서서히 서천으로 후퇴했다.

장합은 촉군의 병사가 철수하는 것을 보고 있다가 까닭을 알 수 없어서 사마의에게로 달려왔다. 사마의는 공명이 꾀가 많은 위인이라서, 무슨 짓을 또 할지 모르니 내버려두고 수비만 든든히 하면 군량이 없어서 저절로 물러날 것이라고 했다. 대장 위평(魏平)이 이런 기회를 놓치고 촉병을 범처럼 무서워 만하면 천하의 웃음거리가 될 것이니 추격하자고 했지만, 사마의는 그 말을 듣지 않았다.

공명은 기산의 군사가 철수했다는 것을 알자, 양의·마충을 장으로 불러 가지고 밀계를 주어서 먼저 궁노수 1만 명을 거느리고 검각(劍閣) 목문도(木門道)로 가서 양쪽에 숨어 있으라고 했다. 그러다가 만약에 위병이 추격해 오면, 공명의 포성(礮聲)을 듣고 나무와 돌로 먼저 퇴로를 끊고 양쪽에서 화살을 쏴대라고 명령했다.

양의·마충이 떠나간 뒤, 공명은 위연·관흥을 불러 가지고 후군를 명령하고, 성 사면으로 빈틈없이 깃발을 내세우고 성 안 각처에는 시초(柴草)를 쌓아 놓고 사람이 있는 것처럼 연기를 올린 다음 대군은 일제히 목문도를 향하여 떠나 버렸다.

위나라 진영의 순초군(巡哨軍)이 사마의에게 와서 보고했다.

"촉병의 대대는 이미 물러갔으나, 성 안에 아직도 병사가 얼마나 남아 있는지 알 수 없습니다."

사마의가 친히 나가 순찰했더니, 성 위에는 깃발이 꽂혀 있고 성 안에서 연기가 일고 있어, 웃으면서 말했다.

"이건 텅빈 성이로구나!"

사람을 내보내서 탐지해 보니 성이 비어 있어 사마의가 크게 기뻐하며 말했다.

"공명이 물러갔으니 추격해 갈 사람은 없소?"

선봉 장합이 나섰다.

"소생이 가기를 원합니다."

사마의가 가로막으며 말했다.

"공은 성미가 너무나 조급해서 안 되겠소."

"도독께서는 관을 나올 때 소생을 선봉으로 임명하셨으니 오늘이야말로 공을 세울 때입니다. 소생을 기용하지 않으심은 무슨 까닭입니까?"

"촉병은 물러나가면서 요소요소에 반드시 복병을 숨겨 두고 갔을 것이니 여간 조심하지 않으면 안 되기 때문이오."

"소생도 잘 알고 있습니다. 걱정 마십시오."

"공이 자원해서 가는 길이니 나중에 후회하지는 마시오."

장합이 끝끝내 생명을 바치고라도 나가겠다고 하니, 사마의는 5천 기를 주어서 먼저 떠나 보내고, 위평에게 군사 2만 명

을 주어 뒤를 따르면서 복병에 대비하도록 했다. 그리고 자기
자신도 3천 기를 인솔하고 뒤따라가며 계책을 써서 싸움을 거
들기로 했다.

장합은 군사를 거느리고 쏜살같이 추격했다. 30리쯤 나갔
을 때 느닷없이 뒤쪽에서 고함소리가 나더니 숲속에서부터 위
연이 1군을 거느리고 달려들었다. 장합이 격분하여 덤벼드니
10합도 못 싸워서 위연은 패한 체하고 도주했다. 30리쯤 더
추격해 갔으나 복병이 있는 것 같지도 않아서 그대로 말을 달
려 추격했다. 산기슭을 돌아가고 있는데, 함성이 또 일어나더
니 이번에는 관흥이 칼을 휘두르며 호통을 치고 덤벼들었다.
10합쯤 싸웠을 때, 관흥도 말머리를 돌려서 달아나고 장합은
그대로 추격했다. 숲속으로 달려 들어가면서도 복병이 없어서
안심하고 그대로 추격했다.

그러나 앞에는 위연이 앞질러 돌아가서 기다리고 있었다.
싸우기를 또 10여 합, 위연은 또 뺑소니를 쳤다. 격분한 장합
이 그대로 추격을 하니 이번에는 관흥이 또 앞질러 돌아가서
앞을 가로막고 달려들었다. 장합이 말을 달려 10합쯤 싸웠더
니, 촉병들은 갑옷이며 집물(什物)을 길이 꽉 차도록 모조리
버리고 도망쳤고, 위군은 모두 말을 내려서 앞을 다투어 가며
그것을 주웠다.

이렇게 위연과 관흥은 번갈아 앞으로 돌아가서 장합을 가로
막았고, 장합은 여전히 추격해 가는데 어느덧 날도 저물었다.
목문도 어귀에 다다랐을 때, 갑자기 위연이 되돌아와서 호통
을 쳤다.

“장합, 역적 놈아! 내가 너와 싸우지 않으려 해도 네놈이 기

를 쓰고 쫓아왔으니, 나는 인제 여기서 네놈과 한번 결사적으로 싸워 보겠다!"

장합이 분노가 치밀어 창을 고쳐잡고 말을 달려 위연에게 덤벼드니 위연도 칼을 휘두르며 대적했다.

그러나 10합도 싸우지 못하고 위연은 대패하여 갑옷, 투구와 말을 모조리 버리고 패잔병을 인솔하고 목문도를 향해 도주해 버리고 말았다.

장합은 살기가 등등, 위연이 대패하고 도주하는 것을 보고 그대로 말을 몰아 추격했다. 이때 날은 캄캄해졌는데 포성이 한 번 울리더니 산 위에서 화염이 충천하고 큰 돌과 나무가 굴러떨어져 앞길을 가로막아 버렸다.

장합이 깜짝 놀랐다.

"내가 계책에 속았구나!"

급히 말머리를 돌렸을 때, 뒤쪽에는 이미 나무와 돌이 꽉 차서 귀로까지 막혀 버렸고 가운데쪽에 얼마 안 되는 빈터가 있을 뿐이었다. 양편은 모두 깎아지른 절벽이고 보니 장합은 진퇴무로(進退無路)에 빠지고 말았다.

홀연 딱다기 소리가 들려오더니 양편에서 활과 쇠뇌가 일제히 퍼부어져 장합과 백여 명 부장들이 목문도 한복판에서 죽고 말았다.

장합이 처참하게 죽은 뒤에도 위군의 병사들은 그대로 추격을 계속했다. 길이 막혀진 것을 보고서야 계책에 속았다는 생각이 들었다.

당황해서 말머리를 돌려서 도주하려고 하는데 산꼭대기에서 호통치는 사람이 있었다.

"제갈승상이 예 있다!"

위군의 병사들이 크게 놀라며 산 위를 쳐다보니 공명이 불빛 속에 버티고 서서 여러 군사들을 손가락으로 가리키며 소리지르고 있었다.

"내가 오늘 사냥을 나왔다가 '마(사마의)'를 쏘려고 했더니 잘못하여 '장(獐―張과 동음,장합)'을 잘못 쏘았다. 그대들은 각각 안심하고 돌아가서 중달(사마의)에게 조만간 내 손에 붙잡히게 될 것이라고 전하기나 해라."

위병들은 돌아가서 사마의를 만나 보고 이런 사실을 자세히 보고했다. 사마의가 슬프고 분해서 어쩔 줄 모르며 하늘을 우러러 한탄했다.

"장합이 죽은 것은 나의 잘못 때문이었다!"

즉시 군사를 수습해 낙양으로 돌아갔다.

위주(魏主)는 장합이 죽었다는 소식을 듣고 눈물을 뿌리며 탄식하고, 사람을 시켜서 그 시체를 수습하여 정중히 장례를 지냈다.

한편 공명은 한중으로 돌아와서 후주(後主)에게 알현하고자 성도로 가려고 했다.

그런데 도호(都護) 이엄이 후주에게 주착없는 말을 아뢌다.

"신은 이미 군량을 마련해 가지고 승상의 군전(軍前)으로 보내려던 차이온데, 승상은 왜 갑자기 철수하시는지 알지 못하겠습니다."

후주가 이 말을 듣자, 즉시 상서 비위에게 명령하여 한중으로 가서 공명을 만나보고 군사를 철수한 까닭을 물어보게 했다.

비위가 한중에 이르러 후주의 의사를 전했더니, 공명이 깜짝 놀랐다.

"이엄이 서신을 보내어 위급하다고 하며 동오가 군사를 동원하여 서천을 침범하려 한다기에 철수시킨 것이오."

비위가 말했다.

"이엄이 아뢰기를, 군량을 이미 마련했는데 승상께서 까닭 없이 군사를 철수하셨다고 했기 때문에 천자께서 소생을 보내셔서 문의하도록 하신 것입니다."

공명이 대로하여 사람을 시켜 알아 보았더니 이엄이 군량을 마련해 놓지 못하여서 승상이 죄를 따질까 두려워하여 고의로 서신을 보내서 돌아오게 했고, 또 천자에게 거짓말을 아뢰어 자기의 과오를 덮어 버리려고 한 것이었다.

공명이 격분했다.

"변변치 못한 놈이 제 자신의 일 때문에 국가의 대사를 망쳐 놓았구나!"

사람을 시켜서 이엄을 불러들여 목을 베려고 했다.

비위가 권고하는 말이,

"승상께서는, 선제께서 이엄에게 폐하를 부탁하신 일을 생각하셔서 관대히 용서해 주시기를 바랍니다."

하니 공명도 그 말을 들었고, 비위는 즉시 표를 작성하여 후주에게 계주(啓奏)하였다.

후주는 표를 보자, 벌컥 성을 내며 무사에게 호통을 쳐서 이엄을 끌어 내어 참형에 처하라고 했다. 참군 장완(蔣琬)이 머리를 조아리며 아뢨다.

"이엄은 선제께서 폐하를 부탁하신 신하이오니 성스러운 은혜를 베푸셔서 관대히 용서하십시오."

하니 후주는 그의 권고를 받아들여 벼슬을 뺏어 서인(庶人)으로 떨어뜨리고 자동군(梓潼郡)으로 귀양살이를 보냈다.

공명이 성도로 돌아와서 이엄의 아들 이풍(李豊)을 장사(長史) 벼슬을 주어 군량을 비축하게 하고, 진무(陣武)를 강론(講論)하고 군기(軍器)를 정비하며, 장수들을 돌봐 주었으며, 3년 후에나 다시 출정하기로 하니 백성과 군사들이 모두 그 은덕을 앙모하였다.

세월이 덧없이 흘러서 어느 틈에 3년이 지났다. 건흥 12년, 봄, 2월. 공명이 입조하여 아뢨다.

"신은 이미 3년 동안이나 군사들을 돌봐 주었습니다. 양식도 풍족하고 군기도 완비되었고 사람과 말도 웅장(雄壯)하게 되었사오니 위나라를 토벌할 수 있으리라고 믿습니다. 이번에 만약 간당(奸黨)을 소탕하여 중원을 회복하지 못하면 맹세코 폐하를 뵙지 않겠습니다."

"현재 천하가 솥발 같은 형세를 이루고 있어 오·위가 우리 나라를 침범할 수 없거늘, 상부(相父)는 어찌하여 편안히 태평을 누리지 않으시오?"

"신은 선제의 지우(知遇)하시는 은혜를 받고 꿈속에서도 위를 토벌할 계책을 잊어버리지 않았습니다. 있는 힘을 다하고 충성을 다하여 폐하를 위해서 중원을 회복하고 한실(漢室)을 중흥함이 신의 소원입니다."

이때 반부(班部) 중에서 초주(譙周)가 나서면서 말했다.

"승상께서는 군사를 일으키시면 안 됩니다."

이야말로 무후(공명)는 나라 걱정만을 골똘히 하고, 태사(초주)는 기(機)를 알아 천시(天時)를 논하자는 것이다.

102. 나무로 만든 소와 말

司 馬 懿 占 北 原 渭 橋
諸 葛 亮 造 木 牛 流 馬

태사(太史) 초주는 천문에 정통했는데, 공명이 또 출정하겠다는 말을 듣고 후주에게 아뢨다.

"신은 천대(天臺)를 관장하는 직책이오니 화복(禍福)이 있을 때 아뢰지 않을 수 없습니다. 근래들어 수만 마리의 새들이 남쪽에서부터 떼를 지어서 날아들어 한수에 빠져 죽었으니, 이는 불길한 징조입니다. 또 성도의 백성들은 잣나무가 밤에 울고 있는 것을 들었다 하오니 이런 가지가지 재변이 있을 때에는 승상께서도 근신하고 가볍게 움직이지 않음이 좋을까 합니다."

그러나 공명은 이따위 변고 때문에 국가의 대사를 그르칠 수는 없다고 주장하며, 즉시 관원에게 명령하여 짐승을 잡아 가지고 소열묘(昭烈廟)에 제사를 지내고, 눈물을 흘리며 다섯 번이나 기산(祁山)에 출정하여 실패한 잘못을 사죄했다. 제사가 끝나자 급히 한중으로 여러 장수들을 소집해 가지고 대책을 상의했다. 이때 뜻밖에도 관흥이 병으로 죽었다는 소식이 전해지니, 공명은 방성통곡하며 졸도하였다가 간신히 정신을 차리고 말했다.

"슬프다! 충성스럽고 의로운 사람에게 하늘이 수명을 주지 않다니! 나는 이번에 출사(出師)함에 있어서 또 대장 한 사람을 잃은 셈이다."

공명은 촉병 34만 명을 5로로 나누어 가지고 출동했는데, 강유·위연을 선봉으로 기산에 급파하고, 이회(李恢)에게는 미리 군량을 사곡(斜谷) 어귀에 운반해 놓고 대기하고 있으라 명령했다.

한편 위나라에서는 지난해에 청룡(靑龍)이 마파정(摩坡井) 속에서 나왔다 해서 기원을 청룡 원년(靑龍元年)으로 고쳤는데, 그때가 바로 청룡 2년 봄 2월이었다.

근신으로부터 촉병이 출동했다는 정보를 듣고, 위주 조예가 사마의와 상의했더니, 그는 반드시 공명을 격파하겠다고 장담하면서, 네 사람의 부하를 천거하고 임명해 달라고 했다. 그 네 사람이란 바로 하후연의 아들로서 장남 하후패(夏侯覇 ― 字는 仲權), 차남 하후위(夏侯威―字는 季權), 3남 하후혜(夏侯惠―字는 雅權), 4남 하후화(夏侯和―字는 義權)인데, 사마의는 하후패·하후위를 좌우 선봉으로, 하후혜·하후화를 행군사마(行軍司馬)로 기용해서 촉군을 물리치겠다는 것이었다.

조예는 사마의가 원하는 바를 받아들이고, 또 친히 조서를 내려서 촉군을 추격하는 데 신중을 기할 것과, 적의 허를 찌를 것을 특별히 당부해서 떠나 보냈다.

사마의는 그길로 장안으로 달려가서 각처의 군마 40만을 집결시켜 위수 강변으로 나가서 진을 쳤다. 또 군사 5만을 나누어서 위수에 부교(浮橋)를 9좌(座)나 마련하고 선봉 하후패와 하후위를 시켜서 건너편 강변에 진을 치도록 했다.

사마의가 여러 장수를 모아 놓고 대책을 상의하고 있을 때, 곽회와 손례가 나타나서 기산에 있는 촉군이 위수를 건너와 서북쪽 산으로 진출하게 될까 걱정하니 사마의는 그들에게 농서의 군사를 나누어서 북원(北原)에 진을 치고, 수비에 전력을 기울이다가 적군이 군량이 떨어져서 후퇴하기 시작하면 공격을 가하라고 지시했다.

공명은 기산으로 다시 나와서 좌우·중간·전후로 다섯 군데나 대채(大寨)를 마련하고, 사곡에서 검각에 이르기까지 14개의 대채를 연결시켜 놓고 군사를 주둔시켜서 지구책을 세워 연일 사람을 내보내어 감시하고 있었다.

이때, 마침 손례·곽회가 농서의 군사를 거느리고 북원에 진을 쳤다는 보고가 들어오니, 공명은 다음과 같이 작전계획을 세웠다.

1. 북원을 공격하는 것처럼 보이면서 위수 강변에 기습을 감행할 것이므로, 뗏목 1백여 척을 만들어서 물에 익숙한 사람을 5천 명을 뽑아서 태워 둘 것.

2. 사마의가 군사를 거느리고 달려들어서 혼란을 일으키는 틈을 타서, 이편에서는 후군을 건너편 강변으로 건너가게 하고, 전부군사(前部軍士)를 뗏목에 태워서 강을 흘러 내려가면서 부교에 불을 질러 태워 버리고 적군의 배후를 찌를 것.

3. 공명 자신은 1군의 군사를 거느리고 적군의 앞 진영을 정면으로 공격할 것.

이런 정보가 사마의에게 날아들자, 그도 여기 대비하기 위해서 다음과 같은 작전 명령을 내렸다.

1. 하후패·하후위는 북원에서 고함소리가 일어나거든 군사를 인솔하고 위수 남쪽 산중에 매복했다가 적군이 나타나면 일제히 습격할 것.

2. 장호·악침은 궁노수(弓弩手) 2천 명을 거느리고 부교 북쪽에 매복해 있다가 촉군이 뗏목을 타고 강을 내려오면 일제히 사격을 개시하여 부교에 접근시키지 말 것.

3. 곽회·손례는 공명이 북원으로 접근해 와서 위수를 건너서려고 할 때, 싸움에 패하는 체하고 도주하다가, 적군이 추격해 오면, 매복했던 궁노수를 시켜서 일제히 사격할 것.

4. 사마사·사마소는 군사를 거느리고 앞 영채로 가서 싸움을 거들 것. 그리고 사마의 자신은 1군을 거느리고 북원의 싸움을 거들러 떠나기로 한다.

공명은 위연·마대에게 위수를 건너서 북원으로 쳐들어가라고 명령하고, 오반·오의에게 뗏목에 병사를 태워 부교에 불을 지르도록 명령하고, 왕평·장의를 선봉으로, 강유·마충을 중군, 요화·장익을 후군으로 삼고, 군사를 세 갈래로 나누어서 위수 강변 위군의 본채를 습격하게 했다.

위연·마대가 북원에 접근했을 때는 날도 이미 저물 무렵이었다. 저편에서는 사마의와 곽회가 덤벼들어서 대뜸 치열한 싸움이 벌어졌다. 위연과 마대는 결사적으로 싸웠지만, 위병을 당해 내지 못하고 촉병은 태반이 강물에 빠져 죽고, 패잔병들이 허둥지둥하고 있는데 오의의 군사가 달려들어서 간신히 구출해 가지고 건너편 강변으로 건너가서 진을 칠 수 있었다.

오반은 병사의 절반을 오의에게 나누어 주고 절반을 뗏목에 태워 가지고 강을 내려오다가 장호·악침이 저편 강변에서 빗발처럼 쏘아대는 화살을 맞고 전멸했다. 병사들은 모조리 물 속에 뛰어들어 도주했고, 뗏목도 전부 위군에게 빼앗기고 말았다.

이때, 왕평과 장의는 영문도 모르고 위군의 본채를 향하여 공격을 가했다. 밤 2경이나 되었을 무렵, 사방에서 고함소리가 요란하여 진군을 멈추고 있었더니 배후에서 1기가 달려들어 승상의 분부라고 하면서, 북원병(北原兵)도 부교병(浮橋兵)도 모조리 실패했으니 시급히 돌아오라는 것이었다.

왕평·장의가 대경실색하여 급히 말머리를 돌리는데, 배후로 돌아 들어온 위군의 병사들이 한 발의 포성과 함께 일제히 덤벼들어 화광이 충천하니 왕평과 장의는 병사를 거느리고 대적했다. 그러나 결국 군사를 절반이나 잃고 간신히 도주했다. 공명이 기산으로 들어와서 패잔병을 수습해 보니 1만 명 이상이나 숫자가 줄었다.

공명이 답답한 마음을 가누지 못하고 있는데 성도로부터 비위가 찾아왔다. 공명은 잘 됐다 생각하고 편지를 한 통 작성해서 그를 동오로 파견했다. 오주 손권에게 원병을 청하자는 것이었다.

편지에는 동맹의 의(義)를 맺고 장수에게 명령하여 북정(北征)을 해주면, 천하를 동분(同分)하겠다는 간단한 사연을 적었다.

비위가 건업(建業)에 도착하여 손권에게 편지를 전달했더

니, 그는 심히 기뻐하며 공명과 손을 잡을 수 있다면 자신있
게 출정하겠다 하며, 손권 자신이 친히 군사를 거느리고 거소
(居巢)로부터 신성(新城)을 공략하고, 육손·제갈근을 시켜서
군사를 강하(江夏)·면구(沔口)로 출동시켜 양양(襄陽)으로
향하게 하고, 손소(孫韶)·장승(張承)을 광릉(廣陵)으로 내보
내어 회양(淮陽)을 공략하게 할 것이며, 3면에서 일제히 진군
을 개시할 것이니, 도합 30만 대병이 날짜를 택하여 출동하겠
다는 확약을 했다.

비위는 기산으로 돌아와서 오주 손권이 30만 대군을 동원하
여 친히 출정하게 됐다는 소식을 전달하고 성도로 돌아갔다.

공명이 여러 장수들과 대책을 상의하고 있는데, 위나라 대장
한 사람이 투항해 왔다는 보고가 들어왔다. 불러들여서 물어
보니, 그는 위나라의 편장(偏將) 정문(鄭文)으로서 근래에 진
랑(秦朗)과 함께 군사와 말을 인솔하고 사마의의 수하에 들어
가 있었는데, 뜻밖에도 사마의가 제 마음대로 편향(偏向)하여
진랑에게만 전장군(前將軍)의 자리를 주고, 자기는 초개같이
여기는 바람에 불평을 참지 못하여 투항해 왔다는 것이었다.

정문의 말이 채 끝나기도 전에 진랑이 병사를 거느리고 영
채 밖에 나타나서 호통을 치면서 정문더러 나와서 싸우자는
것이었다.

"진랑이란 자는 그대와 비교해서 무예의 실력이 어느 정도요?"
공명이 물었더니, 정문이 대답했다.

"진랑쯤이야 소생이 한칼에 목을 베어서 보여 드리겠습니다."
"그대가 우선 진랑의 목을 베어 가지고 오면 그대의 말을
믿으리라."

과연 정문은 밖으로 내닫더니 창을 휘두르며 말을 달려서 진랑과 싸웠다. 그러더니 순식간에 그의 수급을 베어 가지고 공명 앞에 내놓았다.

공명은 장중에 좌정하자 정문을 불러들이더니 벌컥 성을 내며 좌우 사람에게 호통을 쳐서 정문을 끌어 내어 참하라고 했다.

"나는 예전부터 진랑을 알고 있다! 네가 지금 베어 온 것은 진랑의 수급이 아니다. 어찌 감히 나를 속이려 드느냐?"

이것은 물론, 정문이 투항을 사칭하고 공명에게 접근해 보려는 엉뚱한 연극이었다.

공명은 정문을 진중에 그대로 잡아 두었다. 번건이 어떻게 그것이 거짓 투항인 것을 간파했느냐고 물었더니, 공명이 대답했다.

"사마의는 경솔히 사람을 기용하지 않소. 만약에 진랑을 전장군(前將軍)을 삼았다면 반드시 무예도 이만저만할 것이 아닌데, 정문과 싸워서 한칼에 쉽사리 목이 달아난다면 진랑이 아닌 것이 분명하지 않겠소?"

모든 사람이 탄복하여 꿇어 엎드렸다.

공명은 변설(辯舌)이 능란한 군사를 한 사람 택해서 귓속말로 무엇인지 속삭이더니, 편지 한 통을 주어서 위군의 영채로 가서 사마의를 만나 보게 했다. 사마의가 불러들여서 연유를 물었더니, 그 군사가 말했다.

"소생은 정문과 동향(同鄕)입니다. 공명은 정문의 공로를 칭찬하고 선봉에 임명했습니다. 정문이 소생에게 이 서신을 전달해 드리라고 하면서 내일 밤에 신호의 불길을 올릴 것이니 도독께서 대군을 거느리시고 촉군의 영채를 습격하신다면 반드시 내응하겠다고 했습니다."

사마의가 여러 모로 질문해 보고 또 가지고 온 서신을 살펴 봤더니, 역시 정문의 친필이 틀림없어서 그 병사에게 술과 음식을 대접하고 그날밤 2경에 틀림없이 습격하겠다는 확답을 주어서 돌려보냈다.

그 군사가 본채로 돌아와서 이런 사실을 보고하니, 공명은 칼을 짚고 북두(北斗)에 기도를 올리고 왕평과 장의, 마충과 마대, 위연을 차례로 불러서 여차여차하라고 분부한 다음 친히 수십 명을 인솔하고 높은 산 위에 앉아서 중군을 지휘했다.

사마의는 정문의 편지를 믿고 두 아들을 데리고 대군을 동원하여 촉군의 영채를 습격하려고 했다. 장남 사마사가 어찌 남의 편지 한 장을 보고 경솔히 움직일 것이냐고 부친의 신상을 걱정하면서, 먼저 다른 사람을 보내고 사마의는 뒤쫓아 움직여 보는게 좋겠다고 권고했다.

사마의는 결국 진랑에게 1만 기를 주어서 습격하도록 명령하고 자기는 군사를 거느리고 그 뒤를 따르기로 했다. 달이 밝은 밤이었는데, 2경쯤 별안간 음산한 구름이 사방을 뒤덮고 하늘이 캄캄해서 얼굴을 대하고도 알아볼 수 없을 지경이었다.

이야말로 하늘이 주신 절호의 기회라고 생각한 사마의는 진랑의 군사를 앞장세우고 촉진으로 쳐들어갔으나 사람의 그림자라고는 하나도 볼 수 없었다. 아차! 계책에 속았구나! 하는 생각이 들자 당황하여 후퇴령을 내리는 순간, 사방에서 횃불이 뻗쳐 오르며 고함소리 천지를 진동하더니, 왼쪽에서 왕평과 장의, 오른쪽에서 마대와 마충의 군사가 노도같이 밀려들므로 진랑은 포위망 속에서 옴쭉달싹도 못하게 되었다.

뒤쫓아 사마의가 덤벼들었으니, 벌써 저편에서는 맹장 위연과 강유가 양쪽에서 내달으니 진랑의 군사 1만은 빗발치듯 하는 촉군의 화살 속에서 헤어나지 못하고 진랑은 끝끝내 난군 중에 절명했으며, 사마의는 간신히 패잔병을 수습해 가지고 본채로 도주했다.

밤 3경이 지나서야 하늘이 맑게 개니 공명은 산꼭대기에서 징을 치며 군사를 수습했다. 알고 보면 밤 2경 때 음산한 구름이 방을 뒤덮은 것은 공명이 둔갑법을 썼기 때문이었고, 나중에 군사를 수습했을 때, 하늘이 맑게 갠 것은 공명이 육정육갑(六丁六甲)의 술법을 써서 구름을 없애 버렸기 때문이었다.

공명은 승리를 거두고 영채로 돌아오자 정문을 참해 버리고 또 위수의 남쪽 강변을 공격할 대책을 강구했다. 연달아 군사를 내보내서 도전했건만 위군은 통 나와서 싸우려 하지 않았다. 공명은 친히 조그만 수레를 타고 기산 앞 위수 동서 양편의 지리를 답사하고 있었는데, 한 군데 산골짜기 어귀에 이르렀더니 그 형상이 호리병박 같으며, 그 안으로 1천 명은 들어갈 수 있고, 양쪽 산이 합쳐서 또 한 개의 골짜기를 이루고 있는데, 그곳에는 4, 5백 명은 수용할 수 있으며, 뒤쪽으로는 두 산이 둥글게 꼭 붙어 있어서 그 사이로 1인1기(一人一騎)만이 간신히 통과할 수 있었다.

공명이 그것을 보자 내심 크게 기뻐하며 향도관(嚮導官)에게 물었더니, 그곳을 상방곡(上方谷)이라고도 하고 호로곡(葫蘆谷)이라고도 부른다고 했다.

공명은 본채로 돌아와서 부장 두예(杜叡)·호충(胡忠) 두 사람을 불러서 귓속말로 밀계(密計)를 지시하고 목수들을 1천여 명이나 불러들여서 호로곡 속에 들여보내 '목우(木牛)'와 '유마(流馬)'를 만들라고 했다.

또 마대를 불러서 군사 5백 명으로 산골짜기 어귀를 방비하라 하고, 사마의를 잡고 못 잡는 것은 이번 일에 달렸으니 목수들은 절대로 밖에 내보내지 말 것과, 이런 사실이 누설되지 않도록 하라고 명령을 내렸다.

두예와 호충 두 사람은 산골짜기 속에서 목수들의 일을 감독했고, 공명이 매일 나와서 상세하게 그려진 그림 한 장을 들고 똑같이 만들라고 지시했다.

이 목우·유마란 공명이 창안했는데 머리 부분·다리·헛바닥·배 모두가 괴상한 장치로 움직이게 되며, 혼자 달리면 수십 리, 떼를 지어 달리며 30리, 살아 있는 짐승처럼 먹거나 마시는 법이 없으니 군량을 운반하는 데는 희한한 물건이라는 것이었다.

며칠 후 목우와 유마를 다 만들어 놓으니, 마치 살아 있는 짐승과 같이 산을 올라가고 고개를 내려오는 것이 여간 쓸모 있지 않았다. 병사들은 이것을 보고 기뻐서 어쩔 줄 몰랐다. 공명은 우장군(右將軍) 고상(高翔)에게 명령하여 군사 천 명을 거느리고 목우와 유마를 몰아서 검각(劍閣)에서 기산 대채까지 내왕하면서 양초(糧草)를 운반하여 촉병에게 공급하도록 했다.

한편 사마의가 답답한 나날을 보내고 있었는데, 갑자기 초마(哨馬)가 나타나서 보고하기를, 촉군이 목우와 유마를 이용해서 양초를 운반하고 있는데, 이는 사람의 힘도 안 들고 먹일 필요도 없다는 것이었다.

사마의는 이렇게 되면 촉군이 지구책을 쓰고, 쉽사리 후퇴하지 않으리라는 판단을 내리고, 장호와 악침에게 각각 5백 기를 거느리고 사곡의 샛길에 숨어서 촉병이 목우와 유마를 몰고 오기를 기다렸다가 지나쳐 보내 놓고 뒤로 습격해서 많이도 필요없으니 4, 5필만 탈취해 가지고 오라는 명령을 내렸다.

두 사람이 각각 촉군의 병사처럼 변장을 하고 군사 5백 명을 거느리고 밤중에 산골짜기 샛길에 매복해 있었더니, 과연 촉군의 병사들이 목우와 유마를 몰고 나타나자 사마의가 지시한 방법대로 4, 5필을 탈취해 가지고 몸을 날려 본채로 돌아왔다.

사마의가 그것을 보니 과연 진퇴하는 품이 살아 있는 소나 말과 똑같으니, 크게 감탄하여 말했다.

"너희들이 이런 방법을 쓰니 우리가 쓰지 못할 까닭이 있으랴!"

당장 재간 있는 목수 백여 명을 시켜서 그 목우와 유마를 뜯어 해체해 보고 장단, 후박(厚薄)을 똑같이 만들라고 했다. 반 달도 못 되어서 똑같은 목우와 유마를 2천 필이나 만들었다. 그것은 공명이 만든 것과 똑같이 잘 움직이는지라, 진원장군(鎭遠將軍) 잠위(岑威)에게 명령하여 군사 천 명을 거느리고 목우와 유마를 몰아서 쉴새없이 농서(隴西)로부터 군량을 운반하게 했더니 위병들은 기뻐하지 않는 사람이 없었다.

고상이 돌아와서 위군이 목우와 유마를 5, 6필을 탈취해 갔다는 사실을 공명에게 보고했더니, 공명이 웃으면서 말했다.

"나는 그렇게 되기를 기대하고 있었소. 몇 필의 목우와 유마를 잃었지만, 머지않아 우리는 식량 걱정은 하지 않아도 좋을 것이오."

또 며칠이 지나니 위군도 목우와 유마를 만들어 가지고 농서로부터 양식을 운반해 들이고 있다는 것이었다.

"내가 추측한 것이 틀림없구나."

공명은 기뻐서 이렇게 말하며, 왕평을 불러서 위군의 병사처럼 변장한 군사 1천 명을 거느리고 북원(北原)으로 급히 출발하여 순량군(巡糧軍)이라 속이고 그들의 운량군(運糧軍) 속에 섞여 들어가서 양식을 호송하는 사람들을 무찔러서 쫓아내 버리고 목우와 유마를 몰아서 북원으로 돌아오면, 그곳에서 위군의 병사가 추격해 올 것이니, 그때 목우·유마의 혓바닥을 비틀어 버리면 옴쭉달싹도 하지 못할 것이므로 그대로 놓아 두고 오라고 했다.

이렇게 되면 양식을 짊어지고 갈 수도 없을 것이니, 이때 이편 군사가 다시 덤벼들어서 목우·유마의 혓바닥을 처음과 같이 다시 돌려놓고 몰아 오면 위군에서는 영문도 모르고 괴상하게만 생각하리라는 것이었다.

왕평이 계책을 받아 가지고 물러나가니, 공명은 또 장의를 불러서 군사 5백 명을 거느리고 육정육갑 신병(六丁六甲神兵)처럼 변장을 하고 귀두수신(鬼頭獸身)에 얼굴에도 5색칠을 해서 가지가지로 괴상한 꼴을 하고, 한 손에는 수기(繡旗), 또 한 손에는 칼을 들고, 몸에는 화약을 담은 호리병박을 차고 길옆에 숨어 있다가, 목우와 유마가 나타나거든 연화(煙火)를 지르고 일제히 뛰쳐나와서 몰고 오면 위군에서는 사람인지 귀신인지 몰라서 감히 추격해 오지 못할 것이라고 지시했다.

장의가 떠나간 뒤 공명은 또 위연과 강유를 불러서 군사 1

만 명을 인솔하고 북원 적진의 어귀까지 가서 목우·유마를 맞아들이며 교전(交戰)을 방비하라 명령했다. 그리고 요화·장익에게는 5천 기를 거느리고 사마의의 내로(來路)를 차단할 것, 마충·마대에게는 2천 기를 거느리고 위수 남쪽으로 가서 도전할 것을 각각 지시했다.

위군의 대장 잠위는 목우·유마에 양식을 싣고 병사들을 시켜서 몰고 오는데, 홀연 앞쪽에서 양식을 순찰하는 병사가 있다는 보고를 듣고 초탐을 내보내 봤더니 사실 위군의 병사라서 안심하고 전진했다. 양군이 한 곳에 맞닥뜨리게 됐을 때, 갑자기 고함소리가 요란하게 일어나며 촉군의 병사가 본대(本隊) 안에서 난동을 하더니,

"촉중의 대장 위연이 예 있다!"

하는 호통소리가 들렸다.

위병들은 당황하여 일대 혼란을 일으키고 태반이 촉병에게 피살되었다. 잠위도 패잔병을 거느리고 최후까지 싸웠으나 마침내 왕평의 한칼에 목이 달아났다.

왕평은 탈취한 목우·유마를 몰고 무사히 돌아왔으며, 목숨을 건져 도주한 병사들이 북원 영채로 돌아가서 이런 사실을 보고했더니, 곽회가 그 즉시 군사를 거느리고 달려나왔다.

왕평이 병사들을 시켜서 목우·유마의 혓바닥을 비틀게 해서 길바닥에 내버려둔 채 싸움을 하면서 후퇴하니, 곽회는 추격을 중지시키고 목우·유마를 몰고 돌아가라는 명령을 내렸다.

그러나 목우와 유마가 옴쭉달싹도 하지 않았다. 이게 대체 어찌된 일일까 하고 당황해서 어쩔 줄을 모를 때, 홀연 고각소리가 천지를 진동하고 고함소리가 사방에서 일어나더니, 위

연·강유의 군사가 몰려들었고, 왕평도 되돌아서서 덤벼들며 3면으로 공격을 가하니 곽회는 대패하여 도주해 버렸다. 왕평은 병사들에게 명령해서 목우·유마의 혓바닥을 처음과 같이 다시 돌려놓아 유유히 몰면서 전진하기 시작했다. 곽회가 이 광경을 보고 또다시 추격하려고 하는데 산골에서 연기가 꾸역꾸역 치밀어오르더니, 1대의 신병(神兵)이 몰려나왔다. 손에는 일제히 기검(旗劍)을 들고 목우와 유마를 보호해 가지고 바람처럼 사라져 버렸다.

곽회가 깜짝 놀랐다.

"이야말로 신조(神助)로구나!"

여러 병사들도 이 광경을 보고 놀라지 않는 자 없었으며, 감히 추격할 생각도 못했다.

사마의는 북원에서 싸움에 패했다는 소식을 듣고 친히 군사를 거느리고 구원하러 나왔는데 절반쯤 왔는데 홀연 한 발의 포성이 들리더니 양로 군사가 험준한 산 속에서 달려나오며 고함소리가 천지를 진동했다. 그 깃발에는 '한장 장익·요화(漢將 張翼 廖化)'라고 씌어 있었다. 사마의는 그것을 보자 대경실색, 위병들은 당황해서 뿔뿔히 흩어져 도주해 버리고 말았다.

이야말로 도중에서 신장(神將)을 만나 군량을 뺏기고, 몸마저 기병(奇兵)을 만나 위태롭게 되었다.

103. 억지로 못하는 일

上 方 谷 司 馬 受 困
五 丈 原 諸 葛 禳 星

사마의는 장익·요화의 맹렬한 공격을 받으면서 단기(單騎)로 숲속을 향하여 말을 달렸다. 장익이 후군을 수습하는 동안에 요화는 앞장을 서서 사마의를 추격했는데, 사마의가 당황하여 굵직한 나무 밑을 빙글 돌아서 뺑소니를 치려는 것을 요화가 한칼로 내리쳤더니, 칼은 그만 나무를 헛 찍었다. 칼을 뽑고 나니 사마의는 벌써 숲속에서 빠져 나가고 없었다.

요화는 계속 추격했지만, 어디로 뺑소니를 쳤는지 알 수 없었다. 숲 동쪽에 황금빛 투구가 하나 떨어져 있었다. 요화는 투구를 집어서 말머리에 걸치고 곧장 동쪽으로 추격해 갔다. 알고 보면, 사마의는 황금빛 투구를 동쪽에 내버리고 반대 방향인 서쪽으로 도주한 것이었다.

요화는 한동안 쫓아갔으나 종적을 찾을 수 없어서, 산골짜기 밖으로 달려나오다가 강유를 만나서 함께 영채로 돌아와 공명에게로 갔다. 장의는 벌써 목우와 유마를 몰고 돌아와 있었는데, 획득한 군량이 1만 석이나 되었고, 요화가 황금빛 투구를 공명에게 바치니, 제1급의 공로로 기록되었다. 위연은 내심 마땅치 않아서 투덜투덜 원망을 했으나 공명은 전혀 못들은 체했다.

사마의는 채중(寨中)으로 도망쳐 돌아와서 심중이 괴롭고 답답하기 이를 데 없는데, 마침 조명(詔命)을 가지고 사신이 도착했다. 동오가 3로로 침범해서 조정에서는 대장을 임명하여, 적을 막아낼 계책을 세우고 있는 중이니, 사마의 등은 견수하고 싸우지 말라는 것이었다. 사마의는 구(溝)를 깊게 파고 보루를 높이 쌓고는 지키면서 나오지 않았다.

한편 조예는 손권이 군사를 3로로 나누어서 쳐들어온다는 소식을 듣고 그 역시 3로의 군사를 동원하여 대적하기로 했다. 유소(劉劭)를 시켜서 강하를 구원하게 하고, 전예(田豫)를 시켜서 양양을 구원하게 하고, 조예 자신은 만총(滿寵)과 함께 대군을 인솔하고 합비(合淝)를 구원하기로 했다.

만총이 먼저 1군을 거느리고 소호구(巢湖口)에 도착하여 동안(東岸)을 바라보니 전선(戰船)이 무수하게 떠 있는데 깃발을 정연히 휘날리고 있어서 군중(軍中)으로 들어가 위주에게 보고했다. 위주 조예는 그 즉시 효장(驍將) 장구(張球)에게 군사 5천을 거느리고 화구(火具)를 몸에 지니고 호구(湖口)로부터 공격하게 하고, 만총에게도 군사 5천을 거느리고 동쪽 해안에서 공격하라고 명령했다.

그날밤, 2경쯤 되어서 장구와 만총은 각각 군사를 거느리고 조용히 호구를 향하여 출동했는데 수채(水寨) 가까이 들어서자 일제히 고함을 지르며 돌격했다. 병사들은 황황 급급하여 싸우지도 않고 도주했으며, 위군이 사방에다 불을 지르니 타버린 전선·양초·기구가 그 수효를 헤아릴 수 없었다.

제갈근은 패잔병을 거느리고 면구(沔口)로 도주했으며, 위병들은 큰 승리를 거두고 돌아갔다. 제갈근은 싸움에도 패한 데다가 혹독한 여름 날씨 때문에 사람과 말이 모두 질병이 많이 생겨서, 서신 한 통을 작성해서 사람을 시켜 육손에게 전달하고 군사를 철수시키고 귀국하자고 건의했다. 그러나 사자가 돌아와서 하는 말이, 육손은 많은 사람들을 동원하여 영 밖에서 콩을 심고 여러 장수들과 원문(轅門)에서 활쏘기 내기를 하며 유유히 시간을 보내고 있다는 것이었다.

제갈근은 크게 놀라 친히 육손의 영채로 나가서 육손과 대면했다. 그랬더니 육손이 말했다.

"나는 미리 폐하께 표를 올려서 신성(新城)의 포위진을 풀어서 위군의 귀로를 절단해 주십사 했으나, 표를 가지고 가던 소교(小校)가 도중에서 위군에게 붙잡혔기 때문에 이 비밀이 누설되고 말았소. 그래서 위군은 방비를 더욱 단단히 한 것이니 싸웠댔자 무익한 일이고, 철수할 생각은 하고 있지만, 반드시 서서히 해야 된다고 생각했기 때문에 일부러 한가한 체하고 있는 것이오. 공은 우선 전선을 동원해서 적군에게 대항하는 것처럼 해주시오. 나는 병사를 양양으로 동원시켜서 대항하는 체하면서 서서히 강동으로 철수하겠소. 이렇게 하면 적군도 추격해 오지 않을 것이오."

제갈근은 육손의 말대로 자기 영채로 돌아와서 전선을 마련하여 떠날 준비를 했고 육손은 대오를 정비해 가지고 기세를 올리며 양양으로 떠났다.

염탐꾼이 이런 정보를 위주에게 제공하자, 여러 장수들은 이번 기회에 육손을 격파해 버리자고 강력히 주장했다. 그러나 조예는 육손이 지모에 뛰어난 인물임을 잘 알고 있어서 대장들의 의사를 받아들이지 않고, 단지 경거망동을 삼가고 각처의 요로를 견고히 지키고 있으라 엄명을 내렸다. 그리고 자기는 친히 대군을 거느리고 합비에 주둔하면서 동정만 살피고 있었다.

공명은 기산에서 오래 주둔해 있을 계책으로 촉병에게 명령하여 위나라 백성들 사이에 섞여서 밭을 갈고 있으라고 했다. 이런 소문을 알게 된 사마사는 부친 사마의에게 이번에 한꺼번에 자웅을 결해 버리자고 성화같이 졸라 댔지만, 사마의는 칙지(勅旨)를 받들고 견수하고 있는 것이니 경솔히 움직일 수 없다 하며, 싸우자는 의견을 받아들이지 않았다. 심지어, 위연이 지난번에 잃어버린 원수의 황금빛 투구를 내보이며 욕설을 퍼붓고 싸움을 걸어서 여러 장수들이 격분하여 마지않아도 사마의는 여전히 나가서 싸우지 못하게 했다.

공명은 사마의가 도무지 싸움에 응하지 않자 마대를 불러 가지고 귓속말로 소곤소곤 밀령을 내렸다. 호로곡의 후로(後路)를 막아 버리고 그 속에 숨어 있으면서 사마의가 쳐들어오면 곡중(谷中)으로 들어오도록 내버려두었다가 지뢰와 마른나무에 불을 지르라는 것이었다.

또 군사들에게 명령하여 낮에는 칠성기(七星旗)를 골짜기 어귀에서 올리도록 하고, 밤에는 일곱 개의 명등(明燈)을 산 위에 마련하여 암호로 삼도록 하라고 지시했다.

다음, 위연을 불러서 5백 기를 거느리고 위영(魏營)으로 쳐들어가서 무슨 방법으로든지 사마의를 유인해내 가지고 그가 추격해 오도록 만들어서 칠성기가 있는 곳까지 도주해 올 것이며 만약 밤일 경우에는 일곱 잔의 명등이 있는 곳으로 도주해서 사마의를 골짜기 속으로 깊숙이 끌어들이기만 하라고 명령했다.

그리고 고상에게는 목우와 유마를 2, 30필 혹은 4, 50필씩 거느리고 양식을 싣고 산 속을 왔다갔다 하라고 명령했다. 적군이 그것을 탈취해 가기만 하면 고상은 공을 세우는 것이라고 했다.

이렇게 모든 배치를 마치자 공명은 친히 1군을 거느리고 상방곡(上方谷) 근처에 진을 쳤다.

한편, 하후혜·하후화는 촉군이 사방으로 흩어져서 밭을 갈며 지구책을 쓰고 있는 이때에 촉군을 격퇴해야 한다고 졸라대는지라, 사마의는 마침내 두 사람에게 각각 5천 기를 주어서 떠나 보내고 그 결과만을 기다리고 있었다.

그러나 이 두 젊은 장수들은 촉군과 싸워서 승리를 했다고는 하지만, 불과 몇 필의 목우와 유마를 탈취하고 촉병 백여 명을 붙잡아왔을 뿐이었다. 사마의는 이따위 밭을 갈러 나왔다가 붙잡힌 졸병들을 잡아 두었댔자 아무 소용도 없다 하며 깨끗이 돌려보내 주었다.

며칠 후 또 수십 명의 촉병이 잡혀왔는데 이들에게서 공명은 기산에 있지 않고 상방곡에서 서쪽으로 10리쯤 떨어진 지점에서 매일 군량을 운반해 들이고 있다는 실정을 파악했다. 사마의는 자기가 친히 나가서 상방곡을 습격해서 군량에 불을 지르고, 병사들을 시켜서 앞뒤에서 한꺼번에 들이치면 반드시 승리하리라고 생각했다. 장호와 악침에게 각각 5천 기를 주어서 후군을 삼고 진격을 개시하기로 했다.

재빨리 눈치를 챈 공명은 그 즉시 대장들에게 명령을 내렸다.

"만약에 사마의가 쳐들어오기만 하거든 그대들은 위군의 영채를 습격하여 남안(南岸)의 영채를 모조리 점령하시오."

한편 위연은 산골짜기 어귀에서 사마의가 나타나기만 눈이 빠지도록 기다리고 있었는데 갑자기 위군 1대가 달려들어 자세히 봤더니 과연 사마의가 앞장을 서 있었다.

"사마의 옴쭉 말고 게 있거라!"

위연이 호통을 치며 칼을 휘두르며 덤벼드니, 사마의도 창을 휘두르며 대적했다. 3합도 못 싸워서 위연이 칠성기 있는 쪽으로 뺑소니를 치니 사마의는 좌우로 사마사와 사마소를 거느리고 5백 기를 몰아 산곡간 깊숙이 추격해 들어갔다.

그런데 위연의 행방을 아무리 찾아도 보이지 않았다. 이상하게 생각한 사마의가 어리둥절했을 때, 홀연 산 위에서 횃불 덩어리가 빗발치듯 날아 떨어지더니 산골 입구를 불길로 막아 버렸다. 거기다가 또 지뢰와 마른 나무에까지 불이 붙어서 화염이 충천하니 사마의는 옴쭉달싹도 할 수 없게 되어서 말을 내려 두 아들을 부둥켜안고 통곡했다.

"우리 부자 셋이 모두 여기서 죽고 마나 보다!"

이때, 홀연 광풍이 사납게 일어났다. 어두운 기운이 하늘을 뒤덮고 뇌성벽력을 치더니 큰비가 모질게 퍼부어서 산곡간을 뒤덮은 불길도 순식간에 꺼져 버렸다.

사마의는 용기를 얻어서 뛰쳐나왔다. 마침 싸움을 거들러 달려든 장호·악침과 힘을 합쳐서 위수 남안까지 무사히 돌아오기는 했으나, 그때에는 벌써 영채는 모조리 촉군에게 탈취당했다. 곽회와 손례가 부교 위에서 촉군과 맹렬히 싸우고 있어서 사마의가 군사를 몰아 간신히 격퇴시키고 부교에 불을 지르고 북안에다 다시 진을 쳤다.

공명은 산꼭대기에서 위연이 사마의를 산곡간으로 유인해 들이는 것을 보고, 또 순식간에 불길이 치밀어오르는 것을 보자, 이번에야말로 사마의가 죽나 보다 했더니, 뜻밖에 비가 퍼부어서 사마의 부자가 도주했다는 보고를 듣자, 탄식하면서 말했다.

"일을 꾸미는 것은 사람에게 있지만, 일이 되고 안 되는 것은 하늘에 있구나! 억지로 못하는 일이로다!"

"두 번 다시 나가 싸우려 드는 장수가 있다면 참할 것이다!"

이렇게 대장들에게 무시무시한 명령을 내리고 한 발자국도 밖으로 나갈 생각을 하지 않으며 위수 북안에서 방비만 견고히 하고 있는 사마의에게, 하루는 곽회가 나타나서 공명이 요근래에 여기저기 돌아다니며 영채를 마련하려는 것 같다는 정보를 제공했다.

사마의가 사람을 내보내서 탐지해 보니, 과연 공명은 오장원(五丈原)이란 곳에 새로 진을 치고 있다는 것이었다.

그런데도 사마의는 역시 대장들에게 방비만 견고히 하라고 명령하고 적군은 머지않아 무슨 변동을 일으킬 것이니 그때를 기다리고 있으라는 지령을 내릴 뿐이었다.

공명은 1군을 거느리고 오장원에 주둔하면서 몇 번 병사를 내보내서 도전했지만, 위군이 이에 응하지 않는지라, 건귁(巾幗—婦人首飾)과 여자의 흰 상복을 가져다가 큰 함 속에 넣고 편지 한 통을 곁들어서 사람을 시켜 위군의 영채로 보냈다. 그 편지에는 남아 대장부가 싸우기를 피한다는 것은 연약한 여자와 다름이 없는 일이니 만약에 끝까지 싸울 용기가 없다면 이 건궉과 여자의 상복을 두 번 절하고 받을 것이며, 부끄러움을 알고 남자의 흉금이 있다면 회답 하라고 적어 보냈다.

공명의 편지을 읽고 격분하지 않을 수 없는 사마의였지만, 그는 일부러 웃는 낯으로 말했다.

"공명은 나를 여자로 본다는 건가?"

보낸 물건을 받아들이고 사신을 정중히 대접하면서 물었다.

"공명은 요즘 식사나 잘하시고 일이 과히 바쁘지나 않으시오?"

사자가,

"승상께서는 일찍 일어나시고 늦게 주무시며, 20대 이상의 매를 때리는 잔일까지 친히 간섭하십니다. 하루 잡수시는 것은 수승(數升)에 지나지 못하십니다."

하니 사마의가 여러 장수들을 둘러 보며 말했다.

"공명은 이렇게 식사는 조금 하시고 일 때문에 수고가 많아가지고 오래 지탱할까?"

사자가 공명에게로 돌아가서 사마의가 물건을 받아들이던 태도, 물어보던 말, 장수들에게 하던 말을 일일이 고해 바쳤다. 그 말을 듣더니 공명이 탄식하며 말했다.

"그는 너무나 나를 잘 알고 있군!"

이때, 주부(主簿) 양옹(楊顒)이 공명에게 아뢨다.

"승상께서는 항시 부서(簿書)까지 친히 살펴보시는데, 제 생각 같아서는 그러실 필요 없으십니다. 대저 일을 다스림에는 체통이란 것이 있어서 상하가 서로 침범하지 못하는 것입니다. 한 집안을 다스리는데 비유해 보더라도 머슴이 밭을 갈고 김을 매는 것이며, 종이 밥을 짓는 것입니다. 그래야만 그

집안 일이 흐트러짐이 없고, 구하는 바가 충족해지며, 그 집안
의 주인이 종용자재(從容自在)하게 베개를 높이고 먹을 것
을 먹으며 편히 살아갈 수 있는 것입니다. 만약에 모든 일을
친히 도맡아서 하려면 몸과 마음이 피곤하며 결국은 아무 일
도 못하게 됩니다. 이게 어찌 주인의 지혜가 머슴이나 종만
못해서 그런 것이겠습니까? 집주인으로서의 도리를 잃어버렸
기 때문에 이렇게 되는 것입니다. 승상께서는 대단치도 않은
일을 친히 다스리시며 진종일 땀을 흘리시니, 어찌 힘들지 않
으시겠습니까? 사마의의 말이 정말 지당합니다."

　공명이 울면서 말했다.

　"내가 모르는 바 아니오. 그러나 선제께서 폐하를 부탁하신
중책을 맡겼으니, 아무래도 다른 사람이 나만큼 마음을 쓰지
않을까 해서 그러는 거요!"

　모든 사람이 이 말을 듣고 공명과 함께 눈물을 흘렸다. 이
때부터 공명도 심신이 편안치 않은 것을 스스로 깨달았고, 여
러 장수들도 이 때문에 군사를 출동시키지 못했다.

　한편, 위나라의 대장들은 공명이 건괵과 여자 상복을 보내
서 모욕을 주었는데도 사마의가 태연히 있는 것을 보자, 어찌
이런 모욕을 대장된 몸으로서 참을 수 있느냐고 격분하여 한
번 자웅을 결해 보자고 극력 주장했다. 그러나 사마의는,

　"난들 싸우고 싶은 생각이 없어서 이런 모욕을 당하고 있겠
소? 군명(君命)을 거역할 수 없어서 견수하고 움직이지 않는
것뿐이오."

했더니, 대장들이 그래도 불평이 가득한 얼굴을 하고 말을 듣
지 않자, 사마의는 마침내 용단을 내려서 표를 작성해 가지고

사람을 파견하여 이런 실정을 위주 조예에게 보고했다. 그 표
의 내용은 이러했다.

　신은 재주는 없고 책임은 무거워 밝으신 뜻을 받들어 굳게
지키고 싸우러 나가지 않으며 촉인이 스스로 넘어지기만 기다
리고 있습니다만, 이제 제갈량이 신에게 건귁을 보내어 신을
여자와 같이 여기오니 그 치욕이 이만저만이 아닙니다. 신은
먼저 성스러운 은총에 품달하옵고 조만간 결사적인 일전(一
戰)으로써 조정의 은혜에 보답하고자 하오니 이 뜻을 천자께
아뢰고 힘을 합쳐 적을 쳐부수고자 합니다.

　조예는 이 표를 읽더니 여태까지 방비를 잘하고 있던 사마
의가 별안간 웬일인가 의아하게 생각했다. 위위(衛尉) 신비
(辛毗)가 아뢌다.
　"사마의는 본심으로는 싸우고 싶은 생각이 없습니다. 제갈
량에게 모욕을 당하고 대장들이 격분했기 때문에 표를 올려서
그들의 분노를 어루만져 주자는 뜻입니다."
　조예는 일리 있는 말이라 생각하고 그 즉시 신비를 위북(渭
北) 영채로 파견해서 출전하지 말라는 뜻을 전하게 했다. 사
마의가 조명을 받들고 장으로 들어가니, 신비가 일렀다.
　"또다시 출전을 말하는 자는 지론(旨論)을 거역하는 게 될
것이오."
　여러 장수들은 조명을 받드는 도리밖에 없었으며, 사마의는
남몰래 신비에게 이렇게 말했다.
　"공만이 정말 내 마음을 알고 있소!"

촉나라 대장이 이런 소문을 듣고 공명에게 알렸더니, 공명이 웃으면서 말했다.

"이것은 사마의가 3군을 어루만지자는 수작이오."

강유가 물었다.

"승상께서는 어떻게 그것을 아십니까?"

"그는 본래 싸우고 싶은 마음은 없소. 그래서 싸우고 싶다는 표를 올린 것도 여러 사람에게 자기의 무용(武勇)을 보이기나 하자는 수작이오. '장수는 밖에 있으면 군명도 받지 않는 수가 있다'는 말을 못 들었소? 어찌 천리 길에 표를 보내서 싸움을 청하겠소? 이는 사마의가 장수들이 격분했기 때문에 조예의 의사를 빌려서 여러 사람을 어루만지고 또 그런 말을 전해서 우리 편 군심(軍心)을 해이하게 하자는 것이오."

이런 말을 하고 있을 때, 갑자기 비위가 도착했다는 보고가 들어왔다. 공명이 불러들였더니 비위가 아뢌다.

"위주 조예는 동오가 3로로 진병한다는 것을 알고 친히 대군을 거느리고 합비로 출전하여 만총(滿寵)·전예(田豫)·유소(劉劭)에게 명령하여 군사를 3로로 나누어 대적하게 했는데, 만총은 계책을 써서 동오의 양초와 전구(戰具)를 불질러 버렸습니다. 오병들 사이에는 병이 많이 생기고, 육손은 오왕에게 표를 올려서 앞뒤로 협공을 꾀했는데 뜻밖에도 표를 가지고 가던 사람이 도중에서 위병에게 붙잡혔기 때문에 기밀이 누설되어 오병은 공을 세우지 못하고 돌아갔다고 합니다."

공명은 이 소식을 듣자 장탄식을 하며 졸도하고 말았다. 여러 장수들이 재빨리 구원해서 한참 만에 정신을 차렸다.

"나는 마음이 뒤숭숭하고 옛병이 재발하여 오래 살 것 같지 않소!"

그날밤 공명은 병을 무릅쓰고 장에 나가 천문을 보더니 몹시 당황해서, 장 안으로 들어오며 강유에게 말했다.

"내 명(命)이 아침 저녁으로 다급해졌소!"

"승상께서는 왜 그런 말씀을 하십니까?"

"내가 삼태성(三台星)을 보니 객성(客星)이 유난히 밝고 주성(主星)이 어두컴컴하며, 이 별을 보좌하는 다른 별들도 빛이 휘미하니 나의 명은 가히 짐작할 수 있소!"

"천상(天象)이 그렇다 할지라도 승상께서는 어째서 성화(星禍)를 물리치시는 법을 쓰시지 않습니까?"

"나는 평소에 성화를 물리치는 법을 알고 있지만, 천의(天意)가 어떠한지를 알 수 없소. 그대는 갑사(甲士) 49명을 인솔하고 각각 검정 깃발을 들고 검정 옷을 입혀서 장외(帳外)로 돌아다니게 해주시오. 나는 장중에서 친히 북두(北斗)칠성께 기도를 올릴 테니, 만약에 7일 이내에 주등(主燈)이 꺼지지 않는다면 내 수명이 일기(一紀)를 더 할 수 있을 것이고, 그 등불이 꺼진다면 나는 꼭 죽을 것이오. 아무나 일 없이 들어오지 못하게 하고 여기 필요한 물건은 반드시 두 동자를 시켜서 날라 들이도록 하시오."

강유는 명령을 받고 준비를 하려고 자리를 물러났다. 때는 마침 8월 중추였고, 그날밤에는 은하가 깜박깜박, 이슬이 보슬보슬 내려서 정기가 옴쭉도 하지 않고 조두(刁斗―古時軍用器)가 소리를 내지 않았다.

강유는 갑사 49명을 인솔하고 장외에서 수호했고, 공명은 친히 장중에 향과 꽃과 제물을 마련해 놓고, 땅 위에는 7잔의 큰 등과 따로 49잔의 작은 등을 배치하고, 그 안에 명등(命燈) 한 잔을 놓아 두었다.

공명은 천자(天慈)께서 자기의 수명을 늘려 주어 위로는 군은(君恩)에 보답하게 하고, 아래로는 민명(民命)을 구원하여 천하를 극복하여 한실을 길이 보전할 수 있게 해달라고 배축했다.

기도가 끝나자 그대로 장중에 엎드려서 날이 밝기를 기다렸다.

이튿날, 병을 무릅쓰고 일을 보다가 쉴새없이 피를 토하면서도 낮에는 군기(軍機)를 의논하고 밤에는 북두칠성께 기도를 올렸다.

한편 사마의는 영중에서 방비를 견고히 하고 있었는데, 어느날밤에 천문을 보더니 기뻐하면서 하후패에게 말했다.

"장성(將星)이 자리를 잃었네. 필연코 공명은 병이 나서 머지않아 죽을 걸세. 그대는 군사 1천 명을 거느리고 오장원으로 가서 초탐해 보게. 만약에 촉나라 사람들이 떠들썩하고 나와서 싸우려 들지 않는다면 반드시 공명이 병이 난 걸세. 나는 이 틈에 기세를 올려서 습격을 가할 것이니……."

하후패는 군사를 거느리고 사마의의 명령대로 오장원으로 떠나갔다.

공명은 장중에서 엿새 밤이나 성화(星禍)를 쫓는 기도를 올렸는데, 주등이 밝게 빛나는 것을 보자 매우 기뻐하였다. 강유가 장 안으로 들어섰더니, 마침 공명이 머리를 늘어뜨리고 칼을 잡은 채 북두칠성께 기도를 올려 장성을 압진(壓鎭)하고 있었다. 이때 느닷없이 영채 밖에서 고함소리가 들려오는 바람에 사람을 내보내서 물어 보려는데 위연이 뛰어들더니 보고

했다.

"위병이 쳐들어왔습니다!"

위연이 어찌나 당황하게 급히 뛰어들었던지 주등의 불을 꺼뜨리고 말았다.

공명이 칼을 집어던지며 탄식했다.

"생사에는 명이 있는 것이니, 성화를 쫓으려고 기도만 드려가지고는 어찌할 수 없는 일이다!"

위연은 황공하여 그 자리에 꿇어 엎드려 죄를 청했다.

강유가 격분하여 칼을 뽑아 들고 위연을 죽이려고 했다. 이야말로 세상 만사 사람의 마음대로 되는 것이 아니며, 일심(一心)이 명과 다툴 수 없다.

104. 내 머리가 붙어 있느냐

隕大星漢丞相歸天
見木像魏都督喪膽

　위연이 주등을 밟아서 불을 꺼뜨린 것을 보고 강유가 분노하여 칼을 뽑아 들고 죽이려고 하자 공명이 말리면서 말했다.
　"이것은 나의 명이 끊어지려는 것이지 문장(위연)의 잘못은 아니오."
하자, 강유는 칼을 도로 거두었다. 공명은 몇 번인지 피를 토하더니 침상에 쓰러져 누우면서 위연에게 말했다.
　"그것은 사마의가 나의 병을 미리 알아차리고 사람을 보내서 허실을 탐지하려는 것이니 그대가 급히 나가서 적을 막아내시오."
　위연은 명령을 받고 장 밖으로 나가서 말을 달려 군사를 인솔하고 출동했다. 하후패는 위연을 보자 황망히 군사를 인솔하고 도주했다. 위연은 20여 리나 추격하고 나서 되돌아왔다. 공명은 위연에게 본채로 돌아가서 잘 지키라고 했다.
　강유가 장 안으로 들어와서 공명의 탑전(榻前)에서 문안을 드리니, 공명이 말했다.
　"나는 본래 있는 힘을 다하고 충성을 다하여 중원을 회복하고 한실을 다시 일으켜 보려고 했지만, 천의(天意)가 이러하니 어찌 하겠소. 나는 머지않아 죽을 것이오. 내가 평생에 배운 것을 24편의 책으로 저술해 두었으며, 모두 10만 4천 1백 12자인데, 그 안에는 팔무(八務)·칠계(七戒)·육공(六恐)·오구(五懼)의 법이 있소. 내가 여러 장수들을 둘러봐도 전수할 만한 사람이 없고, 그대만이 내 저서를 전수받을 수 있으니, 소홀히 하지 말아 주시오."

강유는 울며 절하고 그것을 받았다. 공명이 또 말했다.

"내게는 또 '연노법(連弩法)'이란 것이 있는데 한 번도 써 보지 못했소. 이 법으로는 화살의 길이가 여덟 치, 한 번에 열 자루의 화살을 쏠 수 있는데, 모두 도본(圖本)으로 그려 두었소. 그대가 그 법대로 잘 만들어서 써 주기 바라오."

강유는 또 절하고 그것을 받았다.

공명이 계속 말했다.

"촉중의 모든 도로는 그다지 걱정할 것은 없으나, 오직 음평(陰平) 땅만은 절대로 조심해야 하오. 이 땅은 험준해서 반드시 적에게 빼앗기기 십상이오."

또 마대를 장 안으로 불러들여서 나지막한 음성으로 밀계를 지시해 주며 부탁했다.

"내가 죽은 뒤 그대는 이 계책대로만 하시오."

마대도 계책을 받아 가지고 나갔다. 얼마 있다가 양의가 들어왔다. 공명은 탑전으로 불러서 비단주머니 하나를 주면서 부탁했다.

"내가 죽으며 위연이 반드시 반란을 일으킬 것이오. 그가 반란을 일으키거든 그대는 진지에 임하여 이 주머니를 열어 보시오. 그때 위연을 참할 사람이 저절로 나설 것이오."

공명은 당부할 일을 일일이 마치자 쓰러져 버렸다. 밤이 되어서야 겨우 정신을 차렸다. 곧 밤을 새워가며 후주에게 표를 올렸다.

후주는 이 소식을 듣고 크게 놀라며 상서(尙書) 이복(李福)에게 급히 명령하여 밤을 헤아리지 말고 군중으로 가서 문안을 드리도록 하고 겸하여 사후책을 물어 보게 했다.

이복은 명령을 받고 오장원으로 급히 달려가서 공명을 만나보고 후주의 명령을 전달했다. 문안이 끝나자, 공명이 눈물을 흘렸다.

"나는 불행히도 중도에서 쓰러지게 되어 국가 대사를 헛되이 던져 버리게 되었고, 천하에 죄를 짓게 됐소. 내가 죽은 뒤에 공들은 충성을 다하여 주상을 보좌해 주시오. 국가의 옛 제도를 고쳐서도 안 되고 내가 쓰던 사람들도 또한 경솔히 없애서는 안 되오. 나의 병법은 모두 강유에게 전수했으니 그는 나의 뜻을 계승해서 나라를 위해서 힘쓸 것이오. 나의 명은 조석으로 절박해졌소. 곧 유표(遺表)를 천자께 상주하겠소."

이복은 이 말을 듣자 총총히 자리를 물러났다. 공명은 병든 몸을 무릅쓰고 좌우 사람에게 부축하게 해서 조그마한 수레를 타고 영채로 나와서 각영을 두루두루 살펴보았다. 그러다가 가을 바람이 얼굴을 스쳐서 뼈에 사무치고 찬 기운을 느끼게 되니 장탄식을 했다.

"두 번 다시 진지에 나가 토벌할 수 없게 됐구나! 유유한 저 창천이 어찌하여 마지막이란 말인가?"

한참 동안 탄식하다가 장중으로 돌아오니 병세가 더욱 위중해져서 공명은 양의를 불러서 말했다.

"마대·왕평·요화·장익·장의 등은 모두 충의지사요, 전진(戰陣)의 경험이 많고 착실한 공로를 많이 세웠으니 믿음직한 사람들이오. 내가 죽은 뒤에도 모든 일을 옛법대로 행해 주고, 서서히 군사를 물리고, 갑작스레 서둘러서는 안 되오. 그대는 모략에 정통하니 더 부탁할 필요는 없겠소. 강백약(강유)은 지용(智勇)을 겸비했으니 후군을 맡길 만하오."

양의는 눈물을 흘리며 명령을 받았다. 공명은 문방사보를 가져오라고 해서 탑상에 누워서 친히 붓을 들어 유표를 써서 후주에게 전달하도록 했다. 그 표의 대강 사연은 이러했다.

엎드려 듣자오면 생사(生死)는 유상(有常)하여 정수(定數)를 벗어나기 어렵다 합니다. 죽음이 닥쳐오는 이 자리에서 우충(愚忠)이나마 다하고자 합니다. 신 제갈량은 부성(賦性)이 어리석고 옹졸한 몸으로 어려운 일을 당할 때마다 부절(符節)을 받들고 중임을 맡아 군사를 일으켜 북벌하였사오나 성공을 하지 못하고 병이 고황(膏肓)에 들어, 명이 조석으로 절박해 올 줄이야 어찌 알았겠습니까. 끝내 폐하를 섬기지 못하옴이 원통하기 이를 데 없습니다!

엎드려 바라옵건대 폐하께서는 청심과욕(淸心寡慾)하시고 자신을 검소히 하시며, 백성을 사랑하셔서서 선황께 효도를 다하시고, 천하에 어진 은혜를 펼치시고 숨은 사람을 발탁하셔서 현량(賢良)으로 기용하시고 간사한 무리를 제거하여 풍속을 두텁게 하옵소서.

신은 집에 뽕나무 8백 주와 밭 50경(頃)이 있사와 자손의 의식에는 넉넉합니다. 신이 밖에서 임무를 맡아 보는 동안에

는 신변에 필요한 물건은 모두 관(官)에 의지했고, 따로 개인
의 생산을 만들지 않았습니다. 이는 안으로 여백(餘帛)을 두
지 않고, 밖으로 여재(餘財)를 마련하지 않아서 폐하의 기대
에 어긋남이 없도록 하자는 까닭이었습니다."

　공명이 다 쓰고 나서 또 양의에게 부탁했다.
　"내가 죽은 뒤에는 부고를 내지 말고 한 개의 큼직한 감실
(龕室)을 만들어 그 속에 나의 시체를 앉힌 다음, 쌀 일곱 알
을 입 속에 집어 넣고 발밑에는 명등(明燈) 한 잔을 켜 놓고,
군중(軍中)을 평상시와 같이 안정시켜 두고 곡성을 내지 마시
오. 이렇게 하면 장성이 땅에 떨어지지 않을 것이고, 내 음혼
(陰魂)이 다시 스스로 일어나서 그 장성을 진정시킬 것이오.
사마의는 장성이 떨어지지 않는 것을 보면, 반드시 깜짝 놀라
서 이상하게 생각할 것이오. 우리 군사는 후채(後寨)를 앞장
서서 나가도록 한 다음에 한 영 한 영씩 서서히 후퇴해야 할
것이오. 만약에 사마의가 추격해 온다면, 그대는 진세를 펼치
고 기고(旗鼓)를 되돌려 놓고 그가 나타나기를 기다렸다가 내
가 예전에 깎아서 만들어 놓은 목상(木像)을 수레 위에 앉혀
가지고 군전으로 밀고 나가며 대소 장사들을 좌우로 갈라 세
우시오. 사마의가 보면 반드시 놀라서 달아나리다."
　양의는 공명의 이 말을 일일이 마음속에 간직해 두었다. 그
날밤 공명은 사람들이 부축해 내서 북두를 우러러 보았는데
멀리 별 하나를 가리키면서 말했다.
　"저것이 바로 나의 장성이오."
　여러 사람들이 바라보니 그 빛이 희미하며 흔들려서 떨어지

려고 했다. 공명은 칼로 그것을 가리키며 입으로 주문을 외운 다음 급히 장으로 돌아왔는데 그때 이미 인사불성이었다.

여러 장수들이 당황하여 허둥지둥하는 판에 홀연 상서 이복이 나타났다. 공명이 정신을 잃고 쓰러진 채 말을 못하는 것을 보더니 방성통곡했다.

"제가 국가의 대사를 그르쳤습니다!"

얼마 안 있다가 공명은 다시 깨어나서 눈을 뜨고 휘둘러보더니 이복이 탑전에 서 있는 것을 보자 이렇게 말했다.

"나는 공이 되돌아온 뜻을 알고 있소."

이복이 사죄했다.

"이 복(福)은 천자께서 백 년 후의 대사를 누구에게 맡겨야 좋을 것인지 여쭈어 보라고 명령하신 것을 너무 급히 서두르는 바람에 여쭈어 보지 못했기에 다시 되돌아온 것입니다."

"내가 죽은 뒤에는 대사를 맡길 만한 사람은 장공염(장완)이 좋을 것이오."

"공염의 다음엔 누가 뒤를 이을 수 있겠습니까?"

"비문위(비위)가 뒤를 이을 수 있을 것이오."

"문위의 다음에는 누가 뒤를 이어야겠습니까?"

공명은 대답이 없었다. 여러 사람이 앞으로 가까이 가서 보니 이미 숨이 끊어졌다. 때는 건흥 12년 가을, 8월 23일, 향년이 54세였다.

촉나라의 장수교위(長水校尉) 요립(參立)은 평소에 자기 재명(才名)이 공명의 다음쯤은 간다고 자처했는데, 항시 한산한 직위에 있어서 불만을 품고 공명을 원망하며 비방하고 있었다. 그래서 공명은 그의 직위를 뺏고 서인으로 떨어뜨려 문산(汶山)으로 귀양살이를 보냈었다.

그는 공명이 죽었다는 소문을 듣자 울면서 말했다.

"나는 끝내 귀양살이만 하게 됐다!"

또 이엄도 공명이 죽었다는 소문을 듣고 통곡하다가 병이 들어서 세상을 떠났다. 이엄은 언제나 공명이 다시 자기를 불러 주면 과거의 잘못을 깨끗이 씻고 다시 한 번 일해 볼 수 있으리라고 생각했는데, 이제는 다시 자기를 기용해 줄 사람이 없다고 생각했기 때문이었다.

그날밤에는 하늘도 수심이 가득 찼고 땅도 처참하리만큼 조용하며 달도 빛을 잃은 가운데, 공명은 홀연 쓸쓸하고 조용하게 이 세상을 떠나고 말았다.

강유와 양의는 공명의 유명(遺命)대로 곡성을 내지도 못하고 법대로 염을 해서 감실 속에 안치한 다음 심복 장졸 3백 명을 시켜서 수호하도록 했고, 즉시 밀령을 전달하여 위연에게 후군의 책임을 맡겨서 각처의 영채를 모조리 물리라고 했다.

한편, 사마의는 어느날 밤 천문을 보고 있었는데, 큰 별 하나가 붉은 빛에 유난히 광망(光芒)이 날카로워져 가지고 동북방에서 서남방으로 흘러서 촉군의 진영으로 떨어지더니 서너 번이나 다시 솟구쳐오르며 은은한 빛을 내는 걸 보았다.

사마의가 깜짝 놀라서 기뻐하며 외쳤다.

"공명이 죽었구나!"

그 즉시 지령을 내려서 대군을 동원하여 추격하라고 하고는 영채 문을 나서다가 갑자기 망설였다.

"공명은 육정육갑법을 잘 쓰니까 내가 오랫동안 싸우러 나서지 않는 것을 보고 이런 술법으로 죽은 체해서 나를 유인해 내려고 하는 게 아닐까? 지금 추격하다가는 그 계책에 내가 빠지고 말 것이다."

마침내 말을 되돌려 영채로 돌아온 다음, 나가지 않고 하후패에게 명령하여 비밀리에 수십 기를 거느리고 오장원 산 속으로 가서 탐지해 보라고 했다.

위연은 본채에 있으면서 밤에 꿈을 꾸었는데, 머리에 난데없이 뿔이 두 개 생긴 꿈이어서, 잠을 깨자 매우 이상하게 생각했다. 그 이튿날 행군사마 조직(曹直)이 나타나자 불러들여서 물어 보았다.

"공이 역리(易理)에 밝으시다는 것을 오래 전부터 알고 있었소. 내가 지난밤에 머리에 뿔이 두 개 생긴 꿈을 꾸었는데, 그 길흉을 알 수 없으니 나를 위해서 해몽을 좀 해주시오."

조직이 한참 동안이나 생각하더니 마침내 대답했다.

"이는 대길(大吉)의 징조입니다. 기린의 머리에 뿔이 있고, 창룡(蒼龍)의 머리에도 뿔이 있으니 이것은 큰 변화와 비약이 있을 조짐입니다."

위연은 여간 기뻐하는 것이 아니었다. 조직이 위연과 작별하고 몇 리 길을 갔을 때 마침 상서 비위를 만났다. 비위가 무슨 일로 왔느냐고 묻자 조직이 말했다.

"방금 위문장(위연)의 영중엘 갔더니 문장이 머리에 뿔이 두 개 생긴 꿈을 꾸었다 하며 길흉을 점쳐 달라고 합디다. 이는 본래 길조는 아니지만 그대로 말해 주면 마땅치 않게 생각하겠기에 기린과 창룡을 인용해서 해몽해 주고 왔소."

"공은 어째서 그게 길조가 아닌 줄 아시오."

"뿔이란 글자는 칼 도(刀) 밑에 쓸 용(用) 자이니 머리에 뿔이 생겼다는 것은 굉장한 흉조요."

"아무에게도 누설하지 마시오."

조직은 비위와 헤어졌다. 비위는 위연의 영채로 돌아오자 좌우 사람들을 내보내고 말했다.

"어젯밤 3경에 승상은 세상을 떠났습니다. 임종시에 재삼 부탁하시기를 장군께서는 후군의 책임을 지시고 사마의를 막아 내시며 서서히 철수하라 하셨고, 부고도 내지 말라 하셨습니다. 여기 병부(兵符)가 있으니 곧 군사를 동원하셔도 좋습니다."

"승상의 대사는 누가 대리하는 거요?"

"승상께서는 모든 대사를 양의에게 맡기셨고, 용병의 밀법(密法)은 강백약에게 전수하셨습니다. 이 병부도 양의의 영(令)에 의해서 나온 것입니다."

"승상은 죽었다지만 나는 아직 여기 살아 있소. 양의는 일개 장사(長史)에 불과한 위인이 어찌 이 대임을 감당하겠소? 그는 단지 관을 떠메고 안장하는 일에나 적합할 것이오. 나는 나대로 대군을 거느리고 사마의와 싸워서 반드시 성공하고야 말 테요. 승상 한 사람 때문에 어찌 국가의 대사를 돌보지 않으리까?"

"승상의 유령(遺令)이 우선 후퇴하라고 하셨으니 거역할 수는 없습니다."

"승상이 그 당시에 나의 계획대로만 했다면 이미 장안을 점령했을 것이오. 나는 현재 전장군(前將軍) 정서대장군(征西大將軍) 남정후(南鄭侯)란 관직에 있는 사람이오. 어찌 장사를 위해서 후군을 맡겠소?"

"장군의 말씀도 당연하지만 경솔히 움직이실 수는 없습니다. 적군의 웃음거리가 됩니다. 소생이 양의를 만나 보고 이해 관계를 설득시켜서 그가 병권을 장군께 넘겨 드리드록 하는 게 어떻겠습니까?"

위연은 그 의견에 찬성했으며, 비위는 위연과 작별하고 영을 나와서 대채로 급히 달려가서 양의를 만나 보고 위연이 하던 말을 자세히 전달했다. 양의가 말했다.

"승상께서는 임종하실 때 '위연은 반드시 다른 배짱이 있다'고 하셨소. 이제 내가 병부를 보낸 것은 사실 그의 마음을 떠보자는 것이었소. 그랬더니 과연 승상의 말씀과 틀림이 없으니, 나는 백약에게 후군을 맡기면 될 것이오."

이리하여 양의는 군사를 인솔하고 영구를 모시고 먼저 떠났으며, 강유에게 후군을 맡기고 공명의 유령대로 서서히 후퇴하기 시작했다.

위연은 채중에 있으면서 비위가 아무런 회답도 없는 바람에 마음속으로 이상하게 생각하고 곧 마대에게 명령하여 10여 기를 거느리고 나가서 소식을 탐지하게 했다. 그가 돌아와서 보고했다.

"후군은 바로 강유가 총독하면서 전군의 태반은 이미 곡중(谷中)으로 들어가고 있는 중입니다."

위연이 대로하여 하는 말이,

"괘씸한 놈이 나를 속이다니! 이놈을 죽여 버려야겠다!"

하더니, 마대를 돌아다보며 말했다.

"그대는 나를 도와 주겠소?"

"나는 평소부터 양의를 미워하고 있었소. 이제 장군을 도와서 들이치고 싶소."

위연은 크게 기뻐하며 곧바로 영채를 철수하고 본부병을 거느리고 남쪽을 향하여 떠났다.

하후패가 군사를 인솔하고 오장원에 와 보니 사람이라곤 하나도 없어서 급히 돌아와서 사마의에게 보고했다.

"촉군의 병사는 이미 모조리 후퇴했습니다."

사마의가 발을 동동 구르며 말했다.

"공명이 정말 죽었구나! 급히 추격해야겠다!"

"도독께서는 경솔히 추격하시면 안 됩니다. 편장(偏將)을 시키셔서 먼저 나가도록 하십시오."

"이번에는 내가 친히 가야만 되네."

드디어 사마의는 군사와 두 아들을 인솔하고 일제히 오장원으로 쳐들어갔다. 고함을 지르고 깃발을 휘두르며 촉군의 영채로 쳐들어갔더니 과연 한 사람도 없었다. 사마의가 두 아들을 돌아다보며 말했다.

"너희들은 급히 군사를 인솔하고 쫓아오너라. 내가 먼저 군사를 몰고 전진할 테니……."

이리하여 사마사·사마소는 뒤에서 군사를 몰고, 사마의는 군사를 거느리고 앞장을 서서 산 밑까지 추격해 들어갔다. 촉군의 병사가 머지않은 곳에 있는 것을 보고 더 한층 기운을 내서 추격했다. 느닷없이 산 뒤에서 포성이 들리며 고함소리가 요란스럽게 일어났다.

촉군의 병사들이 일제히 되돌아서서 깃발을 휘두르고 북을 울리며 나무 그림자 뒤로부터 뛰쳐나오는데 중군의 큰 깃발에는 '한승상 무향후 제갈량(漢丞相武鄕侯諸葛亮)'이라는 글자가 한 줄로 크게 씌어 있었다.

사마의는 대경실색.

눈을 똑바로 뜨고 바라다보니 군중에서 수십 명의 상장(上將)들이 한 채의 사륜거를 밀고 나왔다.

그 사륜거 위에는 공명이 단정히 앉아서 윤건을 썼고, 우선을 손에 들고 있으며, 학창을 입고 검정띠를 두르고 있었다.

사마의가 놀라 자빠질 뻔했다.

"공명은 아직도 살아 있구나! 내가 경솔히 위험한 장소에 들어와서 그의 계책에 빠지고 말았다!"

사마의는 급히 말머리를 돌려서 뺑소니를 쳐 버렸다. 뒤에서는 강유가 큰 소리로 외쳤다.

"적장아, 달아나지 말아라! 네놈은 벌써 승상의 계책에 떨어진 것이다!"

위병들은 혼비백산하여 갑옷도 투구도 집어 던지고, 과극(戈戟)도 버리고 저마다 목숨을 건지려고 서로 짓밟고 넘고 혼비백산하여 도주하기에 바빠서 무수한 사상자를 냈다.

사마의가 50리나 줄달음질을 쳐서 도주하는데 뒤에서 위나라 장수 두 사람이 쫓아오며 말을 가로막고 말고삐를 잡고 소리를 질렀다.

"도독께서는 너무 놀라지 마십시오."

사마의가 그제야 자기 손으로 자기 머리를 만지면서 말했다.

"내 머리가 그대로 붙어 있소?"

두 장수가 대답했다.

"도독께서는 너무 겁내지 마십시오! 촉군의 병사들은 멀리 가 버렸습니다."

사마의는 숨이 차서 한참 동안이나 헐레벌떡거리다가 간신히 정신을 가다듬고는 눈을 크게 뜨고 바라보았다.

장수들은 바로 하후패와 하후혜였다.

사마의는 서서히 말고삐를 끌고 두 장수와 더불어 샛길을 찾아서 본채로 돌아와서 여러 장수들을 시켜서 군사를 거느리고 사방으로 초탐해 보라고 했다.

이틀 후 그 고장 백성들이 달려와서 알려 주었다.

"촉군의 병사들은 산곡간으로 후퇴해서 들어가자마자 구슬픈 통곡소리가 천지를 진동했습니다. 군중에 흰 깃발을 높이 달았으니 역시 공명이 죽은 것입니다. 단지 강유 한 사람이 남아서 후군을 책임지고 있으며, 수레 위에 앉아 있던 공명은 나무로 만든 사람이었습니다."

사마의가 탄식했다.

"아! 나는 공명이 살아 있다는 생각만 했지, 그가 죽었으리라고는 미처 생각지 못했었구나!"

이때부터 촉중 사람들 사이에는 한 가지 속담이 생겼는데, 그것은, '죽은 제갈량이 살아 있는 사마의를 쫓아 버렸다'는 것이었다.

사마의는 공명이 죽었다는 소문이 확실함을 알자, 곧 군사를 거느리고 다시 추격했다. 적안파(赤岸坡)에 다다랐을 때 촉군의 병사들이 멀리 후퇴해 가는 것이 보이자 그대로 되돌아서서 여러 장수들에게 말했다.

"공명이 이미 세상을 떠났으니 우리는 아무 근심 없이 베개를 높이 하고 지낼 수 있소."

사마의가 드디어 군사를 철수하고 돌아오는데, 도중에서 공명이 영채를 마련하고 있던 지점을 살펴보니, 전후좌우로 정연하게 빈틈없이 짜인 진법이었다. 사마의가 감탄하여 말했다.

"그는 정말 천하의 기재였구나!"

사마의는 군사를 거느리고 장안으로 돌아와서 즉시 여러 장수들을 각처에 배치하여 요로를 지키도록 하고 자기는 낙양으로 천자를 알현하러 떠났다.

양의와 강유는 진세를 정비해 가지고 서서히 잔각도구(棧閣道口)로 후퇴해 들어가서 옷을 갈아입고 부고를 발표하고 깃발을 내걸고 통곡했다. 촉나라 병사들은 모두 머리를 땅에 부딪고 발을 구르며 울다가 지쳐서 죽은 사람까지 있었다. 촉군의 전대(前隊)가 잔각도구로 되돌아서려고 하는데 갑자기 앞에서 화광이 충천하더니 1대의 군사들이 길을 가로막았다.

여러 장수들은 깜짝 놀라서 급히 양의에게 보고했다. 위나라 진영의 여러 장수들이 이미 가 버렸는데 촉지(蜀地)에 또 웬 군사가 나타난 것일까.

105. 권력이 버리지 못하는 것

武侯預伏錦囊計
魏主拆取承露盤

양의는 앞길을 가로막는 군사가 있다는 말을 듣고, 당장에 사람을 내보내서 알아 보았다. 그랬더니 위연이 잔도(棧道)를 불질러 버리고 군사를 몰아 길을 막고 있다는 것이었다.

양의는 깜짝 놀랐다.

일찍이 승상이 위연은 반드시 앞으로 모반하리라고 예측하던 말이 생각나서 비위와 상의했더니, 비위의 말이 위연은 도리어 우리 편이 반란을 꾀했다고 천자께 무고했을 것이 틀림없으니 이편에서도 한시바삐 천자께 표를 올려서 위연이 모반하고 있는 실정을 알리도록 하자는 것이었다.

양의는 그 즉시 잔도를 간신히 빠져 나와서 표를 만들어서 천자에게 주문하고 군사를 사산(槎山) 좁은 길로 몰고 그곳을 떠났다.

한편, 후주는 성도에서 침식이 불안한 나날을 보내고 있었는데, 어느날 밤에 금병산(錦屏山)이 허물어지는 꿈을 꾸고, 깜짝 놀라 아침이 되기를 기다려서 문무백관에게 그 꿈의 길흉을 물어 봤다. 그랬더니 초주(譙周)도 그 전날 밤 천문을 보았더니 커다란 붉은 별 하나가 동북쪽에서 서남쪽으로 떨어졌는데, 이는 반드시 승상의 신변에 흉사가 있을 징조라고 하는 것이었다.

후주가 점점 더 불안한 생각에 사로잡혀 있을 때, 갑자기 이복이 돌아와서 승상의 죽음을 알렸고, 임종시의 유언까지 자세히 보고했다.

후주는 천지가 일시에 무너지는 듯, 오태후도 방성통곡했으며 문무백관도 눈물을 흘리지 않는 자가 없었다.

바로 이때, 위연에게서 양의가 반란을 꾀했다는 표가 도착했다. 마침 오태후도 그 자리에 있었는데 후주가 걱정하는 것을 보더니, 양의가 모반했다는 사실은 경솔히 믿을 만한 것이 못 되며, 승상이 생전에 장사로 기용한 양의가 절대로 그럴 까닭이 없다고 후주에게 권고했다.

어찌 해야 좋을지 몰라서 문무백관과 상의하고 있는데, 이번에는 양의에게서 급박한 정세를 보고하는 표가 도착되었다. 거기에는 위연이 승상의 유명을 거역하고, 친히 군사를 거느리고 먼저 한중으로 들어가서 잔도에 불을 지르고 반란을 꾀했다고 적혀 있었다.

여러 신하들의 의견은 일치했다.

장완과 동윤은 위연이 평소에 자기 공로만 믿고 안하무인격인 소행이 많았으니, 여태까지 반란을 꾀하지 못한 것은 실로 승상이 생존해 있기 때문이었고, 승상이 세상을 떠난 이제 이런 소식이 전해짐은 도리어 당연한 일이라는 것이었다.

위연의 반란을 확실히 인정하게 되자 후주는 단을 내려서 동윤을 파견하여 한 번 귀순을 권해 보자는 계책을 세웠다.

동윤은 조명(詔命)을 받들고 그길로 떠났다. 이때 위연은 남곡(南谷)에 군사를 주둔시키고 요로를 든든히 지키며, 만사가 자기 뜻대로만 되는 줄 알고 있었는데, 뜻밖에도 양의와 강유가 밤낮을 헤아리지 않고 군사를 거느리고 남곡의 배후로 돌아 들어갔다는 사실이 밝혀졌다. 그리고 양의는 한중을 상실하게 될까 두려워해서 하평(何平)에게 선봉을 명령하여 군사 3천 명을 거느리고 먼저 떠나게 했고, 자기는 병사를 인솔하고 영구를 모시고 그 뒤를 따라 한중으로 향한 것이었다.

하평은 군사를 거느리고 남곡의 뒤로 돌아 들어가자 북을 울리고 고함을 질렀다. 위연도 격분해서 당장에 갑옷을 입고 말을 달려 칼을 휘두르며 군사를 몰고 덤벼들었다.

하평은 몇 합을 싸우지도 않아서 싸움에 패하는 체하고 도주했다. 그것을 놓치지 않으려고 맹렬히 뒤를 추격하던 위연은 빗발치듯 퍼붓는 화살을 감당해 낼 도리가 없어서 말머리를 돌려 버렸다. 병사들이 모조리 먼저 뺑소니를 치는 것을 보고 격분을 참지 못한 위연은 자기 부하들의 목을 베어 버렸지만, 부하들은 통 말을 듣지 않고 도주해 버렸고 옴쭉 않고 남아 있는 것은 단지 마대가 거느리는 3백 기뿐이었다.

위연이 감격해서 마대에게 말했다.

"공만이 진심으로 나를 도와 주는구려! 성사한 뒤에는 공의 기대에 어긋나지 않도록 하리다!"

위연과 마대는 힘을 합쳐서 하평을 맹렬히 추격했지만 하평은 뒤도 돌아보지 않고 도주해 버렸다. 위연은 패잔병을 수습해 가지고 마대와 상의한 결과 위나라에 귀순해 버릴 생각으로 우선 남정(南鄭)을 들이쳤다.

강유는 남정 성 위에서 위연·마대가 쳐들어오는 것을 보자

급히 적교(吊橋)를 끌어올렸더니 위연과 마대는,

"빨리 항복해라!"

하고 고함을 질렀다. 강유가 사람을 보내서 양의를 불러왔더니, 양의는 승상이 임종시에 위연이 반란을 일으키면 열어 보라고 물려 준 주머니를 생각하고 그것을 열어 보았다.

거기에는 '위연과 대결하면서 말 위에서 열어 보라'고 적혀 있었다.

강유는 크게 기뻐하며 군사 3천 명을 거느리고 창을 휘두르며 달려나와서 북소리도 요란스럽게 진을 펼쳤다. 강유가 문기(門旗) 앞에 말을 세우고,

"역적 위연아! 이제 와서 배반하다니 승상께 배은망덕하는 놈이다!"

하고 호통을 치니, 위연도 칼을 휘두르며 같이 소리쳤다.

"네놈하고는 말하기 싫다! 양의를 내보내라!"

양의는 문기 뒤에서 공명이 준 주머니를 열어 봤다. 거기에는 여차여차하라는 지시가 들어 있었다. 양의는 갑옷도 입지 않은 채 말을 몰고 진두로 나가서 위연에게 손가락질을 하면서 큰 소리로 외쳤다.

"승상께서는 재세시에 네놈이 반드시 배반하리라고 앞을 내다보셨는데 과연 그 말씀이 틀림없게 됐구나! 네놈은 여기서 '누가 감히 나를 죽일 수 있느냐?'고 세 번만 연거푸 소리를 질러 봐라! 그렇게 할 수 있다면 너는 정말 대장부요, 내 한중성지(漢中城池)를 고스란히 네놈에게 내주마."

위연은 껄껄대고 웃으면서,

"공명이 죽은 이제, 나와 대적할 만한 인물은 없다! 그따위

소리라면 세 번 아니라, 3만 번이라도 할 수 있다!"
하더니 당장에 말 위에서 소리를 높여 외쳐댔다.

"누가 감히 나를 죽일 수 있느냐?"

그 말을 끝마치기도 전에 등뒤에서 어떤 사람이,

"내가 네놈을 죽일 수 있다!"
하고 호통을 치더니, 칼날이 번쩍 광채를 발하는 순간 위연의 목을 베어서 내동댕이쳤다.

여러 사람들이 놀라 자빠질 뻔했다. 위연의 목을 벤 사람은 마대였다.

알고 보면 공명이 임종시에 마대에게 이런 계책을 주어서 위연이 이렇게 외쳐대는 순간에 목을 베어 던지게 했던 것이다. 그날 양의는 비단주머니 속에 적혀 있는 것을 읽고, 마대가 위연의 수하에 숨어 있다는 사실을 미리 알았기 때문에 공명의 계책대로 실행한 것뿐이었다.

양의 일행이 공명의 영구를 모시고 성도에 도착하니, 후주는 문무백관을 거느리고 성 밖 20리 지점까지 나와 영접하면서 방성통곡, 공경(公卿)·대부(大夫)로부터 백성에 이르기까지 남녀노소 통곡하지 않는 사람이 없었고, 울음소리가 천지를 뒤흔들었다. 후주는 영구를 승상부에 안치하고 공명의 아들 제갈첨(諸葛瞻)을 시켜서 지키도록 했다.

후주가 궁중으로 돌아왔더니, 양의는 자기 손으로 자기 몸을 결박한 다음 승낙도 없이 후퇴해 온 것을 사죄했다.

후주는 좌우 사람에게 명령하여 결박한 줄을 풀도록 명령하며 양의에게 말했다.

"만약에 경이 승상의 유명을 완수해 주지 않았다면 영구가 무사히 돌아올 수도 없었을 것이고 위연을 거꾸러뜨릴 수도 없었을 것이오. 이 대사를 보전시킨 건 오로지 공의 힘이었소."

양의에게 중군사(中軍師)의 자리를 주고 마대에게도 역적을 무찌른 공로로 그 자리에서 위연의 벼슬을 그대로 내렸다.

양의가 공명의 임종 때 썼던 유표를 올리니 후주는 그것을 다 보고 나서 또 한번 방성통곡을 하고 칙지(勅旨)를 내려 좋은 땅을 택해서 안장하도록 했다.

비위가 아뢨다.

"승상께서는 임종시에 명령하시기를 정군산(定軍山)에 매장할 것과 벽돌로 담을 쌓지도 말고 일체의 제물을 올리지도 말라고 하셨습니다."

후주는 그 말대로 하기로 하고, 그해 10월 길일을 택하여 친히 영구를 정군산에 모셔서 안장했다. 또 후주는 조명을 내려서 제사를 지내게 하고, 시호를 충무후(忠武侯)라 했으며 면양에 묘를 세우고 춘하추동으로 제사를 지내라고 했다.

후주가 성도로 돌아오자 근신이 갑자기 아뢨다.

"변정(邊庭)의 보고에 의하면 동오에서 전종(全綜)에게 명령하여 병사 수만 명을 거느리고 파구(巴丘) 경계선에 주둔하게 하였다니 무슨 의도인지 알 수 없다 합니다."

후주가 깜짝 놀랐다.

"승상이 세상을 떠난 지도 얼마 안 되는데 동오가 동맹을 어기고 경계선을 침범한다면, 이를 어찌 하면 좋겠소?"

장완이 아뢨다.

"왕평과 장의에게 수만 명의 군사를 주어 영안(永安)에 주둔하면서 불의의 변을 방비하게 하심이 좋을까 합니다. 또 폐하께서는 사람 하나를 동오로 보내셔서 보상(報喪)하게 하셔서 그 동정을 탐지하십시오."

"누구든 설변이 능란한 사람을 사신으로 보내야겠소."

말이 떨어지기가 무섭게 한 사람이 나섰다.

"소신이 가고자 합니다."

여러 사람이 바라보니 바로 남양(南陽) 안중(安衆) 사람 종예(宗預―字는 德豔)였다. 그때 그의 벼슬자리는 참군 우중랑장(參軍右中郞將)이었다.

후주는 크게 기뻐하며 그 즉시 종예에게 동오로 가서 보상하고 허실을 탐지해 오라는 명령을 내렸다.

종예는 명령을 받고 금릉(金陵)으로 달려가서 오주 손권을 만나 봤다. 인사를 끝내고 보니 좌우의 사람들이 모두 소복을 입고 있었고 손권이 정색을 하면서 말했다.

"오나라와 촉나라는 이미 한 집이나 다름없는데 경의 주인은 어찌하여 백제(白帝) 수비를 견고히 하는 것이오?"

"신의 생각으로는 동쪽에서 파구의 수비를 견고히 하면, 서쪽에서 백제의 수비를 견고히 하게 되는 것이 사세부득이한 일인가 합니다."

손권이 웃으면서 말했다.

"경은 먼저 우리나라에 왔던 사신 등지(鄧芝)에 비해서 손색이 없는 사람인걸! 짐은 제갈승상이 귀천(歸天)하셨다는 소문을 듣자 매일 눈물을 흘렸고, 관료들에게 명령하여 빠짐없이 상을 입게 했소. 짐은 위나라가 공명의 상중을 틈타서 촉나라를 침범하지나 않을까 걱정이 되어서 파구에 수병(守兵)

만 명을 증원하여 구원하려고 한 것이지 별다른 뜻은 없었소!"
　종예는 머리를 조아려 두 번 절하였다.
　손권이 또 말했다.
　"짐이 이미 동맹을 승낙한 이상, 어찌 의리를 배반하겠소?"
　"천자께서는 승상께서 돌아가신 지 얼마 안 되니 특히 소신
에게 명령하셔서 보상하도록 하신 것입니다."
　손권은 금비전(金鈚箭) 한 자루를 잡더니 꺾어 버리면서 맹
세하는 말을 했다.
　"짐이 만약에 맹약에 어긋나는 일을 할 때에는 자손이 절멸
하리라!"
　그리고 사신에게 명령하여 향백(香帛)을 가지고 예의를 갖
추어 서천으로 조문(弔問)의 제사를 지내러 가도록 했다.
　종예는 오주에게 절하고 오나라의 사신과 함께 성도로 돌아
와서 후주를 만나 보고 보고했다.
　"오주께서는 승상이 세상을 떠나시자 친히 눈물을 금치 못
하셨고, 여러 신하들에게 모두 소복을 입도록 명령하셨다 합
니다. 파구에 병력을 증원하신 것은 위나라 사람들이 허를 노
리고 침범할까 걱정하신 것이며, 다른 뜻은 없으셨다고 화살
을 꺾어서 맹세를 하셨고, 앞으로도 맹약에 어긋남이 없겠다
고 하셨습니다."
　후주는 크게 기뻐하여 종예에게 큰 상을 내리고 오나라의
사신을 후대하여 돌려보냈다.
　그리고 공명의 유언에 의하여 장완을 승상·대장군(大將軍)
에 승진시켜서 녹상서사(錄尙書事)를 삼고, 비위를 상서령(尙
書令)에 승진시켜 장완과 함께 승상의 일을 다스리도록 했다.

그리고 오의를 거기장군(車騎將軍)에 승진시켜 한중(漢中)을 총지휘하게 하고 강유를 보한장군(輔漢將軍) 평양후(平襄侯)에 봉하여 각처의 군사를 통솔하게 하고, 오의와 함께 한중에 주둔하면서 위군의 침범을 막아내게 했는데, 그밖의 장교들은 본래 직위대로 두었다.

양의는 임관된 햇수가 장완보다 오래 되었다고 생각하고 있었는데, 자리는 장완보다 아래이며, 또 자기의 공로를 높이 생각하고 있었는데 큰 상이 없어서, 원망을 하면서 비위에게 말했다.

"지난날에 승상이 돌아가셨을 적에 내가 군사를 전부 거느리고 위나라에 투항하였던들 지금같이 허전하지는 않았을 것을……."

비위는 이 말을 그대로 표로 작성해 가지고 후주에게 몰래 아뢨다. 후주는 대로하여 양의를 투옥하고 심문하라고 명령했으며, 참형에 처하려고 했다.

장완이 이를 말렸다.

"양의가 비록 죄를 범했다 할지라도 승상을 모시고 많은 공로를 세웠으니, 참하시면 안 됩니다. 서인으로 떨어뜨리심이 좋을까 합니다."

후주는 그의 말대로 양의를 서인으로 떨어뜨려서 한중 가군(嘉郡)으로 귀양살이를 보냈다. 양의는 수치스러움을 참지 못하여 스스로 목을 찔러 자살하고 말았다.

촉한 건흥 13년(서기 235년), 즉 위주 조예의 청룡(靑龍) 3년, 오주 손권의 가화(嘉禾) 4년.

이 해에는 세 나라가 다같이 군사를 동원하지 않았다. 위주 조예는 사마의를 태위에 봉하고 군마를 통솔시켜 각처 변경지대를 지키도록 했다.

사마의는 절하고 낙양으로 돌아왔다. 위주 조예는 허창에 있으면서 토목공사를 일으켜 궁전을 세우고, 낙양에 조양전(朝陽殿)·태극전(太極殿)을 건축하고 총장관(總章觀)도 세웠는데, 모두 그 높이가 10장. 또 숭화전(崇華殿)·청소각(青宵閣)·봉황루(鳳凰樓)·구룡지(九龍池)를 만들어서 박사(博士) 마균(馬鈞)에게 감조(監造)케 했는데 그 화려함이 비길 데 없고, 조각을 해서 빛나는 마룻대와 대들보, 푸른 기와, 금빛 벽돌이 햇볕에 반사되어 눈부셨다. 천하의 교장(巧匠) 3만여 명과 민부(民夫) 30여만 명이 밤낮을 가리지 않고 만들었는데, 백성들이 기진맥진해서 원성이 끊일 사이가 없었다.

조예는 또 칙지를 내려서 방림원(芳林園)에 토공목사를 시작했는데, 공경(公卿)들까지 흙과 나무를 나르게 했다. 사도(司徒) 동심(董尋)이 표를 올려 간곡히 간했다.

엎드려 생각하옵건대, 건안(建安) 이래, 야전(野戰)에 사망하고 문호(門戶)를 탄진(殫盡)한 사람이 무수하오며, 비록 생존한 자 있다 하지만 유고(遺孤)가 아니면 노약자뿐입니다. 이제, 궁실(宮室)이 협소하여 넓히시고자 하옵시면 마땅히 농사일에 방해가 없는 때를 택하셔야 할 겁니다. 하물며 무익지물(無益之物)을 만드심에 있어서리요? 폐하께서 군신(群臣)을 대우하심에 있어서 관면(冠冕)을 씌우시고 문수(文繡)를 입히시고 화여(華輿)에 타게 하심으로써 소인(小人)과 다르게 하시었사온데, 이제 또 나무를 지고 흙을 떠메어 몸과 발을 흙투성이로 만드시니, 나라의 빛을 더럽히시고 무익한 일을 숭상하심은 더 말할 것도 없는 일입니다. 공자께서 말씀하시기를, '인군이 신하를 씀에 예로써 하고(君使臣以禮) 신하가 인군을 섬김에 충의로써 한다(臣事君以忠)'고 하셨사오니, 충도 예도 없이 나라가 무엇으로써 지탱해 나가겠습니까? 신이 이런 말씀을 여쭈면 반드시 죽을 줄 아오며, 스스로 몸을 소의 털 한 가닥에 비기오니 살아서 이익이 없고 죽어도 손해가 없습니다. 붓을 잡으니 눈물이 앞을 가리오며, 마음은 세상을 떠나 갑니다. 신에게는 여덟 아들이 있사온데 신이 죽은 뒤에는 폐하께 폐를 끼치게 되겠습니다. 전율을 금치 못하오며 목숨이 다하기만 기다립니다.

조예는 표를 다 보고 나더니,
"동심은 죽음도 무섭지 않다는 거냐?"
하면서 격분했는데, 좌우 사람들이 명령을 내려서 참하라고 아뢨더니, 그가 말했다.
"그자는 평소부터 충의의 마음이 있었으니 우선 서인으로 떨어뜨려 두었다가 다시 망언을 하면 반드시 참하기로 하겠소!"
이때 태자(太子)의 사인(舍人) 장무(張茂—字는 彦材)도 또한 표를 올려서 간곡히 간했지만, 조예는 그를 참하고 그날로 마균(馬鈞)을 불러서 물었다.
"짐은 고대준각(高臺峻閣)을 세워 놓고 신선과 내왕하여 장생불로(長生不老)하는 방법을 알고 싶소."
"한조(漢朝) 24제(帝) 가운데서 오직 무제(武帝)께서만 향국(享國)이 가장 오래셨고 수도 극히 높으셨사온데, 이는 하늘 위의 일정 월화(日精月華)의 기운을 잡수셨기 때문입니다. 장안궁에 백양대(栢梁臺)를 세우셨는데, 대 위에는 한 동인(銅人)이 있고 손에 쟁반을 받들고 있는데, 이름하여 '승로대(承露臺)'라고 했습니다. 이것으로 밤 3시경에 북두(北斗)에서 떨어지는 물을 받았는데 그 물을 이름하여 '천장(天漿)' 또는 '감로(甘露)'라고 했습니다. 이 물을 받으셔서 미옥(美玉)을 부수어 섞어 잡수시면 늙지 않고 젊어지실 수 있습니다."

조예가 크게 기뻐했다.

"이제 그대는 인부를 데리고 밤을 새워서 장안에 이르러 그 동인을 떼다가 방림원(芳林園)에 옮겨 놓도록 해주시오."

마균은 명령을 받고 인부 1만 명을 인솔하고 장안으로 가서 백양대 주위에 나무시렁을 만들어 올리고 그 위로 올라가라고 명령했다. 그리고 시간을 지체하지 않고 5천 명이 동아줄을 연결시켜서 그것을 붙잡고 빙글빙글 돌아서 그 위로 올라갔다. 백양대는 높이가 20장(丈), 구리기둥의 굵기가 열 발이나 됐다. 마균이 먼저 동인을 떼어 내게 하니 여러 사람들이 힘을 합쳐서 동인을 떼어 냈다. 그런데 그 동인의 눈에서는 눈물이 줄줄 흘렀다. 모든 사람들이 깜짝 놀랐다. 홀연 대 언저리에서 일진의 광풍이 일어나더니 사석(砂石)이 휘몰아쳐 나는데 마치 소나기가 퍼붓는 듯, 천지가 무너지는 듯한 괴상한 소리가 나더니 대가 기울어지고 기둥이 쓰러져 버렸다. 그래서 그 밑에 눌려서 죽은 사람이 천여 명이나 되었다.

마균은 동인과 금반(金盤)을 떼어 운반해 가지고 낙양으로 돌아와서 위주를 만나보고 그 동인과 승로반을 바쳤다.

위주가 물었다.

"구리기둥은 어디 있소?"

"기둥 무게가 백만 근이나 되어서 운반해 오지 못했습니다."

조예는 그 구리기둥을 깨뜨려서 낙양으로 운반해다가 두 개의 동인을 만들어 '옹중(翁仲)'이라 불러서 사마문(司馬門) 밖에 늘어세우고, 또 높이 4장이 되는 동룡(銅龍)과 높이 3장이 넘는 동봉(銅鳳)을 주조해서 궁전 앞에 세웠다.

그리고 상림원(上林苑) 안에는 기이한 꽃과 나무를 심고 진금 괴수(珍禽怪獸)를 모아 들여서 키웠다.

소부(少傅) 양부(楊阜)가 표를 올려 간하기를, 진시황이 아방궁(阿房宮)을 꾸며 그 재앙이 아들에게 미쳐 2세(世)에 멸망했으니, 한가하고 편안하게 지내며 궁실만을 장식한다는 것은 반드시 위망(危亡)의 화를 가져올 것이라고 충고했다.

조예는 이런 말에는 귀도 기울이지 않고 명령을 내려서 천하의 미인을 뽑아다가 방림원에 두었다.

조예의 황후 모씨(毛氏)는 하내(河內) 사람으로서 전에 조예가 평원왕(平原王)으로 있을 때 가장 총애하다가 제위에 오르면서 황후로 세웠었다.

그 후 조예는 곽부인(郭夫人)을 총애하고 모황후를 돌보지 않았다.

곽부인은 아리땁고 총명해서 조예가 매우 사랑했고, 매일 향락에만 도취해서 한 달 동안이나 궁에 틀어박혀 나오지 않곤 했다. 그해 3월에 방림원에 백화가 만개하여, 조예는 곽부인과 더불어 꽃구경을 하면서 술을 마셨다. 곽부인이 어째서 황후를 불러 내어 함께 즐기지 않느냐고 물으니, 조예가 대답했다.

"그게 옆에 있으면, 한 방울의 술도 목을 넘어가지 않소."

그리고 궁녀들에게 말하기를 모황후에게 알리지 말라고 했다.

그러나 어떤 환관 한 사람이 조예가 곽부인과 함께 화원에서 꽃구경을 하고 있다는 사실을 모황후에게 알리고 말았다.

이튿날 수레를 타고 밖으로 나오던 모황후가 조예와 마주치자,

"폐하께서는 어제 화원에서 노시었다 하오니 자못 즐거우셨겠습니다."

하고 비웃었다.

조예는 대로하여 그 전날 꽃을 구경하던 자리에 있었던 궁녀들의 목을 베고, 모황후에게도 죽음을 내리고 곽부인을 황후로 세웠다. 조정 신하들도 그 이상 감히 간하지 못했다.

이때, 유주(幽州) 자사(刺史) 관구검(毌邱儉)이 표를 올렸는데, 요동(遼東)의 공손연(公孫淵)이 반란을 일으켜 연왕(燕王)이라 자칭하며, 소한 원년(紹漢元年)이라 개원(改元)하고 궁전을 건축하고 관직을 세우고 군사를 일으켜 북방에 침범하여 어지럽게 군다는 것이었다.

조예가 깜짝 놀라 당장에 문무관료를 모아 놓고 군사를 일으켜 공손연을 격퇴할 계책을 상의했다.

이야말로 장사들이 토목까지 짊어져 중국(中國)이 피로한 판인데 또다시 외방에서 싸움이 벌어지는 것이다.

106. 병자가 튀어나와서

公 孫 淵 兵 敗 死 襄 平
司 馬 懿 詐 病 賺 曹 爽

공손연은 요동의 공손도(公孫度)의 손자 공손강(公孫康)의 아들이었다. 건안 12년에 조조가 원상(袁尙)을 추격하여 요동에 다다르기 전에 공손강이 원상의 수급을 바쳤는지라 조조는 그를 양평후(襄平侯)에 봉했었고, 공손강이 죽은 뒤에는 그의 장자 공손황(公孫晃)과 차자 공손연이 모두 어려서, 공손강의 아우 공손공(公孫恭)이 그 관직을 계승했다.

조비의 시절에는 공손공을 거기장군 양평후에 봉했었다. 태화(太和) 2년(서기 228년)이 되자 공손연은 이미 장성하여 문무 겸비하고 성품이 거칠며 싸움을 좋아해서 숙부 공손공의 직위를 빼앗고, 조예는 그를 양렬장군(揚烈將軍) 요동태수(遼東太守)에 봉했다.

그 후 손권이 장미(張彌)·허연(許宴)을 사자로 파견하여 요동에 금보진옥(金寶珍玉)을 보내서 공손연을 연왕에 봉하려고 했더니, 공손연은 중원을 두려워하여 장미·허연 두 사자의 목을 베어서 그 수급을 조예에게 바쳤다. 조예는 공손연에게 대사마(大司馬) 낙랑공(樂浪公)을 봉했다.

공손연은 그것이 만족스럽지 않아서 수하의 여러 사람들과 상의하고 연왕이라 자칭했으며, 연호를 소한 원년이라고 고쳤다.

부장 가범(賈範)이 간하기를, 중원에서 상공(上公)의 작(爵)으로 대접하는데 거기 배반한다는 것은 이치에 맞지 않는다고 했더니, 공손연은 가범을 결박해 놓고 참하려고 했다.

이때 참군 윤직(倫直)이 또 간했다.

"근래들어 괴상한 일이 가끔 일어나고 있습니다. 개가 두건을 쓰고 붉은 옷을 입고 사람의 집에 들어와서 사람과 같은 행세를 한다는데, 이런 일은 불길한 징조이니 주공께서도 불길함을 피하시고 경거망동하시지 않는 게 좋을까 합니다."

공손연은 발연대로, 무사에게 명령해서 윤직과 가범을 결박하여 장바닥에 끌어내서 목을 참하라고 했다. 그리고 대장군 비연(卑衍)을 원수(元帥), 양조(楊祚)를 선봉으로 삼고 요동 5만 군사를 동원하여 중원을 들이친 것이었다.

조예가 사마의를 불러들여서 상의했더니, 자기에게 부하 마군과 보병 4만이 있으니 아무 염려도 없으며, 공손연을 물리치려면 4천 리나 되는 먼 길이므로, 왕복 1년은 걸리리라고 대답했다.

조예는 그동안에 오군과 촉군이 침범할 것을 걱정했으나, 사마의는 거기에 대해서 이미 만반의 수배를 해서 견고히 지키도록 해놓았으니 안심할 수 있다고 말했다. 조예는 크게 기뻐하며 사마의에게 군사를 일으켜서 공손연을 토벌하라는 명령을 내렸다.

사마의는 호준(胡遵)을 선봉으로 삼고 전군(前軍)을 거느리고 요동에 도착하여 진을 쳤다.

이것을 알게 된 공손연이 비연·양조에게 군사 8만을 주어서 요수(遼隧)에 진을 치게 하니, 비연은 20여 리나 되는 거리를 참호로 둘러싸고 녹각(鹿角―옛날에 樹木을 깎아 세우는 방어물)을 울타리처럼 둘러쳐 놓고 무척 면밀한 방비를 했다.

호준이 이런 사실을 사마의에게 알렸더니, 사마의는 적군이 이곳에 총력을 집결하고 본거지는 텅 비어 있으리라는 판단으로 일거에 그곳을 습격하려고 샛길로 빠져서 양평으로 달렸다.

공손연의 진지에서는 비연과 양조가 적군이 쳐들어오더라도 선뜻 덤벼서 싸우지 말고, 그들이 먼 길에 지쳐 자빠지고 군량이 결핍해지기를 기다려서 기병(奇兵) 작전을 쓰자는 상의를 하고 있었는데, 느닷없이 위군이 남쪽으로 향했다는 정보가 날아들었다.

비연은 대경실색, 양평의 본거지를 빼앗길까 당황하여, 당장에 진지를 철수하고 사마의의 뒤를 추격했다.

사마의는 이 소식을 알자, 비연·양조가 자기 계책에 떨어진 데 자못 쾌감을 느끼면서 하후패와 하후위에게 명령하여 각각 1군을 거느리고 제수(濟水) 강변에 매복해 있다가 요동의 군사가 나타나면 좌우에서 일제히 공격하도록 지시했다.

그것도 모르고 여기로 달려든 비연·양조는 왼쪽에서 하후패, 오른쪽에서 하후위의 맹공을 받게 되니 싸우고 싶은 생각도 없이 살 구멍을 찾아서 간신히 수산(首山)까지 뺑소니를 쳤다가 마침 공손연이 군사를 거느리고 나타나자, 다시 힘을 합쳐서 말머리를 돌려 위군의 병사와 대결했다.

비연이 선뜻 나서서 호통을 치며 도전했으나 말을 달려 칼을 휘두르며 달려드는 하후패와 맞닥뜨려 몇 합도 싸우지 못하고 하후연의 칼을 맞아 말 위에서 목이 날아가 버렸다.

요동의 군사가 뿔뿔이 흩어지니 하후패는 군사를 몰고 맹렬히 무찔렀으며, 공손연은 패잔병을 거느리고 양평성으로 도주하여 성문을 단단히 잠그고 나오지 않았다. 위병들은 사방에서 성을 포위해 버렸다.

가을도 중턱으로 접어들면서 연일 퍼붓던 비가 한 달이 넘어도 그치지 않았다. 양평성을 포위하고 있는 사마의의 진지에서는 병사들 사이에 불평 불만이 자자했다. 물 속에 파묻혀서 잠도 제대로 잘 수 없었기 때문이었다.

좌도독 배경(裵景)이 병사들의 고충을 호소했으나, 사마의는 공손연을 금명간 붙잡을 텐데, 무슨 소리냐고 호통을 칠 뿐이었고, 우도독 구련(仇連)은 진지를 높은 곳으로 옮기자고 간하다가 당장에 목이 달아나 버렸다.

진군(陳羣)이 물었다.

"성을 들이치시지도 않고 오랫동안 시궁창 속에 계시면서 적군이 마음대로 나무를 자르고 소와 말을 먹이게 내버려두시는 것은 무슨 까닭입니까?"

사마의가 웃으면서 대답했다.

"그것은 병법을 모르는 소리요. 이번 싸움에서는 적군은 수효가 많고 우리 편은 수효가 적소. 억지로 공격을 가할 것 없이, 저편에서 도주하기 시작할 때 들이치면 될 게 아니겠소?"

사마의가 사람을 낙양으로 파견해서 군량을 공급해 달라고 재촉했다. 위주 조예가 조정에 나가서 상의했더니, 여러 신하들이 병마가 피곤했을 것이니 사마의를 도로 불러올리라고 했다. 그러나 조예는,

 "사마태위는 용병에 능하오. 임기응변을 잘하고 약은 꾀가
많으니 공손연을 잡는 것도 시간 문제일 것이오. 경들은 그다
지 걱정할 것 없소."
하면서, 여러 신하들이 간하는 말을 듣지 않고 사람을 파견하
여 군량을 사마의의 군전(軍前)에 공급해 주었다.
 며칠 후 하늘이 맑게 개었다. 사마의는 밖으로 나와서 천문
을 봤다. 한 별이 말(斗)만큼이나 큰데, 꼬리를 몇 장이나 되게
길게 뽑더니 수산(首山) 동북쪽에서 양평 동남쪽으로 떨어지는
것이 보였다. 각영의 장사들은 놀라지 않는 사람이 없었다.
 사마의가 크게 기뻐하며 좌우의 여러 장수들에게 말했다.
 "닷새 후에는 별이 떨어진 곳에서 반드시 공손연의 목을 베
게 될 것이오. 내일은 성을 맹렬히 공격합시다."
 여러 장수들은 사마의의 명령대로 날이 밝기가 무섭게 군사
를 거느리고 사방에서 몰려들어 토산을 쌓아 올리고, 지하도
를 파고, 포가(礮架)를 만들고 구름다리를 장치해서 낮밤 분
별 없이 맹공을 가하니 성 안에서는 화살이 빗발치듯 했다.
 공손연은 성 안에 있으면서 군량도 다 떨어졌으므로 소와
말을 잡아먹게 되니, 사람마다 원성이 자자하고 누구나 수비
에 힘쓸 생각은 없고 공손연의 목을 베어 가지고 성을 내주고
투항할 마음뿐이었다.
 이런 눈치를 챈 공손연은 당황하여 어쩔 줄 모르며 급히 상
국(相國) 왕건(王建), 어사대부(御史大夫) 유보(柳甫)를 시켜
서 위군의 영채로 가서 투항을 제의하라고 했다. 두 사람이
줄을 타고 성 아래로 내려와서 사마의를 만나 보고 연락을 취
했다.

"태위께서는 20리만 뒤로 물러 주십시오. 우리 군신(君臣)이 자진해 와서 투항하겠습니다."

사마의가 대로하여,

"공손연이 친히 오지 않다니 그게 될 말이냐?"

하고, 무사에게 호통을 쳐서 두 사람을 끌어내서 목을 베게 하고, 그 수급을 종인(從人)에게 주어서 돌려보냈다.

종인이 돌아가서 이런 사실을 보고하니, 공손연은 크게 놀라 또다시 시중 위연(衛演)을 위군의 영채로 파견했다.

사마의가 정면에 앉았고, 여러 장수들이 좌우로 늘어서 있는 가운데, 위연은 무릎을 꿇고 엉금엉금 기어들어가서 장하에 꿇어 앉았다.

"태위께서는 우뢰 같은 노여움을 가라앉히십시오. 기일을 작정하여 먼저 세자 공손수(公孫修)를 인질로 보내옵고, 그 후에 군신이 스스로 몸을 묶고 나와서 투항하겠습니다."

"군사(軍事)에는 다섯 가지 중요한 점이 있다. 싸울 수 있으면 싸우는 것이고, 싸울 수 없으면 지키는 것이고, 지킬 수 없으면 달아나는 것이고, 달아날 수 없으면 항복하는 것이고, 항복도 할 수 없으면 죽는 것뿐이다. 아들을 인질로 보낼 필요가 뭣이란 말이냐?"

공손연에게 돌아가서 이렇게 말하라고 호통을 쳐서 위연을 돌려보냈다. 위연은 걸음아 날 살려라 하고 뺑소니를 쳐 돌아와서 공손연에게 사실대로 보고했다.

공손연은 난감하여 당장에 아들 공손수와 단둘이 의논한 결과 인마 1천을 뽑아 가지고 그날밤 2경쯤 되어서 남문을 열어 젖히고 동남편으로 달아났다.

공손연은 사람의 그림자가 보이지 않아서 크게 기뻐했는데, 10리도 못 가서 홀연 산 위에서 포성이 울리고 고각이 일제히 울리더니 1대의 군사가 앞을 가로막는데, 한가운데 서 있는 것은 바로 사마의였고, 왼쪽에 사마사, 오른쪽에 사마소가 버티고 서서 소리를 질렀다.

"반적(反賊)아! 꼼짝 말고 게 있거라!"

공손연은 깜짝 놀라서 말머리를 돌리고 길을 찾아서 뺑소니를 쳤다. 그러나 호준(胡遵)의 군사가 재빨리 대들어서 왼쪽에서부터 하후패·하후위, 오른쪽에서부터 장호·악침이 덤벼들며 4면을 철통같이 포위해 버렸다.

공손연 부자는 말을 내려서 항복하는 도리밖에 없었다. 사마의가 말 위에서 여러 장수들을 둘러 보면서 외쳤다.

"내가 며칠 전날 밤 병인일(丙寅日)에 여기서 큰 별이 떨어지는 것을 보았더니 오늘밤, 임신일(壬申日)에 그 말대로 됐소!"

여러 장수들이 입을 모아 치하했다.

"태위께서는 정말 신기(神機)이십니다!"

사마의가 목을 베라고 명령을 내리니, 공손연 부자는 얼굴을 서로 마주 대하고 죽었다. 사마의는 군사를 거느리고 양평성(襄平城)으로 향했는데, 미처 성 아래 도착도 하기 전에, 호준이 전군(前軍)을 인솔하고 성 안으로 쳐들어갔더니, 백성들은 향불을 피우고 맞아들였으며, 위군의 병사는 전군 무사히 입성하였다.

사마의는 아문(衙門)에 앉아서 공손연의 종족과 공모한 관료 임원을 모조리 죽였는데, 수급이 도합 70여 과(顆)였다. 방을 내붙여서 백성들을 안정시켰다.

한 사람이 사마의에게 말하기를,

"가범과 윤직은 공손연에게 모반을 해서는 안 된다고 애써 간했기 때문에 공손연의 손에 죽었습니다."

하니, 사마의는 그들의 무덤을 정중히 돌봐 주고 자손들에게 벼슬을 주었다. 창고 안에 있는 재물로 3군에게 중한 상을 내리고, 군사를 철수하여 낙양으로 돌아왔다.

위주 조예는 어느날 밤 궁중에 있었는데, 밤이 3경이나 되어서 홀연 일진의 음풍(陰風)이 일더니 등불이 꺼져 버렸다. 그리고 모황후가 난데없이 수십 명의 궁녀를 거느리고 좌전(座前)으로 통곡을 하며 대들어서 목숨을 도로 돌려달라고 야단을 쳤다. 조예는 이 일 때문에 병이 나서 병세가 날로 위중해지는 바람에 광록대부(光祿大夫) 유방(劉放)과 손자(孫資)에게 명령하여 추밀원(樞密院)의 일체 사무를 다스리게 하고 또, 문제(文帝—曹丕)의 아들 연왕(燕王) 조우(曹宇)를 불러서 대장군을 삼아 태자 조방(曹芳)을 보좌하여 섭정토록 하려고 했다.

그런데 조우는 위인이 공손하고 검소하며 온화하여 이 대임을 맡으려고 하지 않고 굳이 사양하며 받지 않았다. 조예가 유방과 손자를 불러서 물어 보았다.

"종족 안에서 누가 이 임무를 맡을 만하오?"

두 사람은 조진(曹眞)의 은혜를 입었기 때문에,

"단지 조자단(조진)의 아드님 조상(曹爽)만이 이 대임을 맡을 만합니다."

하고 대답했다. 조예가 그들의 의견을 받아들이기로 했다. 두 사람은 또 말했다.

"조상을 기용하신다면, 연왕은 귀국하게 하심이 좋을까 합니다."

조예가 승낙하자, 두 사람은 곧바로 조명을 내리게 해 가지고 연왕에게로 가서 권고했다.

"천자께서 손수 조서를 써서 연왕께 귀국하라 하시니 즉시 떠나시기 바랍니다. 조명이 없으신 동안에는 입조하시면 안 됩니다."

연왕 조우가 눈물을 흘리면서 떠나간 다음, 조상을 대장군에 봉하고 조정의 정사를 총섭하게 했다.

조예는 병세가 점점 더 위중해지자 급히 칙사를 보내서 사마의를 조정으로 불러올리도록 했다. 사마의가 허창으로 달려와서 위주를 알현하니 조예는 태자 조방, 대장군 조상, 시중 유방·손자 등을 어탑(御榻) 앞으로 불러 세우고 사마의의 손을 잡으며 말했다.

"옛날에 유현덕은 백제성(白帝城)에서 병이 위독했을 때, 어린 아들 유선(劉禪)을 제갈공명에게 부탁했고 공명은 죽을 때까지 충성을 다했소. 작은 나라에 있어서도 이러했거늘 하물며 우리 대국에 있어서리요! 짐의 어린 아들 나이 겨우 여덟 살이니 사직을 장리(掌理)해 내지 못할 것이므로, 태위와 종형(宗兄), 원훈(元勳) 구신(舊臣)들이 힘써 서로 보필해서 짐의 마음에 어긋남이 없도록 해 주기 바라오."

또 조방을 보고 말하기를,

"중달(사마의)은 짐과 일체(一體)이니 극진히 공경해라!" 하면서, 사마의에게 명령하여 조방을 앞으로 불러 세우니, 조방은 사마의의 목을 얼싸안고 놓지 않았다. 조예가 말했다.

"태위, 이 어린것이 경을 이렇게 좋아하는 정리를 잊어버리지 말기를 바라오."

말을 마치자 눈물이 비오듯하니 사마의도 머리를 조아리고 눈물을 흘리는데, 위주는 정신이 혼미해지는 듯 입으로 말을 하지 못하며 손으로 태자를 가리키더니, 얼마 후 숨지고 말았다. 재위 13년, 향년 36세. 때는 위나라 경초(景初) 3년(서기 239년) 봄, 정월이었다.

사마의와 조상은 지체 없이 태자 조방을 황제 자리에 세웠다. 조방은 자가 난경(蘭卿), 조예가 얻어다 기른 자식이었다. 궁중 깊숙한 곳에서 자라났기 때문에 그의 출생에 대해 자세히 아는 사람이 없었다.

조방은 조예에게 명제(明帝)라는 시호를 올리고 고평릉(高平陵)에 매장했으며, 곽황후를 존경하여 황태후로 모시고, 정시(正始) 원년(元年—서기 240년)이라고 연호를 고쳤다.

사마의와 조상이 정사를 보좌하게 됐는데, 조상은 사마의를 극진히 공경하고 국가의 일은 뭣이나 사전에 그에게 알리곤 했다.

조상은 자를 소백(昭伯)이라 하며 어렸을 적부터 궁중에 출입했는데, 조예는 그의 조심성 많은 성품을 좋아해서 극진히 사랑했었다.

그의 문하에는 식객이 5백 명이나 됐는데, 그 중에 다섯 사람은 경박한 것을 좋아해서 서로 마음이 통했는데, 바로 하안(何晏—字는 平叔)·등우(鄧禹)의 후예인 등양(鄧颺—字는 玄茂)·이승(李勝—字는 公昭)·정밀(丁謐—字는 彦靜)·필궤

(畢軌—字는 昭先) 등이었다.

하안이 조상에게 말했다.

"주공의 대권을 남에게 맡기셔서는 안 됩니다. 후환이 있을까 걱정됩니다."

"사마공과 나는 다같이 선제께서 유주(幼主)를 부탁하신다는 명령을 받은 몸이니 어찌 그를 배반하겠소?"

"과거에 선공(先公)께서 중달(사마의)과 촉군을 격파하실 때, 여러 차례 이 사람 때문에 화가 나셔서 돌아가셨는데, 주공께서는 왜 그것을 생각지 못하십니까?"

조상은 선뜻 깨닫고 여러 관원들과 상의한 결과, 위주 조방에게 아뢨다.

"사마의는 공이 높고 덕이 중하오니 태부(太傅)로 승진시킴이 좋을까 합니다."

조방이 그 말대로 승낙하니, 이때부터 모든 병권은 조상의 수중으로 들어가게 됐다. 그는 아우 조희(曹羲)를 중령군(中領軍), 조훈(曹訓)을 무위장군(武衛將軍), 조언(曹彦)을 산기.상시(散騎常侍)에 임명하고, 각각 어림군 3천 명을 주어서 궁중에 무상 출입하게 했다.

또 하안·등양·정밀을 상서, 필궤를 사례교위, 이승(李勝)을 하남윤(河南伊)으로 기용해서, 이 다섯 사람과 더불어 낮이나 밤이나 정사를 상의했다.

한편, 사마의는 병을 핑계하고 집 안에 틀어박혀 나오지 않았고, 그의 두 아들들도 관직을 버리고 한가히 지내고 있었다. 조상은 연일 하안 등과 술을 마시는 것이 큰 즐거움이었고, 의복에서 집기에 이르기까지 조정이나 다름 없이 꾸미고 살며, 각처에서 진공(進貢)하는 진기한 물건은 먼저 좋은 것을 자기가 뽑아 가지고 나머지를 궁중으로 들여보냈다. 가인 미녀(佳人美女)가 부원(府院)에 가득 찼으며, 황문관(黃門官) 장당(張當)은 조상에게 아첨하느라고 선제의 시첩(侍妾) 7, 8명을 제멋대로 뽑아서 부중으로 들여보냈다. 조상은 또 가무에 능한 양가 자녀 3, 40명을 뽑아서 집 안에 두고 즐겼으며, 중루 화각(重樓畵閣)을 건축하고 금은 집기를 만드느라고 교장(巧匠) 수백 명을 밤낮으로 동원시켰다.

하안과 등양 두 사람은 평원(平原)의 관로(管輅)란 사람이 유명한 역자(易者)로 수술(數術)에 능함을 알고, 한번 그를 청하여 운수를 점쳐 달라고 했다. 그랬더니 관로가 남의 말을 잘 듣고 예의에 어긋나는 일을 하지 않아야 삼공(三公)에 승진할 수 있으리라고 말했다고 하여 관로를 미친 놈이라고 일소에 붙여 버린 일이 있었다.

조상은 가끔 하안·등양과 사냥을 잘 나갔다. 아우 조희가 항시 국가의 대권을 장악하는 사람이 사냥만 나갔다가 그 틈에 만일의 일이 발생하면 수습할 수 없을 것이라고 권고했지만, 조상은 병권이 자기 수중에 있다는 것만 믿고, 아우의 말도, 또 사농(司農) 환범(桓範)의 간언도 통 받아들이지 않았다.

위주 조방은 정시 10년을 가평 원년(嘉平元年)으로 고쳤다. 조상은 대권을 장악한 이래, 사마의의 소식을 몰라서 궁금하던 차에, 위주가 이승(李勝)을 형주자사에 임명해서, 기회가 좋다 생각하고 그를 사마의에게 파견하여 동정을 살피고 오라고 했다.

눈치 빠른 사마의는 이승이 나타났다는 보고를 받고 두 아들에게 말했다.

"이는 필시 조상의 지시로 나의 병세를 탐지하러 왔을 것이다."

급히 관을 벗어 버리고 머리를 산발한 다음 침상 위에 이불을 뒤집어쓰고 앉아서 두 아들의 부축을 받으면서 이승을 불러들였다.

이승이 무슨 말을 해도 사마의는 딴전만 부렸다. 말을 못 알아듣는 척했다.

이승이 말했다.

"소생이 형주자사의 임명을 받아서 인사도 여쭐 겸……."

"뭐라고, 병주에서 왔다고?"

"병주가 아니라 형주 말입니다."

"잘 모르겠는걸! 종이와 붓을 가져오너라!"

이승이 글씨로 써서 보였더니, 그제야 사마의는,

"나는 병 때문에 귀까지 먹어서……. 이번에 그곳을 떠나가시거든 자중해서 일이나 잘 보시오."

하더니, 손으로 입을 가리키는 것이었다. 시비가 국을 앞으로 내밀었더니 사마의는 입으로 받아 마시려다가 흘려서 옷깃만 적시고 말았다. 그리고는 침상에 쓰러져서 숨이 차서 헐떡헐떡 괴로워했다.

이승이 사마의와 작별하고 조상에게로 돌아와서 이런 동정을 일일이 자세하게 보고했더니, 조상은 깜짝 놀라면서도 기뻐서 어쩔 줄 몰랐다.

"그 늙은 것이 죽어 버린다면 나는 아무 걱정도 없겠는데!"

사마의는 이승이 돌아가자 몸을 벌떡 일으키며 두 아들에게 말했다.

"이승이 이번에 돌아가서 이런 소식을 전하면 조상은 반드시 나를 꺼리던 마음이 없어질 게다. 그가 성 밖으로 나가서 사냥을 할 때 처치해 버려야겠다."

며칠 뒤 조상은 위주 조방에게 고평릉에 나가서 선제의 제사를 지내자고 했다. 대소 관료들이 모두 성가(聖駕)를 따라서 성 밖으로 나왔다. 조상이 세 아우와 심복 하안을 거느리고 어림군으로 성가를 호위시키며 앞으로 나가는데 사농 환범이 말고삐를 움켜잡고 말했다.

"주공께서는 궁중의 병사를 통솔하시는 분이시니 형제분이 모두 성 밖에 나오시는 게 좋지 않습니다. 성중에서 변고가 생기면 어찌 하시렵니까?"

그러나 조상은 채찍으로 가리키면서 호통을 쳤다.

"누가 감히 변고를 일으킨단 말인가? 두 번 다시 그따위 소리를 함부로 지껄이지 말게!"

그날, 사마의는 조상이 성 밖으로 나왔다는 것을 알자, 마음속으로 크게 기뻐하며 그 즉시 옛날 적군을 격파하던 수하의 장수들과 가장(家將) 수십 명과 두 아들을 거느리고 말 위에 올라 조상을 모살하려고 달려나왔다.

이야말로 폐호(閉戶)에 홀연 생기가 감돌아서 군사를 몰고, 이제부터 웅풍(雄風)을 몰아쳐 볼 판이다.

107. 과부의 절개

魏主政歸司馬氏
姜維兵敗牛頭山

사마의는 조상이 아우 조희·조훈·조언과 심복의 부하 하안·등양·정밀·필궤·이승 등과 어림군을 인솔하고 위주 조방을 따라서 성 밖으로 나가 명제(明帝)의 묘에 참배한 후 곧 사냥을 나갔다는 소식을 듣자 크게 기뻐하며 당장에 성중으로 달려갔다.

사도(司徒) 고유(高柔)에게 절월(節鉞)을 준 것처럼 꾸며 가지고 대장군의 직무를 대행해서 우선 조상의 영을 점령하게 했다.

또 태복(太僕) 왕관(王觀)에게 명령하여 중령군(中領軍)의 일을 대행해서 조희의 영을 점령하게 했다.

그러고 나서 사마의는 구관(舊官)들을 거느리고 후궁으로 들어가서 곽태후에게, 조상이 선제께 부탁받은 은혜를 저버리고 간사한 소행으로 나라를 어지럽게 하므로 그 죄는 마땅히 그의 직무를 폐해 버리는 수밖에 없다고 아뢨다. 곽태후가 깜짝 놀랐다.

"천자께서 밖에 계신데, 어쩔 도리가 없지 않소?"

사마의가 아뢨다.

"신에게는 천자께 표를 올려서 간신을 주멸할 수 있는 좋은 계획이 있사오니, 태후께서는 조금도 걱정하시지 마십시오."

태후는 이렇게 말하는 사마의의 위력에 눌려서 겁을 집어먹고 그가 하자는 대로 하는 수밖에 별 도리가 없었다.

사마의는 시급히 태위 장제와 상서령 사마부를 시켜서 함께 표를 작성하게 하고, 황문관(환관)을 파견하여 성 밖으로 나가서 천자 앞에 그것을 아뢰도록 했다.

그리고 사마의 자신은 대군을 인솔하고 무고(武庫)를 점령해 버렸다.

이런 사실을 재빨리 조상의 집으로 알린 사람이 있었다. 조상의 아내 유씨(劉氏)는 급히 대청 앞으로 나와서 수문장을 불러 물었다.

"지금 주공께서 밖에 계신데 중달이 군사를 동원하고 있으니, 이는 무슨 의도요?"

수문장 반거(潘擧)가 대답했다.

"부인께서는 걱정하시지 마십시오. 소생이 나가서 알아보고 오겠습니다."

궁노수 수십 명을 거느리고 망루로 달려올라갔다. 그곳에서 바라보자니, 마침 사마의가 군사를 거느리고 문앞을 지나쳐 가려 하고 있었다.

반거가 부하를 시켜서 화살을 빗발치듯 퍼붓게 하니 사마의는 그 앞을 지나갈 수 없어 옴쭉 못하고 서 버렸다.

편장(偏將) 손겸(孫謙)이 뒤에서 가로막으며 말했다.

"태부는 국가의 대사를 맡아 보고 있는 분이니 활을 쏘시면 안 됩니다."

이렇게 연거푸 세 차례나 말리니, 반거가 그제야 활쏘기를 중지했다. 사마소는 부친 사마의를 호위하며 그 앞을 지나 군사를 인솔하고 성 밖으로 나와 낙하(洛河)에 주둔하면서 부교를 지켰다.

한편 조상의 수하에 사마(司馬)로 있는 노지(魯芝)가 성중에 변고가 발생한 것을 알자 참군 신폐(辛敞)와 상의했다.
"이제 중달이 이렇게 변란을 일으키고 있으니 어찌하면 좋겠소?"
신폐가 대답했다.
"본부병을 거느리고 성 밖으로 나가서 천자께 알현하고 연락해 드려야겠소."
노지가 그 말이 옳다고 하니, 신폐는 급히 후당으로 뛰어들어갔다. 그의 누이 헌영(憲英)이 그를 보더니 물었다.
"너는 도대체 무슨 일이 있기에 이다지도 당황해하느냐?"
신폐가 솔직히 대답했다.
"천자께서는 성 밖에 계신데 태부가 성문을 잠가 버렸으니 반드시 반역을 꾀하려는 것 같소."
누이 헌영이 또 말했다.
"사마공(사마의)은 반드시 반역을 꾀하자는 것은 아닐 게다. 조장군을 죽여 버리려는 생각에서겠지."
신폐가 깜짝 놀랐다.
"이 일을 어찌했으면 좋겠소?"
헌영이 대답했다.
"조장군은 사마공의 적수가 될 수는 없을 것이니 반드시 패할 게다."

신폐가 말했다.

"노사마(노지)가 나하고 함께 나가자고 하는데 가도 좋을지 모르겠소."

헌영이,

"자기 직책을 지킨다는 것은 사람으로서의 대의(大義)다. 무릇 사람이 곤경에 빠졌을 때에는 구출해 줌이 당연한 일이거늘, 맡은 직책이 있는데 그것을 포기한다는 것은 두말 할 것 없이 좋지 못한 일이다."

하니 신폐는 누이 헌영의 말대로, 노지와 함께 수십 기를 인솔하고 관을 무찌르고 성문 밖으로 빠져 나왔다.

이 소식을 사마의에게 알린 사람이 있었다. 사마의는 환범까지 달아나지나 않나 걱정이 되어 곧 사람을 시켜서 그를 불렀다.

환범이 그의 아들과 상의했더니 아들이 말했다.

"천자께서 밖에 계시니 남쪽으로 나가시는 게 좋겠습니다."

환범은 아들의 말대로 곧바로 말에 올라 평창문(平昌門)으로 달려갔다. 성문은 이미 잠가졌으나, 파문장(把門將)은 바로 환범 밑에 있던 구리(舊吏) 사번(司蕃)이었다.

환범은 소맷자락에서 죽판(竹版)을 꺼내 들며 말했다.

"태후의 조명이시다. 지체하지 말고 성문을 열어라!"

사번이 소리쳤다.

"조명을 좀 똑똑히 검사해 봅시다."

환범이 호령했다.

"그대는 나의 밑에 있던 고리(故吏)가 아닌가? 어찌 감히 그따위 소리를 하느냐?”

사번은 어쩔 수 없이 성문을 열어 주어서 통과시켰다.

환범은 성 밖으로 나오자, 사번을 불러서 소리를 질렀다.

“태부가 반역을 꾀하고 있으니 그대도 나를 따라 급히 가보자.”

사번은 그제야 깜짝 놀라서 뒤를 쫓아가서 붙잡으려 했으나 그럴 겨를이 없었다.

이런 사실을 사마의에게 알린 사람이 있었다. 사마의가 대경실색했다.

“슬기로운 지낭(智囊)이 뺑소니를 쳐 버렸구나! 이 일을 어찌하면 좋을까?”

장제가 말했다.

“둔한 말이 마굿간의 남은 콩맛을 언제나 잊지 못하는 법이오. 반드시 기용해 주지 않을 것이오.”

사마의는 그 즉시 허윤과 진태를 불러서 말했다.

“그대들은 조상에게로 가서 그를 만나 보고, 태부는 별다른 일을 생각하고 있는 게 아니라, 단지 조상 형제들의 병권만을 내놓도록 하자는 것이라고 말해 주시오.”

허윤과 진태가 자리를 물러나자, 또다시 전중교위(殿中校尉) 윤대목(尹大目)을 불러들여 장제에게 편지를 쓰게 하더니, 그것을 윤대목에게 주면서 조상에게 전달하라고 했다. 그리고 또 분부했다.

“그대와 조상은 교분이 두터운 사이이니 이 임무를 맡아 줄 수 있을 것이오. 그대는 조상을 만나서 나와 장제가 단지 병권 때문에 그러는 것이지 다른 의사는 아무것도 없다는 것을 낙수 강물을 두고 맹세하더라고 전해 주시오.”

윤대목은 명령을 받고 자리를 물러나갔다.

조상이 매를 날리고 개를 달리게 하여 사냥에만 열중하고 있을 때, 홀연 성 안에서 변고가 발생했으며 태부가 표를 올렸다는 보고가 들어오니 그는 어찌나 놀랐던지 하마터면 말에서 떨어질 뻔했다.

황문관은 천자의 앞에 꿇어앉아서 표를 올렸다. 조상은 표를 받아서 근신에게 주고 읽으라고 했다.

정서대도독 태부, 신 사마의는 황송하기 이를 데 없는 마음으로 머리를 조아리며 삼가 이 표를 올립니다. 신이 옛적에 요동에서 돌아오자 선제께서는 폐하, 진왕(秦王) 그리고 소신을 어상(御牀)에 가까이 부르셔서 소신의 손을 잡으시고 뒷일을 무척 걱정하셨습니다. 그러하온데 이제 대장군 조상이 고명(顧命)을 배반하고 국전(國典)을 패란하게 하오니 군법으로 다스려야 하겠기에, 낙수 부교에 군사를 주둔시키고 비상사태를 사찰(伺察)하옵니다.

위주 조방은 표를 읽는 것을 끝까지 다 듣고 나서 어찌했으면 좋겠느냐고 조상에게 물었다.

그러나 조상 역시 당황해서 어쩔 줄 모르며 아우들을 보고 말했다.

"어떻게 했으면 좋을까?"

조희는 사마의의 꾀에는 공명도 당해 내지 못했으니 우리 형제가 모두 항복하고 목숨이나 살려 달라고 하자는 것이었다. 참군 신폐와 사마 노지가 달려들며, 사마의가 철통 같은 방비를 하고 있으니, 시급히 대계(大計)를 결정하라고 해도 조상은 묵묵부답이었다.

또 사농 환범이 달려들며 천자를 허도로 옮기고, 군사를 동원하여 사마의를 토벌하자고 해도, 조상은 눈물을 흘릴 뿐, 도무지 결단을 내리지 못하는 것이었다.

얼마 후 시중 허윤과 상서령 진태가 달려왔다.

"태부께서는 장군의 임무가 너무 무거우신지라 병권만을 거두어들이시려는 것이며, 다른 생각은 없으시니 장군께서는 시급히 성 안으로 돌아가십시오."

두 사람이 이렇게 말해도 조상은 역시 입을 다물고 있을 뿐이었다.

이때, 또 전중교위 윤대목이 나타났다.

"태부께서는 다른 뜻이 없으시다는 것을 낙수 물을 두고 맹세하셨습니다. 장태위의 서신이 여기 있습니다. 장군께서는 병권을 빨리 넘기시고 상부로 돌아가십시오."

조상이 이 말을 믿을 듯한 눈치를 보이자, 환범이 말했다.

"사태는 급박합니다. 남의 말을 들으시고 사지(死地)에 임하시지 않도록 하십시오."

그날밤, 조상은 결단을 내리지 못하고 칼을 뽑아서 노려 보기만 하면서 이 궁리 저 궁리, 날이 밝을 때까지 눈물만 흘리더니 결국은 아무런 작정도 하지 못했다. 환범이 나타나서,

"밤새껏 생각하셨으니 무슨 용단을 내리셨습니까?"

하고 물었더니, 칼을 집어 던지며 말했다.

"나는 군사를 일으키지 않겠소. 벼슬을 버리고 부가옹(富家翁)으로 지내기만 하면 족하오."

"조자단(曹子丹·조진)은 스스로 지모를 뽐냈는데, 이 3형제는 모두 돼지새끼 같은 놈들이구나!"

하면서, 환범은 방성통곡했다.

허윤과 진태가 인수(印綬)를 사마의에게 넘겨 주라고 했더니, 조상은 두말 없이 내놓았다. 주부(主簿) 양종(楊綜)이 울면서 손에 매달렸다.

"주공님, 오늘날 병권을 버리시고 스스로 몸을 묶으셔서 투항하시면 동시(東市)에서 살육을 면치 못하실 겁니다."

"태부는 반드시 나한테 실신(失信)하지 않을 것이오."

조상은 인수를 허윤·진태에게 주면서 사마의에게 전하게 했다. 사마의는 조상 3형제를 우선 사택으로 돌아가게 하고, 나머지 사람들은 모두 감금해 놓고 칙지를 기다리라고 했다. 조상 3형제가 성 안으로 들어왔을 때에는 그들을 따르는 사람이 하나도 없었다.

환범이 부교 근처까지 왔을 때, 사마의는 말 위에서 채찍을 높이 휘두르면서 말했다.

"어쩌다가 그 지경이 됐소?"

환범은 아무 말 없이 머리를 숙이고 성 안으로 들어갔다.

사마의는 천자에게 영(營)을 거두어서 낙양으로 옮겨가도록 주청하고, 조상 형제 세 사람이 집으로 돌아간 뒤에는 큼직한 자물쇠로 문을 잠가 버렸다. 그리고 주민 8백 명을 시켜서 그 집을 포위하고 지키도록 했다.

조상은 답답함을 금할 길 없었으나, 사마의가 사람을 파견하여 양식 1백 석을 보내 준 다음부터는,

"사마공은 본래 나를 죽이려는 마음은 전연 없었구나."

하면서, 아무 걱정 없이 시간을 보냈다.

사마의는 황문관 장당을 잡아서 투옥하고 문죄한 결과, 하안·등양·이승·필궤·정밀 등 다섯 사람이 공모했다는 사실을 알게 됐고, 하안 등을 붙잡아서 심문했더니, 모두 3월 중에 반란을 일으킬 작정이었다고 자백하자 사마의는 그들의 목에 큰 칼를 씌웠다.

또 성문의 수문장 사번은 환범이 태후의 명이라 거짓말하고 성 밖으로 나가서 태부가 모반했다는 말을 퍼뜨렸다고 보고하는 바람에 환범도 투옥해 버렸다. 얼마 후 조상 형제 세 사람과 그밖의 연루자들을 모조리 시조(市曹)에 끌어내어 목을 베고 삼족을 멸하게 했으며, 가산 재물을 하나도 남기지 않고 국고에 집어 넣었다.

이때 조상의 종제(從弟) 문숙(文叔)의 아내는 바로 하후영(夏侯令)의 딸이었는데, 젊어서 과부가 되었고 소생도 없었다. 부친이 개가를 시키려고 했으나 이 여자는 자기의 귀를 자기 손으로 베어 버리고 다시 시집가지 않기로 맹세를 했다. 조상이 주살된 후 이 여자의 부친은 또다시 개가를 시키려고 했더니 이번에는 제 손으로 제 코를 베어 버렸다. 집안 사람이 깜짝 놀라며 물었다.

"인생이 이 세상에 태어남이 마치 가벼운 티끌이 약초(弱草) 위에 깃들여 있는 것이나 마찬가지인데, 뭣 때문에 이다지 자신을 괴롭히느냐? 또 남편의 집안이 사마씨에게 모조리 주살되었는데 누구를 위해 이렇게 절개를 지킨다는 거냐?"

문숙의 아내가 울면서 말했다.

"내가 듣건대, 어진 사람은 성쇠에 따라 절개가 변하지 않고,

의로운 사람은 존망으로써 마음을 변치 않는다 합니다. 조씨 집안이 성하였을 때에도 깨끗이 종신(終身)하려 했거늘 하물며 그 집안이 멸망한 지금 어찌 나의 절개를 버릴 수 있겠습니까? 이는 금수와 같은 소행이니 어찌 그런 짓을 하겠습니까?”

사마의는 이 말을 전해 듣고 감격해 마지않았다. 사마의가 조상을 죽이고 난 뒤 태위 장제가 고했다.

“노지와 신폐는 성문지기와 싸우고 뛰쳐나왔으며, 양종은 인수를 내놓지 않도록 방해했으니 모두 그대로 둘 수 없습니다.”

그러나 사마의는,

“그들은 각각 그들의 주인을 위해서 한 노릇이니 의인이라 할 수 있소.”

하면서 각각 그들을 구직에 그대로 있게 했다. 이때 신폐가 탄식했다.

“내, 그때 나의 누이에게 의견을 물어 보지 않았던들 대의를 저버릴 뻔했군!”

사마의는 신폐와 그밖의 몇 사람의 죄를 용서하고 방문을 내붙여서 여태까지 조상의 문하에 있던 모든 사람의 사죄(死罪)를 면해 줄 것과, 벼슬에 있던 자는 구직대로 복직시킬 것을 다짐했기 때문에 군민은 각각 가업에 충실하게 되었고 내외가 안정을 회복했다.

하안·등양 두 사람이 비명에 죽은 것은 과연 저 유명한 역자(易者) 관로(管輅)의 예언이 들어맞았다고 할 만한 일이었다.

위주 조방은 사마의를 승상에 봉하고 9석(九錫)을 내려 주려고 했는데, 사마의는 굳이 사양하고 받지 않았다. 조방은 끝까지 사마의의 의사를 받아들이지 않고, 결국 그들 부자 세 사람에게 국사를 맡아보도록 했다.

이때, 사마의가 갑자기 생각하는 바가 있었다. 비록 조상의 온 집안을 주살해 버렸다고는 하지만, 아직도 하후패가 옹주(雍州) 등지를 수비하고 있는데, 그 역시 조상의 친족이니 만약에 불시에 변란을 일으킨다면 막아낼 도리가 없으므로 미리 처치해 버려야겠다는 것이었다.

곧바로 조명을 내리게 해서 사신을 옹주로 파견하여 정서장군(征西將軍) 하후패에게 의논할 일이 있으니 낙양으로 올라오라고 했다.

하후패는 이 말을 듣자, 깜짝 놀라며 당장에 본부병 3천 명을 거느리고 반란을 일으켰다. 옹주자사 곽회는 하후패가 반란을 일으켰다는 보고를 받자 당장에 본부병을 인솔하고 달려와서 하후패와 교전하게 됐다. 곽회가 출마하여 큰 소리로 매도했다.

"네놈은 태위의 황족(皇族)으로서 천자께서도 너를 섭섭히 대하신 일이 없거늘 무슨 까닭으로 배반하는 거냐?"

하후패 역시 큰 소리로 말했다.

"나의 조부께서는 국가에 많은 공로를 세우셨는데 이제 사마의란 놈은 도대체 어떤 놈인데 우리 조씨의 종족을 멸하고 또 나한테까지 지분거리는 거냐? 놈은 조만간 제위를 찬탈할 것이다. 나는 대의를 위하여 적을 토벌하려는 것인데 뭣이 배반이란 말이냐?"

곽회가 격분하여 창을 휘두르며 말을 달려 곧장 달려드니 하후패도 칼을 휘두르며, 말을 달려서 덤벼들었다. 10합도 싸우지 못하고 곽회가 도주하니 하후패는 뒤를 추격했다.

별안간 후군에서 동요의 기색이 보여 하후패가 되돌아섰더니, 진태가 1군을 거느리고 달려드는 것이었다. 곽회도 되돌아서서 다시 덤벼들었다. 하후패는 전후로 협공을 받게 되어서 병사의 태반을 상실하고 어찌할 도리가 없는지라 한중으로 도주하여 후주에게 투항했다.

강유는 이 보고를 받자 하후패가 거짓말하는 것이나 아닌가 해서 의심하다가 사람을 파견하여 자세히 심문해 보고 입성을 승낙했다.

하후패가 강유를 만나 보고 눈물을 흘리며 자초지종을 자세히 이야기했더니, 강유가 말했다.

"옛날에 미자(微子)는 주(周)나라로 망명하여 만고에 명성을 떨쳤소. 공이 한실을 도와서 바로잡고자 한다면 이는 옛사람에게 부끄러울 바 없는 일이오."

연회를 베풀어서 하후패를 대접했는데, 강유가 자리에 앉으며 물었다.

"그래, 현재 사마의 부자는 중권(重權)을 장악하고, 우리나라를 넘겨다볼 생각을 하고 있단 말이오?"

"아닙니다. 그 노적(老賊)이 반역을 꾀한 지 얼마 안 되어서 외부 일을 생각할 겨를이 없습니다. 그러나 위나라에는 지금 쟁쟁한 신예 두 사람이 있습니다. 만약에 그들이 병사와 말을 거느리게 된다면 실로 오·촉의 큰 골칫거리가 될 것입니다."

"그 두 사람이란 누구요?"

"한 사람은 현재 비서랑(秘書郎)으로 있는 영천 장사(潁川

長社) 사람 종회(鍾會—字는 士季)이온데, 태부 종유(鍾繇)의 아들로 어렸을 때부터 대담하고 총명하여 사마의와 장제가 다 같이 그 재간을 아끼는 인재이며, 또 한 사람은 등애(鄧艾—字는 士載)이온데 이 사람은 어렸을 적에 부친을 잃었으나 평소부터 큰 뜻을 품고 고산대택(高山大澤)을 보면 어디다 둔병할 수 있고, 어디다 군량을 둔적할 수 있고, 어디다 군사를 매복할 수 있는가를 일일이 짚어 내어, 모든 사람이 웃어 버렸지만, 오직 사마의만은 그 재간을 기특히 여겨서 마침내 군기(軍機)에 참여시키고 있는 재인입니다. 또 이 등애란 사람은 말을 더듬어서 언제나 말을 하려면 '애(艾), 애, 애…' 소리를 많이 하기로 유명한데 그 기지는 당할 사람이 없을 만큼 놀랍습니다."

강유는 일소에 붙이고 말았다.

"그런 어린 위인들이 뭐가 그리 대단하겠소?"

강유는 하후패를 데리고 성도로 가서 후주를 알현하고, 이제 한중에는 군사도 훈련이 되었고 식량도 풍족해졌으니 왕사(王師)를 인솔하고 하후패를 향도관(嚮導官)으로 내세우고 중원을 공략하여 한실을 부흥시켜 보고 싶다고 했다.

상서 비위가,

"근래들어 장완·동윤이 모두 세상을 떠났으니 경솔히 움직이지 마시고 때를 기다림이 좋겠소."

하고 권고했으나, 강유는 완강히 자기 주장을 내세우고, 설사 중원을 회복시키지 못할지라도 농산(隴山) 서쪽만이라도 점령하고 말겠다고 고집했다.

후주도 말리다 못해서 강유의 의사대로 맡겨 버리는 수밖에 없었다. 결국 강유는 조명을 받들고 하후패와 한중으로 달려 와서 출정 준비를 하게 됐다.

그해 가을 8월에 강유는 촉장 구안(句安)·이흠(李歆)에게 각각 1만 5천의 군사를 주어서 국산(麴山) 앞으로 나가 성을 연결시켜 쌓아 올리게 하고 동성(東城)은 구안이, 서성(西城) 은 이흠이 지키도록 했다.

간첩에 의하여 이런 정보를 입수한 옹주 자사 곽회는 시급 히 낙양으로 연락을 취하는 동시에 부장 진태(陳泰)에게 군사 5만 명을 거느리고 촉병과 교전하게 했다. 구안과 이흠이 진 태와 대결하고 싸웠으나 워낙 병력이 부족하여 감당하지 못하 고 성 안으로 후퇴해 버리니, 진태는 사면으로 공격을 가하면 서 양도마저 끊어 버렸다. 구안과 이흠은 군량에 곤란함은 말 할 것도 없고 성이 높은 곳에 자리잡고 있어서 마실 물도 없 어 쩔쩔매게 됐다.

그런데도 강유의 원군은 도착하지 않는 것이었다. 이흠은 견디다 못해서 불과 수십 기를 거느리고 강유에게 연락을 취 하려고 성 밖으로 뛰쳐나왔다. 적군의 포위망을 결사적으로 돌파했을 때에는 몸에는 중상을 입은 채 수하의 병사들은 모 두 난군 중에 죽었으며, 단기로 서쪽 산으로 향하는 샛길을 달리고 있었다.

이틀 동안이나 줄곧 말을 달려 나가다가 다행히 저편에서부 터 달려드는 강유의 인마와 마주치게 되었다.

이흠은 말을 내려 땅에 꿇어 엎드려서 보고했다.

"국산의 두 성은 위군에게 포위당했는데, 식수가 끊어져서 옴쭉도 못하고 있습니다. 다행히 눈이 많이 내려서 그것을 녹여 물 대신 마시고 있으나 며칠이나 갈지 모릅니다.”

강유는 싸움을 거들러 시급히 달려가고 싶었으나, 집결시키려고 한 강병(羌兵)이 도착하지 않아서 지연된 것이라고 말하고, 사람을 이흠에게 딸려서, 서천(西天)으로 가서 병을 치료하도록 떠나 보내 놓고, 하후패와 대책을 상의했다.

“강병은 아직 도착하지 않았는데 위병이 국산을 포위하여 사태가 매우 급박하니, 장군에게 무슨 고견이 없소?”

하후패가 대답했다.

“강병이 도착하기를 기다리다가는 두 성이 모두 함락당하고 말 것입니다. 내 생각 같아서는 옹주의 군사들이 모조리 국산을 공격하러 동원됐기 때문에 옹주성은 텅 비었을 것이니 장군께서는 군사를 인솔하시고 시급히 우두산(牛頭山)으로 출동하셔서 옹주의 배후를 찌르십시오. 곽회와 진태가 반드시 되돌아서서 옹주를 구원하러 달려갈 것이니 국산의 포위진은 저절로 풀어질 것입니다.”

“그 계책이 가장 좋겠소!”

강유는 기뻐하면서 군사를 거느리고 우두산을 향하여 달려갔다.

한편 진태는 이흠이 성 밖으로 뛰쳐나온 것을 보자 곽회에게 말했다.

“이흠이 만약에 급박한 사태를 강유에게 알리면 강유는 우리 편 대군이 모두 국산에 있는 줄 알고 반드시 우두산을 찔러서 우리의 배후를 습격할 것입니다. 장군께서는 1군을 거느리고 조수(洮水)를 점령하셔서 촉병의 양도를 끊으십시오. 나는 군사의 절반을 나누어 가지고 우두산을 습격할 것이니 그들은 양도가 끊어진 줄 알면, 필연코 달아나 버릴 것입니다."
 곽회는 그 말대로 1군을 거느리고 조수를 살며시 점령하러
갔고, 진태는 1군을 거느리고 우두산으로 달려갔다.
 강유가 우두산에 다다르니, 홀연 앞에 있는 군사들 사이에
서 고함소리가 일어나며 위군의 병사가 앞길을 가로막았다는
보고가 들어왔다. 강유가 당황하여 말을 달려 군전에 나서 봤
더니, 진태가 큰 소리로 호통을 치고 있었다.
 "네놈이 우리 옹주를 습격하려고! 내가 오랫동안 기다리고
있었다!"
 강유가 격분하여 창을 휘두르며 말을 달려 곧장 쳐들어가니
진태도 칼을 휘두르며 덤벼 들었는데, 3합도 못 싸우고 감당
할 수 없어서 도주하니, 강유는 군사를 몰고 그대로 무찌르며
진격을 계속했다.
 옹주의 군사들은 산꼭대기로 도주해 올라가서 진을 쳤고,
강유는 우두산 기슭에 진을 쳤다. 그리고 며칠 계속 군사를
동원해서 도전했지만 쉽사리 승부가 나지 않았다.
 "이곳은 오래 머무를 곳이 못 됩니다. 연일 교전을 해도 승
부가 나지 않는 것은 적군의 유병책(誘兵策)이니 일단 후퇴해
서 다른 방법을 강구하는 게 좋겠습니다."
 하후패가 강유에게 이렇게 상의하고 있는데 갑자기 곽회가
1군을 거느리고 조수로 나와서 양도를 끊었다는 정보가 날아
들었다. 강유는 하후패에게 전군을 명령하고 자기는 후군이
되어서 후퇴를 시작했으나 진태는 군사를 5로로 나누어 가지
고 추격을 했다. 그리고 곽회의 군사까지 달려온 바람에, 강유
는 수하 병사의 태반을 상실하고 간신히 몸을 뛰쳐 양평관(陽

平關)으로 도주했다.

이때 또 앞을 가로막는 1대의 군마. 선두에서 호통을 치는 장수는 바로 사마의의 맏아들인 표기장군 사마사였다.

강유도 격분하여 호통을 쳤다.

"어린 놈이 감히 나의 귀로를 가로막다니!"

사마사는 칼을 휘두르며 덤벼들었다. 강유는 3합을 싸우는 동안에 사마사를 물리쳐 버리고 몸을 뛰쳐 양평관으로 달려갔다. 성 위 사람들이 얼른 문을 열고 강유를 맞아들였다. 사마사도 또다시 달려들어 관(關)을 습격했다. 이때 양편에서 복노(伏弩)가 일제히 쏴대니 1노(一弩)에서 화살이 열 개씩 날았다. 이것이 바로 무후(제갈량)가 임종시에 남기고 간 '연노법(連弩法)'이었다.

이야말로 3군이 이날 하루를 감당하지 못하고 패하여, 당년의 일발십시(一發十矢)의 기술만 믿게 된 판이다.

108. 개도 사람을 알아보고

丁奉雪中奮短兵
孫峻席間施密計

강유는 도주하다가, 군사를 거느리고 앞을 가로막는 사마사와 맞닥뜨리게 되었다.

알고 보면 강유가 옹주를 공략했을 때 곽회가 조정으로 비보(飛報)를 전했기 때문에 위주가 사마의와 상의한 결과 사마의의 맏아들 사마사에게 병력 5만을 주어서 옹주로 달려와서 싸움을 거들도록 한 것이었다.

사마사는 곽회가 촉군을 물리친 줄 알고 촉군 병사의 기세가 수그러졌으려니 했기 때문에 도중에서부터 공격을 가해서 곧장 양평관(陽平關)까지 쳐들어간 것인데, 강유는 무후가 물려준 연노법을 써서 양편으로 연노 백여 장(張)을 숨겨 두고 1노에 열 자루의 화살을 쏴 대고 또, 그것이 모두 독약칠을 한 화살이어서, 전군(前軍)에서는 사람이건 말이건 화살에 맞아 죽은 수효가 부지기수였다. 사마사도 난군 중에서 간신히 목숨을 건져 도주했다.

한편, 국산(麴山) 성 중에 있던 촉장 구안은 원병이 도착하지 않으니 성문을 열고 위군에 투항해 버렸다. 강유는 군사 수만 명을 거느리고 패잔병을 수습해 가지고 한중으로 돌아갔다. 사마사도 낙양으로 철수했다.

가평(嘉平) 3년(서기 251년) 가을, 8월이 되자, 사마의는 병세가 위중하여 자리에 눕게 되니 두 아들을 탑전에 불러 다음과 같이 말했다.

"나는 다년간 위나라를 섬겨서 태부(太傅)의 관직을 받았고, 인신(人臣)의 지위로서는 최고에 달했었다. 사람들은 모두 내가 다른 마음이나 있나 해서 이상한 생각들을 하니 나는 항시 겁이 났다. 내가 죽은 뒤에는 너희들 둘이서 국정을 잘 다스려라. 만사에 조심조심해야 된다."

말을 마치자 절명했다. 맏아들 사마사와 둘째아들 사마소가 위주 조방에게 아뢰었더니, 조방은 정중히 제장(祭葬)을 지냈고, 후한 선물과 시호를 내렸다. 사마사를 대장군에 봉하여 상서기밀(尙書機密)의 대사를 총령하게 하고, 사마소는 표기상장군(驃騎上將軍)에 임명했다.

한편, 오주(吳主) 손권에게는 서부인(徐夫人)의 소생인 태자 손등(孫登)이 있었는데, 오나라 적오(赤烏) 4년(서기 241년)에 죽어서, 낭야(瑯琊)의 왕부인(王夫人)의 소생인 둘째아들 손화(孫和)를 태자로 세웠다.

손화는 손권의 맏딸 전공주(全公主)와 불목했기 때문에 공주의 중상을 받았고, 손권은 거들떠보지도 않았다.

손화가 원한을 품은 채 세상을 떠난 다음, 셋째아들 손양(孫亮)이 태자로 뒤를 이었다. 손양은 반부인(潘夫人)의 소생이었다. 이때 육손과 제갈근이 모두 세상을 떠난 뒤였고, 크고 작은 나라 일은 제갈각(諸葛恪)이 맡아 보았다.

태화 원년(太和元年—서기 251년), 가을 8월 1일. 갑자기 사나운 바람이 일더니 강해(江海)에 파도가 용솟음치고 평지에도 수심이 8척이나 되었고, 오주 선릉(先陵)에 심은 송백까지 모조리 뿌리가 뽑아져서 건업성(建業城) 남문 밖으로 날아가 길 위에 거꾸로 박힐 지경이었다.

손권은 어찌나 놀랐던지 이때부터 병이 들었다. 이듬해 4월이 되자 병세가 위중하니 태부 제갈각과 대사마 여대(呂岱)를 탑전에 불러들여 앞일을 부탁하고는 그대로 세상을 떠나고 말았다. 재위 24년, 향년이 71세. 바로 촉한 연희(延熙) 15년이었다.

손권이 죽자, 제갈각은 손양을 제위(帝位)에 올리고 천하에 대사령을 공포하고 건흥 원년(建興元年)이라 연호를 고쳤으며, 손권에게 대황제(大皇帝)라는 시호를 올려서 장릉(蔣陵)에 매장했다.

염탐꾼이 이런 사실을 탐지하고 낙양에 보고했다. 사마사는 손권이 죽었다는 소식을 듣자, 곧바로 군사를 동원하여 오나라를 토벌하려고 했는데, 상서 부하(傅蝦)가 말했다.

"오나라는 장강의 험준한 지세를 지니고 있어서 선제께서도 여러번 정벌하셨으나 뜻을 이루지 못하셨습니다. 각각 변강을 지키고 있는 게 상책인가 합니다."

"천도는 30년이면 한 번씩 변하는 것이오. 언제까지나 황제가 정립하여 대치하겠소? 나는 오나라를 토벌하겠소."

사마소도 말하기를,

"이제 손권이 죽은 지 얼마 안 되고, 손양이 나이 어리니 이 틈을 타서 공격함이 좋겠소."

하니 정남대장군(征南大將軍) 왕창(王昶)에게 명령하여 군사 10만을 거느리고 동흥(東興)을 공격하게 하고, 진남도독(鎭南都督) 관구검(卌丘儉)에게 명령하여 군사 10만을 거느리고 무창(武昌)을 공격하게 하며 정동장군(征東將軍) 호준(胡遵)에게 명령하여 군사 10만을 거느리고 남군(南郡)을 공격하라 하여 3로로 군사를 동원하고, 또 아우 사마소를 대도독으로 파견하여 3로 군마를 통솔하도록 했다.

그해 겨울 10월, 사마소는 동오 변계(邊界)에 가서 인마를 주둔시키고 왕창·호준·관구검을 장중으로 불러들여 계책을 상의했다.

"동오에서 가장 긴요한 지점은 동흥군 뿐이오. 이제 그들은 큰 제방을 쌓아 올리고, 성을 양편으로 쌓아 올려서 소호(巢湖)가 후면 공격을 받을까 방비하자는 것이니, 제공은 똑똑히 알아 둬야 하오."

사마소는 이렇게 말하고, 왕창·관구검에게 명령하여 군사 1만을 거느리고 좌우로 진치고 정세를 관망하다가, 동흥군을 공략하게 되거든 일제히 군사를 몰라 했다. 그들 두 사람이 명령을 받고 물러 나가자, 사마소는 호준을 선봉으로 하고 3로병을 통솔하고 전진하면서 먼저 부교(浮橋)를 놓고, 동흥의 제방을 점령하고, 좌우 두 성을 공략하라고 명령했다. 호준은 군사를 거느리고 당장에 부교를 놓으러 나갔다.

한편, 오나라 태부 제갈각은 위군이 3로로 갈라져서 쳐들어 온다는 소식을 듣자, 여러 장수들을 모아 놓고 대책을 상의했더니, 평북장군(平北將軍) 정봉(丁奉)이 말했다.

"동흥은 동오의 긴요한 지점이니, 만약에 이곳을 상실한다면 남군·무창까지도 위태롭게 될 것입니다."

"나의 생각과 똑같은 말이오. 공은 수병 3천 명을 거느리고 강을 떠나 주시오. 나는 뒤쫓아서 여거(呂據)·당자(唐咨)·유찬(劉纂)에게 명령하여 마보병(馬步兵) 1만을 거느리고 3로로 거들게 하겠소. 연주포(連珠礮) 소리를 듣거든 일제히 진격하도록 하시오. 나는 나대로 대군을 인솔하고 뒤쫓아가리다."

정봉은 명령을 받자, 그 즉시 수병 3천 명을 30척의 배에 분승시키고 동흥으로 달렸다.

한편 호준은 부교를 건너서서 제방 위에 군사를 주둔시켜 놓고, 환가(桓嘉)·한종(韓綜)에게 나가서 두 성을 공격하게 했다. 왼쪽 성에는 오나라 대장 전역(全懌), 오른쪽 성에는 유약(劉略)이 지키고 있었는데, 이 두 성은 높고 험준하고 견고해서 맹렬한 공격을 가해도 함락시킬 수가 없었다. 전역·유약 두 장수는 위병의 세력이 대단한 것을 알자, 감히 나와서 싸우지 못하고 성지(城池)를 사수할 뿐이었다.

호준은 서주(徐州)에 진을 치고 있었다. 때마침 엄동이어서 눈이 퍼부었다. 호준은 여러 장수들과 연석을 마련하고 흥겹게 놀고 있었는데, 홀연 강 위에 전선 30척이 나타났다는 보고가 날아들었다. 호준이 영채를 나와서 살펴보니 강변으로 다가드는 배 위에는 한 척에 겨우 백여 명밖에 없었다. 장중으로 돌아와서 호준이 여러 장수들에게 말했다.

"불과 3천 명밖에 안 되는데 뭣이 두렵겠소!"

부장을 내보내서 초탐하게 하고, 여전히 술을 마셨다. 정봉은 배를 강 위에 한 일 자로 늘여놓자 부장들에게 말했다.

"대장부로 태어나서 공명을 세울 날은 바로 오늘이오!"

여러 군사들에게 갑옷과 투구를 벗고 장창 대극(長鎗大戟)을 쓰지 않고 단지 단도만을 손에 잡도록 했다.

위군 병사들은 그것을 보고 웃음을 참지 못하며, 더군다나 아무 준비도 하지 않았다.

이때 연주포 소리가 세 번 울렸다. 정봉이 단도를 손에 들고 앞장서서 언덕 위로 껑충 뛰어오르니 여러 군사들도 단도를 뽑아들고 정봉을 따라 언덕으로 올라와서 위군의 영채로 쳐들어갔다. 위병은 미처 손을 쓸 틈이 없는지라, 한종은 장전(帳前)의 대극(大戟)을 뽑아 막아내려 했으나, 그때는 벌써 정봉의 칼이 가슴을 찔러 그대로 한칼에 땅바닥에 거꾸러지고 말았다. 환가가 왼쪽에서 뛰쳐나와 선뜻 창을 던져 정봉을 찌르려는 찰나에 정봉이 재빠르게 창자루를 움켜잡으니 환가는 창을 버리고 달아났다. 그러나 정봉이 던진 칼이 왼쪽 어깨에 꽂혀서 뒤로 나자빠지고 말았다. 정봉은 대뜸 달려들어 창으로 환가를 찔러 죽였다.

오병 3천 명은 영채 속에서 좌충우돌했고, 호준은 재빨리 말을 타고 길을 찾아 뺑소니를 쳤다. 위병들은 일제히 부교로 달려갔지만, 부교는 이미 끊어졌고, 태반이 강물에 떨어져 죽었다. 또 눈 쌓인 땅 위에 쓰러진 채로 죽어 버린 사람들도 부지기수였다. 거장(車丈)·마필(馬匹)·군기(軍器)는 모조리 오군에게 뺏겼다. 사마소·왕창·관구검도 동흥 싸움에 패했다는 것을 알자 군사를 수습해서 후퇴했다.

제갈각은 군사를 거느리고 동흥에 이르러 배에서 내려 병사들을 위로해 주고 여러 장수들을 모아 놓고 말했다.

"사마소가 싸움에 패하여 북쪽으로 돌아갔으니, 이 기세를 그대로 밀고 나가서, 중원을 공략해야겠소."

한편 사람을 파견해서 촉나라로 서신을 보내어, 강유에게 군사를 일으켜 북쪽을 공격해 주면 천하를 똑같이 분배하겠다는 내용의 연락을 취하고, 또 한편으로는 대군 20만을 동원하여 중원을 토벌할 작정을 했다.

막 떠나려고 하는데, 한 줄기 백기(白氣)가 땅 속에서 뻗치더니 3군을 휘감아서 얼굴을 대하고도 누군지 알아볼 수가 없었다. 장연(蔣延)이 말했다.

"이 백기는 흰 무지개로 군사를 상실할 징조이니 태부께서는 위나라를 토벌할 생각은 그만두시고, 조정으로 돌아가심이 좋겠습니다."

이 말을 듣더니, 제갈각이 격분했다.

"네놈이 어찌 감히 이따위 불길한 소리를 해서 우리 군심을 흐뜨려 놓으려고 하느냐?"

하며, 무사에게 목을 당장 베어 버리라고 호통을 쳤다. 여러 사람들이 목숨만은 살려 주라고 간곡히 말하니, 제갈각은 장연의 직위를 깎아서 서인으로 떨어뜨리고 나서 군사를 빨리 몰고 전진했다.

정봉이 말했다.

"위군은 신성(新城)을 가장 중요한 거점으로 삼고 있으니, 만약에 먼저 이 성만 점령할 수 있다면 사마소는 간담이 서늘해질 겁니다."

제갈각은 크게 기뻐하며 당장에 군사를 몰고 신성으로 곧장 쳐들어갔다. 성을 지키는 아문장군(牙門將軍) 장특(張特)은 오나라 병사가 몰려드는 것을 보자 문을 잠그고 단단히 버티었다. 제갈각은 사면에서 성을 포위해 버렸다. 이런 사실을 유성마(流星馬)가 재빨리 낙양으로 보고했다. 주부 우송(虞松)이 사마사에게 말했다.

"제갈각이 신성을 포위했다지만, 당장 싸울 필요도 없습니다. 오군의 병사들은 먼곳에서 왔으니, 사람은 많고 식량은 적어서, 식량이 떨어지면 저절로 달아납니다. 그들이 달아나기를 기다려서 공격을 가하면 반드시 전승할 수 있습니다. 그러나 촉군의 병사가 변경을 침범할지도 모르니 방비하지 않을 수 없습니다."

사마사는 그 말이 옳다 생각하고, 사마소에게 명령하여 1군을 거느리고 곽회를 거들어서 강유를 막아내게 하고, 관구검·호준에게 오군의 병사를 막아내도록 했다.

한편 제갈각은 몇 달을 두고 신성을 공격했으나 도무지 함락시킬 수 없자, 여러 장수들에게 태만한 자는 목을 베겠다고 명령을 내렸다. 대장들이 있는 힘을 다하여 맹공을 가하니 성 동북쪽이 함락 직전에서 위태해졌다.

장특은 성중에서 한 가지 계책을 생각해 냈다. 언변이 좋은 사람 하나를 시켜서 책적(冊籍)을 받들고 오군의 영채로 가서 제갈각을 만나 보고 다음과 같이 말하게 했다.

"우리 위나라의 법으로는, 적군이 성을 포위했을 때, 수성장이 1백 일을 꿋꿋이 지켜 내도 구원병이 나타나지 않을 때에는 성문을 열고 나가 적군에게 항복하더라도 그 장수의 가족은 죄로 다스리지 않습니다. 이제 장군께서도 성을 포위하신 지 이미 90여 일이 되셨으니 며칠만 더 그대로 계신다면 우리 주장(主將)이 국민을 모조리 인솔하고 성 밖으로 나가서 투항할 것입니다. 우선 책적을 올려 둡니다.”

제갈각이 이 말을 그대로 믿었기 때문에, 군마를 걷어들이고 성을 공격하지 않았다. 알고 보니 장특은 완병(緩兵)하는 계책을 써서, 오군의 병사를 속여서 물러나가게 하고, 성중의 집들을 헐어서 성벽의 파괴된 곳을 수축하고, 그것이 끝나자 또다시 성에 올라서서 호통을 치며 매도하는 것이었다.

“우리 성 안에는 아직도 반 년을 먹을 만한 양식이 있다. 오나라 개 같은 놈들에게 항복할 까닭이 있느냐? 싸울 테면 얼마든지 싸워 보자!”

제갈각은 대로하여 군사를 몰고 성을 들이쳤다. 성 위에서는 화살이 빗발치듯 쏟아져 내려왔다. 화살 한 차루가 제갈각의 이마 위에 정통으로 꽂혔다. 그는 말 위에서 떨어지지 않을 수 없었다. 여러 장수들이 부축해서 영채로 돌아가니 금창(칼에 찔린 상처)까지 드러나서 병세가 가볍지 않았다. 군사들은 저마다 싸우고 싶은 마음은 없어지고, 또 날씨가 지독하게 더워서 병이 나는 군사가 많았다.

제갈각은 금창(金瘡)이 어느 정도 아물자, 군사를 몰고 다시 성을 공격하려고 했더니, 영리(營吏)가 말했다.

“모든 사람들이 병들어 있는데, 어떻게 싸움을 하실 작정이십니까?”

제갈각이 대로했다.

“두 번 다시 병이니 뭐니 하는 놈은 목을 베어 버릴 테다.”

여러 군사들 중에는 이 말을 듣고 도망쳐 버린 사람이 많았다.

홀연 보고가 들어오는데, 도독 채림(蔡林)이 본부군을 거느리고 위군에 투항해 버렸다는 것이었다. 제갈각은 깜짝 놀라 친히 말을 타고 각영을 순찰했더니, 과연 군사들의 얼굴이 누르스름하게 부었고 병색이 완연한 것을 보고 드디어 군사를 수습해 가지고 오나라로 돌아갔다.

이런 사실을 간첩이 재빨리 관구검에게 연락했다. 관구검이 곧바로 군사를 몰아 추격을 가하니, 오군의 병사들은 대패하여 돌아갔다.

제갈각은 무척 부끄럽게 생각하여, 병을 핑계하고 조정에 나오지 않았다. 오주 손양은 친히 그의 집으로 찾아가서 문안을 드렸고, 문무관료들도 모두 문병을 갔다. 제갈각은 사람들의 공론을 두려워하여 먼저 여러 관장(官將)들의 과실을 조사해 가지고 경한 자는 변방으로 쫓고, 중한 자는 목을 베어 여러 사람들 앞에 보였다. 내외 관료들이 공포에 떨지 않는 사람이 없었다. 제갈각은 또 심복의 장수 장약(張約)·주은(朱恩)에게 어림군을 통솔시켜 자기의 수족을 만들었다.

제갈각이 장약·주은에게 어림군의 통솔권을 맡기자, 손준(孫峻)이 자기의 권한이 박탈되었음을 알고 극도로 격분했다. 손준은 바로 손견(孫堅)의 아우 손정(孫靜)의 증손이오, 손공(孫恭)의 아들이었다.

마침내, 손준은 평소에 제갈각을 못마땅하게 여기고 있는 태상경(太常卿) 등윤(滕胤)과 결탁하여 천자에게 알리고 제갈각을 없애 버리자는 흉계를 꾸몄다. 손준과 등윤이 이런 의사를 밀주하고 제갈각이 전권(專權)으로써 공경을 살해하고 엉뚱한 야심을 품고 있다는 사실을 설명했더니, 오주 손양이 말했다.

"짐도 이 사람을 보면 무서워서 견딜 수 없소. 항시 그를 제거하고 싶었지만 그럴 기회가 없었소. 이제 경들이 과연 충의의 마음이 있다면, 아무도 모르게 처치해 주오."

등윤이 꾀를 내어 천자를 시켜서 제갈각을 주연에 초청하고, 무사들을 벽의(壁衣) 속에 매복시켜 두었다가 술잔을 집어 던지는 것을 신호로 그 자리에서 죽여 버리자는 것이었고, 손양도 쾌히 승낙했다.

제갈각은 병 핑계를 하고 집 안에 틀어박혀서 우울한 나날을 보내고 있었다. 하루는 우연히 중당(中堂)으로 나갔더니, 느닷없이 한 사람이 베옷(麻掛孝—거상)을 입고 들어섰다. 제갈각이 소리를 질러 꾸짖었더니 그 사람은 깜짝 놀라 어쩔 줄 몰랐다. 제갈각이 잡아들여서 고문을 했더니, 그 사람이 말했다.

"소생은 부모님들께서 돌아가신 지 얼마 안 되어, 스님을 청하여 추천해 드리려고 성 안에 왔다가 이곳이 사원인 줄 알고 들어왔습니다. 태부님의 부중인 줄은 꿈에도 생각지 못했습니다. 어쩌다가 저도 여길 들어오게 됐는지 잘 모르겠습니다."

제갈각은 대로하여 문을 지키던 군사들과 그 사람을 당장에 참수형에 처해 버렸다.

그날밤, 제갈각은 도무지 잠을 이룰 수 없었다. 홀연 정당(正堂) 안에서 벼락치는 것 같은 소리가 들렸다. 제갈각이 나와서 살펴봤더니 대들보가 딱 부러져서 양쪽으로 흔들흔들하는 것이었다. 깜짝 놀라 침실로 돌아왔더니, 홀연 일진의 음풍이 일고 베옷을 입었던 사람과 문을 지켰던 군사 수십 명이 저마다 머리를 내밀고 목숨을 도로 돌려달라고 하는 것이었다.

　제갈각은 얼이 다 빠져서 그 자리에 쓰러졌다가 한참 만에야 정신을 차렸다. 이튿날 아침에 세수를 하려니까 물에서 피비린내가 나서, 시비를 불러 수십 번이나 물을 갈아 떠 오라고 했건만 그 피비린내는 없어지지 않았다.

　제갈각이 놀랍기도 하고 이상하기도 해서 당황해하고 있을 때, 홀연 천자에게서 사신이 왔다 하여 주연에 나오라는 것이었다. 거장(車仗)을 준비하고 부(府)에서 나오려고 했을 때 누런 개 한 마리가 옷자락을 물고 짖어대는 품이 흡사 울고 있는 것 같았다. 제갈각이 격분했다.

　"개까지도 사람을 알아보고 조롱하는구나!"

　제갈각은 노발대발, 좌우에게 명령하여 개를 쫓아 버리고 부중을 나왔다. 몇 발자국을 가지도 않았는데, 수레 앞에서 한 줄기 흰 무지개가 비단발처럼 솟구쳐오르더니, 하늘을 찌르고 사라져 버렸다. 제갈각이 이상하게 여기고 있는데 심복 장수 장약(張約)이 군전(軍前)으로 나오며 살며시 말했다.

　"오늘 궁중에 연석을 베푼 것은 무슨 까닭이 있는 것 같으니 주공께서는 경솔히 나가시지 마십시오."

　제갈각은 이 말을 듣고 수레를 되돌려서 돌아오려고 했으나 그때 벌써 손준과 등윤이 말을 타고 수레 앞에 나타났다. 제갈각은 배가 아파서 못 가겠다는 핑계까지 했으나, 결국 궁중으로 끌려가지 않을 도리가 없었다.

　술이 몇 순배 돌아갔을 때, 오주 손양은 일이 있다는 핑계를 하고 먼저 자리를 떴다. 손준이 그 뒤를 따라서 전(殿)에서 내려가더니 긴 옷(長服)을 벗었는데, 단의(短衣) 속으로는 갑옷이 언뜻 보이며, 손에는 날카로운 칼을 잡고, 다시 뛰어

올라가 호통을 쳤다.

"천자께서 역적을 주살하라는 조명을 내리셨다!"

제갈각은 크게 놀라며 술잔을 땅에 던지고 칼을 뽑아서 대항하려고 했지만, 그때에는 벌써 그의 목이 먼저 땅바닥에 떨어져 버렸다. 제갈각의 심복 장수인 장약은 손준이 제갈각의 목을 베는 것을 보자 칼을 휘두르며 덤벼들었다. 그러나 손준이 재빨리 몸을 살짝 피해 버리니 칼끝은 겨우 그의 왼쪽 손가락을 스쳤을 뿐. 획 몸을 다시 돌이키는 찰나에 번갯불처럼 내리치는 손준의 일도(一刀). 그것은 장약의 오른편 어깨를 보기 좋게 후려쳤다. 이때 또 일제히 덤벼드는 무사들이 처참하게 장약의 몸을 난도질해 버렸다.

손준은 제갈각의 가족을 잡아들이게 하고, 한편, 사람을 시켜서 장약과 제갈각의 시체를 돗자리에 싸서 초라한 수레에 실어 성 남문 밖 석자강(石子崗) 구질구질한 갱(坑) 속에 내버리게 했다.

한편 제갈각의 아내는 마침 자기 방 안에서 심신이 어지러워서 좌불안석이었는데, 홀연 비녀(婢女) 하나가 방으로 들어오자 물어 보았다.

"너의 온몸에서는 어째서 피비린내가 나느냐?"

그랬더니 그 비녀가 홀연 눈을 흘기고 이를 악물고 몸을 날려 머리를 대들보에 부딪으며

"나는 제갈각이오. 간적 손준에게 살해당했소!"

하며 소리를 지르는 것이었다.

제갈각의 집안 남녀 노소들은 놀라고 겁이 나서 울부짖고 아우성을 쳤다.

얼마 후 군마가 대들더니 부제(府第)를 포위하고 온 집안의 남녀노소를 모조리 결박하여 시조(市曹)로 끌고 나가서 목을 베어 버렸다. 때는 오나라 건흥 2년, 겨울 10월이었다.

옛날에 제갈근이 생존해 있을 때, 제갈각이 겉으로 보기에만 총명한 체하는 것을 보고 한탄한 말이 있었다.

"얘는 한 집안을 보전할 만한 주인 노릇을 못하겠다!"

또 위나라의 광록대부(光祿大夫) 장집(張緝)도 일찍이 사마사에게 말한 적이 있었다.

"제갈각은 머지않아 죽을 것이오!"

사마사가 그 까닭을 물었더니 그가 또 대답했다.

"위력을 주인보다 더 뽐내면 어찌 오래 갈 수 있겠소?"

이 말이 이때에 와서야 들어맞은 셈이다. 손준이 제갈각을 죽인 뒤에, 오주 손양은 손준을 승상·대장군·부춘후(富春侯)에 봉하여, 중외 모든 군사 일을 총독하게 했으니, 이때부터 모든 권한은 손준에게 돌아갔다.

한편 강유는 성도에서, 서로 도와서 위나라를 토벌하자는 제갈각의 편지를 받고, 입조하여 후주에게 아뢰고, 또다시 군사를 크게 동원하여 중원을 북벌하러 나섰다.

이야말로, 한 번 군사를 일으켜서도 공적을 나타내지 못하고, 두번째 다시 적을 토벌하여 성공하자는 판이다.

109. 혈서의 비극

困 司 馬 漢 將 奇 謀
廢 曹 芳 魏 家 果 報

촉한 연희(延熙) 16년(서기 253년) 가을, 장군 강유는 군사 20만을 동원하여 요화(廖化)·장익(張翼)을 좌우의 선봉, 하후패를 참모, 장의(張嶷)를 운량사(運糧使)로 정하고 대군이 양평관을 나와서 위나라를 토벌하러 나섰다.

강유가 하후패에게 말했다.

"지난번에 옹주를 공략했을 때에는 이기지 못하고 돌아왔는데, 이번에 우리가 또다시 나섰으니 저편에서도 반드시 대비하고 있을 텐데, 공은 무슨 고견이 있소?"

"농상의 여러 군 중에 남안(南安)만이 전량(錢糧)이 가장 풍부합니다. 먼저 그곳을 점령하면 본거지를 삼을 수 있을 것입니다. 지난번에 이기지 못하고 돌아온 것은 강병이 도착하지 않았기 때문이었습니다. 이번에는 먼저 사람을 파견하여 농우(隴右)에서 강인을 만나게 한 다음, 군사를 석영(石營)으로 몰고 나가서 동정(董亭)에서부터 곧장 남안을 공략하면 됩니다."

강유가 크게 기뻐했다.

"공의 말이 아주 근사하오!"

강유는 한층 더 기뻐하며 극정(郤正)을 사신으로 내세워서 금주(金珠)와 촉금(蜀錦)을 주어 강(羌)으로 보내 강왕과 화의를 맺도록 했다. 강왕 미당(迷當)은 예물을 받자, 군사 5만을 동원하여 강장(羌將) 아하소과(俄何燒戈)에게 대선봉이 되어서 군사를 인솔하고 남안으로 가라고 명령했다.

위나라 좌장군 곽회는 이런 보고를 받자, 낙양으로 급보를 띄웠다. 사마사가 여러 장수들에게 물었다.

"누가 나가서 촉병과 대적하겠소?"

보국장군(輔國將軍) 서질(徐質)이 선뜻 대답했다.

"내가 나가고 싶소!"

사마사는 평소부터 서질이 남달리 용감함을 잘 아는터라, 마음속으로 크게 기뻐하면서 즉시 서질을 선봉으로, 사마소를 대도독으로 명하여 군사를 인솔하고 농서로 출발하게 했다. 군사들은 동정에 이르러 강유와 맞부닥치게 되었으며, 양군이 서로 대치하고 진을 쳤다. 서질은 개산대부(開山大斧)를 휘두르며 출마하여 도전했다. 촉군의 진영에서는 요화가 덤벼들었으나, 몇 합을 싸우지도 못하고 칼을 감추고 패하여 돌아서니, 장익이 그를 대신하여 말을 달려 창을 휘두르며 덤벼들었다. 그 역시 몇 합을 싸우지 못하고 패하여 진지로 들어가 버렸다. 서질이 군사를 몰고 무찔러 들어가니, 촉군의 군사들은 대패하여 30여 리나 후퇴했으며, 사마소도 군사를 수습했고 각각 영채를 철수했다.

강유가 하후패와 상의했다.

"서질은 매우 용감한 자요. 무슨 계책으로 붙잡으면 좋겠소?"

"내일은 이편에서 패한 체하고 매복(埋伏)하는 계책을 써서 이겨내면 되겠지요."

"사마소는 중달의 아들인데 병법을 모를 리가 있겠소? 지세 (地勢)가 속기 쉬울 듯하다는 것을 알면 끌려오지 않을 게 뻔하오. 내 생각에는 위나라 병사들이 여러번 우리의 양도를 끊었으니, 이제 우리도 그 계책을 그대로 한 번 더 써서 유인해 들이면 서질의 목을 벨 수 있을 것이오."

드디어 요화를 불러서 여차여차하라고 분부하고 또 장익을 불러서도 여차여차하라고 분부했다.

두 사람이 군사를 거느리고 나간 다음에 또 한편으로 군사들을 시켜서 길바닥에 철질려(鐵蒺藜)를 흐뜨려 놓고, 영채 밖에는 녹각(鹿角—옛적 軍營의 방어물)을 꽂아서 오래 버텨 보겠다는 기세를 표시했다.

서질은 연일 군사를 인솔하여 도전했지만, 촉나라 병사들은 통 나오질 않았다. 초마가 사마소에게 보고했다.

"촉나라 병사들은 철롱산(鐵籠山) 뒤에서 목우(木牛)·유마 (流馬)로 양식을 운반해서 오래 버틸 계책을 세우고 강병이 도착하기만 기다리고 있습니다."

사마소가 서질을 불러서 말했다.

"예전에 촉군을 이겨 낸 것은 그들의 양도를 끊었기 때문이었소. 이제 촉병들은 철롱산 뒤에서 군량을 운반하고 있으니, 그대는 오늘밤에 군사 5천 명을 인솔하고 그들의 양도를 끊으시오. 그렇게 하면 그들은 스스로 물러갈 것이오."

서질이 명령을 받고 밤 초경쯤 되어서 군사를 거느리고 철롱산으로 가 보니 과연 촉나라 병사 백여 명이 백여 필의 목우 유마에다 양초를 싣고 가는 것이었다.

위나라 군사들이 고함을 지르며 달려들고 서질이 앞장을 서서 가로막으니, 촉나라 병사들은 군량을 모조리 버리고 달아났다. 서질은 군사를 절반으로 나누어서 양식을 압송하여 영채로 돌아가게 하고, 친히 군사의 절반을 거느리고 촉나라 병사들을 추격했다. 10리도 추격하지 못했을 때, 앞에서 거장(車仗)이 앞길을 가로막아 버렸다. 서질은 군사들에게 명령하여 말을 내려서 그 거장을 옆으로 비켜 놓도록 했다. 이때, 홀연 양쪽에서 불길이 치밀어올랐다. 서질은 급히 말을 타고 돌아가려고 했다. 그런데 뒤쪽 산골짜기 좁은 길에도 역시 거장이 가로막고 있으며, 불길이 충천하고 있었다.

서질은 연기를 무릅쓰고 불 속을 뚫고 말을 달려 빠져 나오려고 했다. 그러나 포성이 한 번 일어나더니 양로군(兩路軍)이 달려드는데, 왼쪽에서는 요화, 오른쪽에서는 장익이 노도처럼 쇄도하니, 위병은 대패했고, 서질은 결사적으로 몸을 뛰쳐서 뺑소니를 쳤으니, 사람과 말이 똑같이 지칠 대로 지쳐 버렸다.

정신없이 달아나고 있는데, 앞에서 또 1군의 병사가 달려들었다. 앞장을 선 장수가 일창(一鎗)으로 서질이 타고 있는 말을 찔러 버리니, 말 아래로 나둥그러 떨어지는 서질을 여러 병사들이 달려들어 난도질을 해서 죽였다.

이때 한편에서는 서질이 양식을 운반시킨 일부 군사들도 하후패에게 습격을 당하여 항복했고, 하후패는 그들의 말과 갑옷을 모조리 빼앗아서 촉나라 병사들에게 입히고 말을 태워 가지고 위군의 기치를 앞장세우고 샛길을 찾아서 위군의 영채로 쳐들어갔다. 위나라 병사들이 자기 편 군사들인 줄 알고 영문을 열어 주니, 촉나라 군사들은 영채 안으로 뛰어들어 마구 무찔렀다.

사마소가 깜짝 놀라 황망히 말을 잡아 타고 달아나는데 앞에서 요화가 덤벼드니 앞으로도 나갈 수 없어 급히 뒤로 물러섰다. 그때 뒤에서는 또 강유가 군사를 몰고 샛길로 습격해 나왔다.

사마소는 사방을 휘둘러보아도 달아날 길이 없었다. 수하의 병사를 거느리고 철롱산으로 달아나서 버텨 보는 수밖에 없었다. 그런데 이 산은 오직 한 갈래 길이 있을 뿐, 사면이 험준하여 기어올라갈 수도 없었으며 산에는 단지 한 군데 샘물이 있는데, 그것도 백 사람이 마실 수 있을 정도의 물밖에 안 되었다. 이때 사마소는 수하에 6천 명을 거느리고 있었는데, 강유에게 길을 막혀 버렸으니, 산 위의 샘물만을 가지고는 인마가 갈증을 면할 수 없었다. 사마소는 하늘을 우러러 장탄식했다.

"나도 여기서 죽는 수밖에 없구나!"

이때 주부 왕도(王韜)가 말했다.

"옛적에 후한(後漢)의 무장(武將) 경공(耿恭)이 흉노에게 포위를 당했을 때, 우물을 파도 물이 나오지 않아서, 의관을 정제하고 우물에 절 하고 물을 빌었더니 감천(甘泉)을 얻었다 합니다. 장군께서도 한번 그렇게 해보심이 어떻겠습니까?"

사마소가 왕도의 말대로 산꼭대기에 올라가 샘물가에서 재배하고 물을 빌었더니 과연 샘물이 용솟음쳐 나와서 아무리 퍼내도 끝이 없으니 다행히 사람과 말이 죽음을 면할 수 있었다.

한편, 강유는 산 아래서 위병을 포위하고 여러 장수들에게 말했다.

"전에 승상께서 사방곡(士方谷)에서 사마의를 잡지 못하신 것을 나는 심히 유감으로 생각했었소. 이제야말로 사마소는 내게 붙잡히고 말 것이오."

또 한편, 곽회는 사마소가 철롱산에 포위당해 있다는 소식을 알고 군사를 거느리고 구출하러 가려고 했는데, 진태(陳泰)가 말했다.

"강유는 강병과 힘을 합쳐서 먼저 남안을 점령하려고 합니다. 이제 장군께서 이곳 군사를 철수해 가지고 구출하러 가신다면, 강병은 반드시 허를 노려서 우리의 후방을 습격할 것입니다. 그러니 먼저 사람을 보내셔서 강인에게 거짓 투항을 시키시고 그 중간에서 일을 꾸며서 강병만 물리칠 수 있다면 철롱산의 포위망을 풀어 버릴 수 있습니다."

곽회는 그 말대로 진태에게 명령하여 군사 5천 명을 거느리고 강왕(羌王)의 진지로 가서 갑옷을 벗고 눈물을 흘리며 항복했다.

"곽회가 자존망대(自尊妄大)하여 항시 소생을 죽일 마음을 먹고 있어서 투항해 왔습니다. 곽회의 군중의 허실은 소생이 샅샅이 알고 있사오니 오늘밤에 1군을 인솔하시고 그들의 영채를 습격하시면 성공하실 수 있을 것이며, 군사들이 위군의 영채에 도착만 되면, 저편에서도 내통하기로 돼 있습니다."

미당대왕(迷當大王)은 크게 기뻐하여 드디어 아하소과에게 명령하여 진태와 함께 위군의 진지를 습격하라고 했다. 아하소과는 진태 수하의 병사들을 후군으로 돌리고, 진태에게 강병을 딸려서 전부(前部)에 나서게 했다.

그날밤 2경쯤 되어서 위군의 영채로 쳐들어가니 영채 문이 활짝 열려서, 진태가 단기로 앞장서서 들어갔다. 아하소과가 말을 달려 창을 휘두르며 진태의 뒤를 따라 들어서려고 했을 때, 앗! 하는 외마디 소리와 함께 그는 말을 탄 채 함정 속으로 빠져 버리고 말았다. 이때 진태가 뒤로부터, 곽회가 왼쪽에서부터 무찌르고 덤벼드니 강병들은 일대 혼란을 일으키고 저희들끼리 서로 짓밟고 디디고 해서 죽은 자의 수효가 이루 헤아릴 수 없었다. 살아서 남은 자들도 모조리 항복했고, 아하소과도 제 목을 제 손으로 찔러서 죽어 버리고 말았다.

곽회와 진태는 곧바로 강인의 영채를 습격하여 미당대왕을 산채로 잡는 데 성공했다. 그리고 그를 설복하여 철롱산의 포위망을 풀어 버리는데 앞장서서 촉군의 병사를 물리쳐 공을 세워 주면 천자께 주준하여 후사(厚賜)가 있도록 해주겠다고 꾀었다.

그러나 강유는 이런 사실은 꿈에도 생각지 못하고 강병이 온다는 소식을 듣고 기뻐하며 만나보기로 하고 영채 밖에서 기다리고 있으라고 했다. 군장(軍帳) 앞으로 미당대왕이 인솔하고 간 강병 가운데는 위군의 병사들이 가장을 하고 섞여 있었음은 두말 할 것도 없었다.

강유와 하후패가 그들을 영접하러 나왔을 때, 위군의 장수들은 미당대왕이 입을 열기도 전에 뒤에서부터 강유에게 덤벼들었다.

크게 놀란 강유, 재빨리 말을 잡아 타고 뺑소니를 치니 촉군의 병사는 뿔뿔이 흩어져 버렸고, 산 속으로 도주하려는 강유를 곽회가 맹렬히 추격했다.

강유는 몸에 아무런 무기도 지닌 게 없었다. 활을 차기는 했으나, 그것도 어찌나 당황해 도주했던지 화살이라곤 한 자루도 없이 땅에 떨어져 버렸고, 허리에 차고 있는 것은 빈 활집뿐이었다.

곽회의 추격해 오는 거리가 점점 가까워지자 강유는 하는 수 없이 화살도 없는 활을 10여 차례나 쏴댔다. 곽회는 그럴 적마다 화살이 날아들까 겁이 나서 몇 번인지 말 위에서 몸을 옴츠러뜨리고 피해 봤다. 그러나 날아드는 화살이 있을 리 없었다. 강유에게 화살이 없다는 것을 알아챈 곽회는 용기를 얻어서 정말 활을 재어서 강유를 겨누고 쏘았다.

날아드는 곽회의 화살을 날쌔게 손으로 움켜 잡은 강유, 그 화살을 자기 활에다 재어서 곽회가 접근해 오기를 기다렸다가 보기 좋게 곽회의 얼굴을 정통으로 겨누고 쏘았더니, 곽회는 마침내 말 위에서 떨어져 버렸다.

강유가 말을 몰고 달려들어서 곽회를 깨끗이 처치해 버리려고 하는데 위군의 병사들이 우르르 몰려드는 바람에 그 이상 손을 댈 수 없어 곽회의 창만 빼앗아 가지고 뺑소니를 쳤다.

위군의 병사들은 곽회를 구출해 가지고 시급히 영채로 돌아가서 활촉을 뽑고 살려보려고 애썼으나, 심한 출혈을 막아낼 도리가 없어 그대로 절명했다.

사마소도 산에서 내려와 추격을 해봤으나 도중에 단념하고 되돌아서 버렸으며, 하후패는 나중에 강유를 쫓아서 함께 도주하게 됐다. 강유는 수많은 병사를 잃고 싸움에 패해서 한중으로 돌아오기는 했지만, 따지고 보면 곽회와 서질을 죽여서 위나라의 위력을 꺾어 버렸으니, 그 공로로써 죄를 보충할 수 있다고 해야 할 것이다.

사마소는 강병들의 수고를 위로해 주어서 돌려 보내고 낙양으로 돌아온 뒤부터는 그의 형 사마사와 함께 조정의 권리를 전제(專制)하니 여러 신하들이 복종하지 않을 도리가 없었다.

사마소는 칼을 차고 위주 앞에 나타나기 예사요, 여러 신하들이 국사를 의논하면 사마사가 제멋대로 중단시켜 버리기가 일쑤였다. 사마사가 천자 앞에서도 거침없이 수레를 타고 조정에서 물러나갈 때면 그를 경호하는 인마가 수천이오, 위주 조방이 후전(後殿)으로 들어가 보면, 언제나 그를 따르는 사람은 겨우 세 사람. 즉 태상경(太常卿) 하후현(夏侯玄), 중서령(中書令) 이풍(李豊), 광록대부(光祿大夫) 장집(張緝)뿐이었다.

하루는 조방이 근시들을 물리치고 이 세 사람들과 밀실로 들어가서 상의를 했다. 장집이란 바로 장황후(張皇后)의 부친으로서 조방의 황장(皇丈)이었다. 조방은 장집의 손을 잡고 울면서 말했다.

"사마사는 짐을 어린아이처럼 여기고 백관을 초개같이 아니, 사직이 조만간 그의 수중에 들어가고 말 것이오."

이 말을 듣고 세 사람은 나라를 어지럽히는 간적의 무리들을 그대로 앉아서만 바라보고 있을 수는 없었다. 세 사람은 그 자리에서 눈물을 흘리며 맹세했다.

"신 등이 맹세코 합심합력 국적을 토벌하여 폐하의 은혜에 보답하고자 합니다."

조방도 용봉 한삼(龍鳳汗杉)을 벗어서 손가락을 깨물어 혈조(血詔)를 써서 장집에게 주며 당부했다.

"짐의 태조(太祖) 무황제(武皇帝)께서 동승을 주살하신 것은 그 일이 비밀을 지키지 못했던 탓이었소. 경들도 모름지기 조심하여 밖에 누설되지 않도록 해주시오."

세 사람이 밀실에서 물러나와 동화문(東華門) 왼쪽까지 왔을 때, 공교롭게도 사마사가 칼을 찬 채 종자 수백 명이 모두 병기를 지니고 달려오고 있었다.

눈치 빠른 사마사는 세 사람을 붙잡고 어디서 뭣을 하고 오느냐고 힐문했다. 세 사람은 적당히 꾸며대어서 어물어물 대답을 했다. 사마사는 껄껄대고 냉소를 터뜨리더니 별안간 분노에 가득 찬 얼굴로 호통을 쳤다.

"세 놈들은 조금 전에 천자와 밀실에서 무슨 이야기들을 하고 눈물을 흘리고 있었느냐?"

"저희들은 그런 일은 전혀 모릅니다."

"모른다고? 왜 네놈들의 눈자위가 시뻘겋게 부었느냐 말이다! 그래도 시치미를 뗄 작정이냐?"

하후현은 이미 일이 탄로났음을 알고 큰 목소리로 호통을 쳤다.

"우리들이 눈물을 흘리고 운 것은, 네놈이 천자를 권세로써 누르려 하고 찬역을 꾀하고 있기 때문이다."

격분한 사마사는 무사들에게 호통을 쳐서 하후현을 당장에 붙잡으라고 했다. 하후현은 팔을 걷어붙이고 주먹다짐으로 사마사와 대결해 보려고 했지만, 덤벼드는 무사들에게 가로막혀 붙잡혔다. 사마사가 세 사람의 몸을 검사하여 보왔더니 그 속에서 천자의 속옷이 나왔는데, 거기에서 혈서가 적혀 있었고, 그것을 좌우 사람들이 사마사에게 바쳤다. 그것은 말할 것도 없이 위주 조방의 밀조였고, 거기에는 '사마사 형제가 대권을 공지(共持)하고 찬역을 도모하고 있으니 각부 관병장사(各部 官兵將士)들은 다같이 충의에 입각하여 적신(賊臣)을 토벌하고 사직을 바로잡아 구하라'고 적혀 있었다.

사마사는 그것을 다 보고 나더니 벌컥 화를 내며,

"알고 보니 네놈들은 우리 형제를 모해하려고 했구나! 도저히 용서할 수 없다."

하며, 세 사람을 저자에 끌어내어 허리를 베어 죽이고 그 삼족을 멸하라고 했다. 세 사람은 입이 마르도록 매도했으며, 동시(東市)까지 끌려갔을 때에는 심히 매를 맞아 이가 모조리 부러졌는데도 끝까지 알아들을 수도 없는 소리로 욕설을 퍼붓더니 절명했다. 사마사는 그길로 곧장 후궁으로 달려갔다. 후주 조방은 마침 장황후와 이 일을 상의하고 있었다.

"내정에는 이목이 많으니 만약에 일이 누설되면 반드시 첩에게도 누가 닥쳐올 것입니다."

장황후가 이렇게 말하고 있을 때, 홀연 사마사가 뛰어들어오니 황후는 깜짝 놀랐다. 사마사는 칼을 한 손에 움켜 잡으며 조방에게 말했다.

"신의 부친이 폐하를 인군으로 세우셨으니 그 공덕이 주공(周公)에 질 바가 없습니다. 신이 폐하를 섬김에 이윤(伊尹)이나 무엇이 다른 바 있겠습니까? 이제 도리어 은혜를 원수로 삼으시고 공로를 과실로 삼으셔서, 하잘것없는 소신들과 더불어 우리 형제를 모해하려 하심은 무슨 까닭입니까?"

조방은 그런 일이 없다고 부인했지만, 사마사는 소맷자락 속에서 조방의 속옷을 내놓으면서 소리를 질렀다.

"이것은 누가 쓴 것인가요?"

조방은 혼비백산하여 사마사 앞에 무릎을 꿇었다.

"짐의 잘못이었소! 대장군은 용서해 주기 바라오!"

"폐하께서는 일어나십시오! 국법이란 아무렇게나 폐기할 수는 없는 것이니까요!"

사마사는 장황후를 손으로 가리켰다.

"이분은 장집의 딸이니 살려 둘 수 없습니다."

조방은 방성통곡을 하면서 목숨만은 살려 달라고 애걸했으나 사마사가 그 말을 받아들일 리 없었다.

좌우 사람에게 호통을 해서 장황후를 동화문으로 끌어내 가지고 흰 비단으로 목졸라 죽였다.

그 이튿날 사마사는 군신을 일당에 모아 놓고, 천자가 황음무도(荒淫無道)하여 참언(讒言)을 듣고 어진 사람의 길을 막으니 능히 천하를 주장하지 못하겠다면서 따로 새 임금을 세워 사직을 보존하고 천하를 안정시켜야겠다고 하며, 의견을 물으니 감히 반대할 관료들이 있을 리 없었다.

사마사는 일동을 거느리고 영녕궁(永寧宮)으로 가서 이런 뜻을 태후에게 알렸다.

태후가 물었다.

"대장군은 누구를 인군으로 세우려 하시오?"

"신이 보건대 팽성왕(彭城王) 조거(曹據)가 총명하고 어질고 효성스러우니 천하의 주인이 될 수 있다고 생각합니다."

"팽성왕은 바로 이 노신(老身)의 숙부요. 그를 인군으로 세운다면 내가 어떻게 그를 대해야 옳을지 모르겠소. 이제 또

한사람 고귀향공(高貴鄕公) 조모(曹髦)가 있는데, 그는 바로 문황제(文皇帝)의 손자로 공손하고 온건한 사람이니 가히 인군으로 세울 만하다 생각하오. 경등 대신이 앞일을 잘 생각하고 상의해 보시오."

"태후의 말씀이 지당하오. 그분을 세우기로 하십시다."

이렇게 말하며 나서 사람은 사마사의 종숙인 사마부(司馬孚)였다. 이리하여 사마사는 고귀향공 조모를 영접해 오도록 하고, 태후를 태극전(太極殿)에 내보내어 조방을 문책시켜서 옥새를 내놓고 당장 궁중을 떠나서 두 번 다시 허락 없이 출입하지 못하도록 했다.

조방은 눈물을 흘리면서 태후와 작별하고 옥새를 내놓자 방성통곡하며 수레에 올라 궁문을 나섰다. 눈물을 흘리며 그를 전송하는 충의지신(忠義之臣)은 불과 몇 명에 지나지 못했다.

고귀향공 조모는 자가 언사(彦士)로, 문제(文帝)의 손자요, 동해정왕(東海定王) 임(霖)의 아들이었다. 그날 사마사가 태후의 명을 가지고 이르니, 문무관원들이 난가(鑾駕)를 마련해 가지고 남액문(南掖門) 밖까지 나와서 영접했다.

조모가 황망히 답례를 하는데, 태위 왕숙(王肅)이,

"주상께서는 답례하실 것 없습니다."

하자 조모가 말했다.

"나도 또한 일개 인신(人臣)으로서 어찌 답례를 하지 않으리까?"

사실 영문도 모르는 인군의 감투를 쓰게 된 조모는 백관들이 수레에 오르라는 것도 거절하고 도보로 태극전 동당(東堂)까지 갔다. 조모는 땅에 엎드려서 머리가 땅에 닿도록 절을 했다. 사마사가 부축하여 일으키며 태후에게 알현하게 하니, 조모는 그제야 인군의 자리를 계승해 달라는 명령을 듣고 깜짝 놀라서 재삼 사퇴했다. 그러나 무슨 일이나 제멋대로 하는 사마사는 문무백관에게 명령하여 조모를 태극전에 등전(登殿)시키게 하고, 드디어 그날로 그를 신군으로 내세웠다. 그리고 가평 6년을 정원 원년(正元元年)으로 고치고 천하에 대사령(大赦令)을 내렸고, 대장군 사마사에게 황금도끼를 내렸으며, 입조하는데도 제멋대로 걸어다닐 수 있으며, 일을 아뢸 때도 성명을 말할 필요가 없고, 언제나 칼을 차고 궁전에 나올 수 있는 특권을 부여했다. 그리고 문무백관에게도 각각 봉사(封賜)가 있었다.

정원 2년, 봄 정월.

염탐꾼이 비보를 전달했는데, 진동장군(鎭東將軍) 관구검과 양주자사 문흠이 사마사가 제멋대로 천자를 폐해 버렸다는 구실로 군사를 일으켜 가지고 쳐들어온다는 것이었다.

사마사는 이 소문을 듣자 깜작 놀랐다.

이야말로 한나라 신하들에게는 일찍이 근왕(勤王)의 뜻이 있었는데, 이제 또다시 위나라 장수들이 적을 토벌할 군사를 일으키는 셈이다.

110. 혹이 터져 죽은 사람

文鴦單騎退雄兵
姜維背水破大敵

위나라 정원 2년 정월. 양주의 자사요 진동장군이며 회남
(淮南)의 군마를 영솔(領率)하는 관구검은 사마사가 제멋대로
폐립의 일을 해치웠다는 소식을 듣자 마음속으로 분노를 금치
못했다.

그의 맏아들 관구전(毌丘甸)은 부친의 분노에 불을 붙였다.
사마사가 제멋대로 인군을 폐하고 국가를 누란(累卵)의 위기
에 빠뜨렸는데, 어찌 그 꼴을 그대로 보고만 있을 수 있겠느
냐는 것이었다.

아들의 말이 지당하다고 생각한 관구검은 즉시 자사 문흠을
불러서 상의했다. 문흠은 조상(曹爽)의 문하객(門下客)이었는
데, 관구검이 눈물을 흘리며 사마사 때문에 천하가 어지러워
진 사정을 호소하니, 그 자리에서 힘이 되어 주겠다고 쾌히
승낙했으며, 그의 둘째아들 문숙(文淑—小字는 阿鴦)은 만부
부당의 용맹을 지니고 있으며 평소부터 사마사를 죽여서 조상
의 원수를 갚고자 하는 터이니, 선봉으로 내세우면 좋겠다고
말했다.

관구검과 문흠은 서로 용기를 얻어서 태후에게서 밀조가 내

렸다 거짓으로 말하고, 회남의 관리 장병을 모조리 수춘성(壽春城)에 집합시켜 놓고, 대역무도한 사마사를 토벌하기 위해서 의병을 일으켜야겠다고 선언했다.

이리하여, 관구검은 6만의 군사를 거느리고 항성(項城)에 주둔하고, 문흠은 2만 명의 군사를 인솔하고 밖으로 돌며 유격병(遊擊兵)의 임무를 맡았다. 또, 관구검은 여러 군으로 격문을 날려서 각각 싸움을 거들도록 명령했다.

한편 사마사는 왼쪽 눈에 혹이 생겨서 때없이 아프고 가려워서 견딜 수 없자 의사에게 명령해서 그 혹을 째고, 약을 발라서 눈을 가리고 연일 부중에서 쉬고 있던 중이었다.

홀연 회남의 사태가 급박하다는 소식이 들려왔다. 그는 곧 태위 왕숙을 불러서 상의하니 왕숙의 말이 회남 장사들의 가속이 모두 중원에 있으니 그들을 잘 돌봐 주고, 한편 군사를 동원해서 귀로를 차단해 버리면 그들은 우수수 흩어져 버리고 말리라는 것이었다.

사마사는 그것이 좋은 계책이라고는 생각했지만, 혹을 쨀지 얼마 되지도 않아서 친히 출마하기도 어렵고, 그렇다고 해서 다른 사람을 내세우면 믿음직하지 못해서 어찌 해야 좋을지 망설이고 있었다.

이때 옆에 있던 중서시랑(中西侍郎) 종회(鍾會)가 말했다.

"회초(淮楚)의 군사는 강하고 그 예봉(銳鋒)이 만만치 않습니다. 다른 사람에게 군사를 주어서 격퇴시킨다는 것은 매우 불리한 점이 많습니다. 만약에 실수를 한다면 대사를 망쳐 버리게 될 것입니다."

사마사는 선뜻 일어섰다.

"역시 내가 친히 나서지 않으면 적을 격파할 수는 없을 것이오."

그는 아우 사마소를 남겨 두어 낙양을 지키면서 조정의 정사를 총섭하게 하고 자신은 연여(軟輿)에 몸을 싣고 병도 무릅쓰고 동행(東行)하기로 했다. 또 진동장군 제갈탄(諸葛誕)에게 명령하여 예주(豫州)의 모든 군을 총독해서 안풍진(安風津)에서부터 수춘을 공략하게 했으며, 정동장군 호준에게 명령하여 청주(靑州)의 모든 군을 거느리고 초송(譙宋) 땅으로 나가서 적군의 귀로를 끊으라고 했다. 그리고 예주 자사(豫州刺史)요 감군(監軍)인 왕기(王基)를 시켜서 전부병(前部兵)을 인솔하고 먼저 진남(鎭南) 땅을 공략하도록 했다.

사마사는 대군을 인솔하고 양양에 주둔하면서 문무제관을 장하에 모아 놓고 상의했다. 광록훈(光祿勳) 정포(鄭褒)가 말했다.

"관구검은 꾀가 있으나 결단성이 없고, 문흠은 용기는 있지만 지혜가 없습니다. 대장을 시키셔서 불의의 습격을 감행하시려면, 강회(江淮)의 병사들의 예기가 왕성하니 호락호락히 여겨서는 안됩니다. 구(溝)를 깊게 파고 보루를 높이 쌓아 지키면서 그들의 예기가 꺾어지기를 기다리는 지구책이 좋을까 합니다."

감군 왕기는 그 의견에 반대했다.

"안 됩니다. 이번에 회남이 모반한 것은 군민들이 반란을 생각한 게 아니고 모두가 관구검의 세력 때문에 어쩔 수 없이 끌려든 것입니다. 만약에 대군이 한번 나서기만 하면 당장에 와해되고 말 것입니다."

사마사는 이 의견에 찬성하고 은수(濦水) 근방으로 진병(進兵)시키고, 중군을 은교(濦橋)에다 주둔시켰으며, 왕기에게 명령하여 전부병을 남돈성(南頓城) 아래에 진을 치게 했다.

한편 관구검은 항성에서 사마사가 친히 출전했다는 소식을 듣자 여러 부하를 모아 놓고 상의했더니, 선봉 갈옹(葛雍)이 말했다.

"남돈 땅은 산과 강을 끼고 있어 둔병하기에 가장 좋은 지점입니다. 만약에 위병이 먼저 이곳을 점령한다면 몰아내기 힘들 것이니 속히 이곳을 점령해야겠습니다."

관구검은 그 말대로 군사를 몰고 남돈으로 달렸다. 진군을 하고 있을 때, 앞에서부터 전령이 보고하기를, 남돈에 이미 인마가 진을 치고 있다는 것이었다. 관구검이 선두에 나서서 달려가 보니 그 말이 틀림없었다. 중군으로 돌아온 관구검이 어찌 해야 좋을지 몰라서 망설이고 있는데 홀연 초마가 비보를 전하는데 동오의 손준(孫峻)이 군사를 몰고 강을 건너서 수춘으로 습격해 온다는 것이었다.

"수춘을 빼앗긴다면 우리는 어디로 돌아갈 것인가?"

관구검은 대경실색, 그날밤으로 군사를 항성으로 철수시켰다.

사마사는 관구검이 군사를 철수시키는 것을 보자 여러 관원들을 모아 놓고 상의했다. 상서 부하가 말했다.

"관구검이 군사를 철수시킨 것은, 오군에게 수춘을 습격당할까 겁이 났기 때문이지만, 반드시 항성으로 되돌아와서 군사를 나누어서 막아내려 들 겁니다. 이제부터 1군은 낙가성(樂嘉城)을 공략하게 하고, 또 1군은 항성을, 다른 1군은 수춘을 공략하게 하면 회남의 군사들은 반드시 물러나가고 말 것입니다. 연주 자사 등애는 지모가 뛰어난 인물이니, 그를 시켜서 낙가를 공략하게 하고, 다시 중병(重兵)으로 뒤를 받쳐 주면 적을 격파하기는 어렵지 않습니다.”

사마사는 그 말대로 당장에 등애에게 연주의 병사를 동원하여 낙가성을 격파하라고 명령하고, 자기도 뒤따라 군사를 거느리고 가서 합세하기로 했다.

관구검은 적군이 쳐들어올까봐 겁이 나서 수시로 사람을 보내서 낙가성의 동정만 탐지하고 있었는데, 문흠과 상의를 하니, 문흠은 자신만만하게 큰 소리를 치면서 나섰다. 5천 기만 준다면 아들 문앙(文鴦)과 함께 낙가성을 문제없이 지켜 내겠다는 것이었다. 관구검도 기뻐했으며, 문흠 부자는 그 즉시 5천 기를 거느리고 낙가성으로 달려갔다.

이때, 전군에서 보고가 들어오는데, 적군의 진지에는 사마사가 친히 나와 있는 것이 틀림없기는 하나, 아직도 진세가 정돈되어 있지 않다는 것이었다.

이때 문앙은 채찍을 손에 잡고 부친 옆에 서 있었는데 이런 보고를 듣더니 용기를 내어서 부친 문흠에게 작전계획을 제공했다.

“오늘 날이 저물 무렵 아버지께서는 2천 5백 명을 거느리고 성 남쪽에서 쳐들어가십시오. 저는 2천 5백 명을 거느리고, 성 북쪽에서 쳐들어가겠습니다. 3경쯤 되어서 위군의 영채에서 만나 뵙도록 하겠습니다.”

문흠은 아들의 말대로 군사를 두 길로 나누었다.

이 문앙으로 말하면 나이 겨우 18세. 신장이 8척. 전신에 무장을 든든히 하고 허리에는 구리 채찍을 찼으며, 여유작작하게 창을 손에 잡고 말에 올라 멀리 위군의 영채를 바라보며 앞으로 나갔다.

이날밤, 사마사의 군사는 낙가에 도착하여 즉시 영채를 마련했는데, 기다리는 등애는 도착되지 않았다. 사마사는 눈 아래 붙은 혹을 짼 지 얼마 안 되는데, 어찌나 아픈지 장중에 누워 있었으며, 수백 명의 갑사(甲士)들을 시켜서 주변을 호위하게 했다. 그런데 밤 3경쯤 되어서 홀연 영채 안에서 고함소리가 요란하게 일어나고 인마가 일대 혼란을 일으켰다.

사마사가 물어 보니 1군이 영채 북쪽에서부터 포위망을 무찌르고 쳐들어오는데 선두에 나선 장사는 어찌나 용맹한지 당해 낼 도리가 없다는 것이었다.

사마사는 깜짝 놀라고 울화가 불길처럼 치밀어서 눈알이 혹을 짼 상처로부터 튀어나와서 피가 흘러 땅을 물들일 지경으로 그 아픔은 이루 말할 수가 없었다. 그러나 군심이 어지러워질까 두려워서 이불자락을 입으로 깨물며 억지로 참느라고 이불 한 채가 조각조각이 나 버렸다.

문앙의 군마는 무인지경을 헤치듯 좌충유돌하며 영채 안을 무찌르고 돌아다녔다. 그러나 감히 가로막는 자가 없고, 몇 번이나 본채를 습격하려고 했지만 저편에서 활과 쇠뇌를 쏴 대니 도로 후퇴하곤 했는데, 부친 문흠이 나타나기만 고대하고 있었으나 도무지 도착하는 기색이 없었다.

날이 밝아올 무렵에 북쪽에서 고각소리가 하늘을 찌를 듯이 울려 왔다. 문앙은 이상한 생각이 들었다.

'아버지께서는 남쪽에서 오실 텐데 어째서 북쪽에서부터 오

실까?'

문앙이 확인해 보려고 말을 달려 나갔더니 저편에서 달려오는 1군의 선두에 선 대장은 바로 등애였다.

"역적 놈아! 옴쭉 말고 게 있거라!"

등애가 호통을 치니, 문앙도 격분하여 창을 휘두르며 덤벼들었다. 50여 합을 싸웠는데도 승부가 나지 않았다. 그때 위군이 노도처럼 몰려들어 문앙의 부하들은 뿔뿔이 흩어져 버렸고, 문앙 자신도 간신히 적군을 돌파하고 남쪽으로 뺑소니를 쳐 버렸다.

위군의 대장 백여 명이 맹렬히 문앙의 뒤를 추격하여 낙가교 근처까지 이르렀을 때, 대담무쌍한 문앙은 별안간 말머리를 휙 돌리더니 그 많은 대장들 틈으로 혼자서 돌격을 감행, 백여 명의 장수들을 쫓아 버리고 또다시 유유히 성을 향하여 말을 달렸다. 위군의 대장들은 서로 얼굴을 쳐다보며 감탄하여 마지않았다.

"우리가 이렇게 수효가 많은데, 이놈이 감히 혼자서 물리치다니! 우리도 있는 힘을 다해서 쫓아가야 되겠다."

이리하여 위군의 대장들은 몇 번이나 문앙을 추격했지만, 문앙은 번번이 용감무쌍하게 혼자서 이들을 격퇴해 버렸다.

문앙의 부친 문흠은 산길을 잘못 들어서서 길을 찾지 못하고 헤매다가 산골짜기를 빠져 나왔을 때에는 날이 훤히 밝아 왔는데, 위군이 크게 승리했음을 알자 그대로 싸울 생각도 없이 되돌아서려고 했다. 그런데 위군의 병사들이 또 추격해 오자, 수춘을 향해서 도주하는 도리밖에 없었다.

이때, 위군의 전중교위(殿中校尉) 윤대목은 조상의 심복으로, 조상이 사마의에게 몰살 당한 후, 사마사를 섬기고 있기는 했지만, 언제나 사마사를 죽여서 조상의 원수를 갚자는 마음을 품고 있었으며, 또 한편으로는 문흠과 친하게 지내고 있었다.

사마사가 눈에 혹이 나서 옴쭉 못하고 있는 것을 보자, 윤대목은 장 안으로 들어와서 말했다.

"문흠은 본래 반란을 일으킬 생각이 있었던 것이 아니고 관구검 때문에 마음에도 없는 것을 억지로 하고 있는 것이니, 소생이 한번 가서 설복하면 반드시 항복할 것입니다."

사마사가 그것을 승낙하니, 윤대목은 갑옷 투구에 무장을 든든히 하고 문흠을 쫓아 나섰다. 단숨에 문흠을 쫓아간 윤대목은 투구를 벗고 채찍을 높이 쳐들고 말했다.

"문자사(文刺史)께서는 왜 4, 5일만 더 참지 못하셨습니까?"

이것은 사마사가 혹 때문에 명이 얼마 남지 않았다는 것을 암시한 말이었는데, 문흠은 그 뜻을 알아차리지 못하고 도리어 활을 잡아 윤대목을 겨누어 쏘려고 하니, 윤대목은 울면서 되돌아오는 수밖에 없었다.

문흠은 군사를 정비해 가지고 수춘으로 달려갔으나 그곳에는 이미 제갈탄의 군사가 자리잡고 있어서 다시 항성으로 되돌아가려는데, 호준·왕기·등애의 군사가 몰려들어 하는 수 없이 동오의 손준에게 의지할 생각으로 그쪽으로 도주했다.

항성에서 농성을 하고 있던 관구검은 마침내 등애와 맞닥뜨리게 되었다. 갈옹(葛雍)을 출마시켰으나 단지 1합을 싸우고 등애의 칼에 목이 날아가 버렸으며, 호준·왕기까지 합세하여 덤벼드니 도저히 감당해 낼 수가 없어서 불과 10여 기를 거느리고 간신히 신현(愼縣)성에 이르렀다. 현령 송백(宋白)은 주연을 베풀어 그를 대접하고는, 관구검이 크게 취한 틈을 타서 사람을 시켜 관구검을 죽이고, 그의 수급을 베어 가지고 위군에 바치게 됐으니, 이로써 회남은 평정된 셈이었다.

사마사는 병상에 누운 지 오래 됐건만 일어나지 못했다. 눈에 달린 혹이 낫지 않아서 밤마다 신음을 하고 괴로워하니, 탑전에는 언제나 이풍·장집·하후현 세 사람이 지키고 서 있었다.

죽음을 각오한 그는 낙양으로 사람을 보내서 아우 사마소를 불러다가 베겟머리에 세워 놓고 유언을 했다.

"어깨가 무겁도록 짊어진 중책을 지금 나는 벗어 놓을 수도 없으니, 너는 내 뒤를 계승할 것이며, 대사를 결코 경솔히 남에게 맡겨서는 안 된다. 그렇게 되면 스스로 멸족의 화를 초래할 것이다."

유언을 마치자 두 볼을 눈물로 적시면서 인수를 내주었다.

사마소가 당황하여 뭔가 말을 하려고 하는데 사마사는 외마디 소리를 크게 지르더니, 혹이 터지면서 그리로 눈알이 튀어나와서 숨이 끊어지고 말았다.

때는 정원 2년 2월.

위주 조모는 사마사가 죽은 것을 알고 사마소에게 명령하여 잠시 허창에 군사를 주둔시키고 동오에 대비하고 있으라고 했다. 그러나 사마소는 종회의 권고를 듣고 조정에 무슨 변고라도 생기면 자기의 자리가 위태로워질까 겁내어 당장에 낙수(洛水) 남쪽으로 군사를 몰고 와서 주둔시켰다. 이 소식을 알게 된 조모는 대경실색했으나, 태위 왕숙의 권고를 듣고 사마소를 무마해 둘 방침으로, 왕숙을 사신으로 파견해서 사마소를 대장군 녹상서사(錄尙書事)에 임명했다. 사마소가 입조하여 사은하니 이로부터 나라 안팎의 크고작은 일은 모두 사마소의 수중으로 돌아가게 되었다.

서촉의 염탐꾼이 이런 소식을 탐지하여 성도로 전달하자, 강유는 사마소가 대권을 장악했으니 낙양을 떠나지 못할 것이므로, 이번에 위나라를 토벌하자 주장하고, 장익·하후패와 상의한 결과, 한중에서 토위군을 일으켜 병력 백만을 거느리고 포한(枹罕)을 향하여 출동했다.

조수(洮水)까지 왔을 때, 수변군사(守邊軍士)가 옹주 자사 왕경(王經)과 부장군 진태에게 보고하니, 왕경이 먼저 마보병 7만을 인솔하고 대결하러 나섰다.

강유는 장익과 하후패에게 귓속말로 뭣인지 작전계획을 알려 주어서 떠나 보내고 나서, 친히 대군을 거느리고 조수를 등에 지고 진을 펼쳤다.

왕경이 아장(牙將) 몇 명을 거느리고 나서서 물었다.

"위·오·촉나라는 이미 솥발처럼 세 군데로 맞선 형세를 이루고 있다. 네놈은 무슨 까닭으로 여러 차례 침범하는 것이냐?"

강유가 대답했다.

"사마사란 놈은 까닭도 없이 인군을 폐했으니 이웃한 나라로서 당연히 문죄해야 할 것이며, 하물며 수적(讐敵)의 나라이니 더 말할 게 있겠느냐?"

왕경은 장명(張明)·화영(花永)·유달(劉達)·주방(朱芳) 네 장수를 돌아보며 말했다.

"촉군은 배수진을 쳐놓았으니까, 한 놈도 남지 않고 모조리 물 속에 빠져 죽을 것이오. 강유만은 효용하니 그대들 네 장수가 한번 싸워볼 만할 것이오. 그가 조금이라도 뒤로 물러서는 기색이 있거든 곧 놓치지 말고 추격하도록 하시오."

그러나 싸움의 결과는 정반대로 되었다. 네 장수가 강유와 대결하려고 덤벼들자, 강유는 조수(洮水) 서쪽 강변으로 달아났다. 그러자 장익·하후패가 배후로 돌아나와서 좌우 양쪽에서 덤벼들었기 때문에 위군의 병사들은 일대 혼란을 일으켜서 태반은 짓밟혀 죽었고, 쫓겨가다가 조수에 빠져 죽은 자가 부지기수, 목이 달아난 자가 만여 명, 시체가 쌓여서 산을 이룰 지경이었다.

왕경은 패잔병 백여 기를 거느리고 간신히 빠져 나와서 곧장 적도성(狄道城)으로 도주하여 성문을 잠그고 지키기에만 정신이 없었다.

강유는 큰 공로를 세우고 병사들을 위로해 주자, 곧 적도성으로 쳐들어가려고 했다. 이때 장익이 간했다.

"장군께서는 이미 공적을 세우셨고 위성(威聲)이 크게 떨치셨으니 그만해 두시는 게 좋겠습니다. 이제 또 전진하신다면, 여의치 않을 때에는 그야말로 뱀 그림에 발을 첨가하여 그리는 격이 될 것입니다."

"그렇지 않소! 지난번에는 싸움에 패하고도 쳐들어가서 중원을 종횡으로 달렸었는데 이제 조수의 일전(一戰)에서 위군은 간담이 찢어질 만큼 혼이 났으니, 내 생각 같아서는 적도쯤은 쉽사리 점령할 수 있을 것 같소. 그대는 스스로 의지를 약하게 갖지 마시오."

장익이 재삼 말렸지만, 강유는 끝내 고집을 부리고 드디어 군사를 인솔하고 적도성으로 달려갔다.

옹주에 있던 정서장군 진태는 왕경이 패전한 보복을 할 생각을 하고 있는 판이었는데, 뜻밖에도 연주자사 등애가 군사를 거느리고 도착했는지라, 영접해 들이니 등애가 말했다.

"이번에 대장군의 명령을 받들고 특히 장군을 거들어서 적군을 격파하러 왔습니다."

진태가 그 계책을 물었더니 등애가 대답했다.

"조수의 싸움에서 승리한 적군이 만약에 강인의 많은 수효를 수중에 넣고 동정(東征)하여 관롱(關隴)을 점령하고 사군(四郡)에 전격하면 이것은 우리 편의 큰 걱정거리입니다. 이제 그는 이 점을 생각하지 못하고 도리어 적도성을 노리고 있는데, 그 성은 심히 견고하여 쉽사리 공략할 수는 없습니다. 공연히 병력을 소모할 따름일 것이니, 우리 편에서는 항령(項嶺)에 병사를 펼쳐 놓고, 한편으로 군사를 동원하여 진격한다면, 촉군의 병사는 반드시 패하고 말 것입니다."

진태는,

"그거 참 묘론(妙論)이오!"

하면서, 우선 20대(隊)의 병사를 한 대에 50명씩 배치해 가지고 정기·고각·봉화 따위를 몸에 지니게 한 다음, 낮에는 숨고 밤에는 행진했다. 적도성 동남편 높은 산 깊은 골짜기에 매복하여 적병이 나타나기만 기다리고 있다가 일제히 북을 치고 피리를 불어서 신호를 하고, 밤에는 횃불을 올리고 포를 쏘아서 적군을 놀래 주라고 명령했다.

한편 강유는 적도성을 포위하고 8방으로 공격을 가하고 있었는데, 며칠이 되어도 함락시킬 수 없자 묘안이 떠오르지 않아서 답답한 나날을 보내고 있었다.

하루는 저녁 때가 다 되었는데, 홀연 몇 차례나 유성마가 달려들며 보고하기를, 양로병이 나타났는데 일로군(一路軍) 깃발에 큰 글자로 '정서장군 진태'라고 씌어 있으며, 또 일로군은 '연주자사 등애'라고 씌어 있다는 것이었다.

강유가 깜짝 놀라 하후패와 상의했더니 하후패가,

"전에도 늘 장군께 말씀드리지 않았습니까? 등애는 어려서부터 병법에 깊고 밝으며 지리를 잘 안답니다. 이제 군사를 거느리고 나타났다면 상당히 만만치 않을 것입니다."

"적군은 먼길을 왔으니 우리 편에서는 그들이 발을 붙이기 전에 격퇴하면 문제 없소."

강유는 이렇게 말하면서, 장익을 남겨 두어 성을 공격하도록 하고, 하후패에게 명령하여 군사를 거느리고 진태와 대결하라고 했다. 그리고 강유 자신은 군사를 인솔하고 등애와 대결하기로 했다.

5리 길도 채 가지 못했을 때, 홀연 동남편에서 포성이 한 번 일어나더니 북소리 피리소리가 천지를 진동하며 화광이 충천했다.

강유가 말을 달려 앞으로 나가보니 주위에는 모조리 위병의 기호(旗號)들 뿐이었다. 강유가 깜짝 놀라며 외쳤다.

"등애의 계책에 속았구나!"

드디어 하후패와 장익에게 적도를 포기하고 후퇴하라는 명령을 전달했다.

이리하여 촉병은 모조리 한중으로 후퇴했고 강유 자신이 친히 후군을 지키고 있었는데, 배후에서 들려오는 북소리가 도무지 끊이지를 않았다. 강유가 검각(劍閣)까지 철수해 들어갔을 때에야 비로소 그 20여 군데의 횃불과 북소리가 모두 속임수라는 것을 알게 됐다.

강유는 군사를 수습해 가지고 종제(鍾提)로 후퇴하여 주둔했다.

한편 후주는 강유가 조수·서안에서 공로를 세워서 조명을 내려 그를 대장군에 봉했다.

강유는 직책을 맡아 가지고 표를 올려 사은이 끝나자, 또다시 출사하여 위나라를 토벌할 계책을 상의했다.

이야말로 성공을 꾀함에는 사족(蛇足)을 가할 필요가 없고, 적군을 토벌함에는 어디까지나 용맹한 위력만을 생각해야 한다는 것이다.

111. 천자가 친히 전선(戰線)에

鄧士載智敗姜伯約
諸葛誕義討司馬昭

강유는 종제로 물러나가서 주둔하고, 위나라 군사들은 적도성 밖에 주둔했다.

왕경은 진태와 등애를 성 안으로 불러들여서 포위망을 풀어준 데 대해서 사례하고 주연을 베풀어 그들을 대접했으며, 3군에 대상을 내렸다.

진태가 등애의 공로를 위주 조모에게 아뢌더니, 조모는 등애를 안서장군(安西將軍)에 봉하고 호동강교위(護東羌校尉)에 임명했으며, 진태와 함께 옹(雍)·양(凉) 각지에 둔병하고 있도록 했다.

등애가 표를 올려 사은(謝恩)의 절차를 마치고 나자, 진태는 연석을 마련하고 축하해 주었는데, 석상에서 말했다.

"강유는 밤중에 도망쳤으니 이미 기진맥진해서 감히 두 번 다시 나타나지 못할 것이오."

이 말을 듣더니 등애가 웃었다.

"나는 촉나라 군사가 다음과 같은 다섯 가지 이유로써 반드시 또 쳐들어오리라고 생각합니다."

등애가 조목조목 설명하는 소위 다섯 가지의 이유란 다음과 같은 것이었다.

  1. 촉군이 후퇴했다고는 하지만 싸움에 이겼다는 기세가 변함 없을 것이며, 우리 편 군사는 싸움에 패했다는 약점을 가지고 있는 점.
  2. 촉군의 병사는 모두 제갈공명의 훈련을 받은 정병들로서 쓸모 있는 병사들인데, 우리 편 군사들은 대장이 자주 바뀌어서 훈련이 충분하지 못했던 점.
  3. 촉군은 수로로 많이 진군을 했는데, 우리 편 군사는 그와 반대로 주로 육로로 진군을 해서 피로한 정도가 다르다는 점.
  4. 적도·농서·남안·기산 등 네 지점은 모두 수비하기에 유리한 곳이어서 촉군이 동쪽에서 함성을 울리고 서쪽을 치며, 남쪽으로 향하는 체하고 북쪽을 치게 되면, 우리 편에서는 각방으로 군사를 분배해서 방비해야 할 것이니 촉군은 한 덩어리로 한 군데를 지키면 되는데, 우리 편은 4분의 1의 힘을 가지고 방비할 수밖에 없다는 점.
  5. 만약에 촉군이 남안·농서로 나온다면 강인의 곡식을 먹을 수 있으며, 기산으로 나온다면 보리가 있어서 양식에 충당할 수 있을 것이니, 촉군이 반드시 다시 출동할 가능성이 있다는 점.

  "공이 그다지 귀신같이 적의 동정을 살필 수 있다면, 촉병이 뭣이 두려울 게 있겠소?"
  진태는 탄복해 마지않으며 이때부터 등애와 망년지교(忘年之交)를 맺게 되었다. 이리하여 등애는 연일 옹·양 두 주의 군사를 훈련시키고 각 요로에 영채를 마련해 놓고 만일의 사태에 대비하고 있었다.

한편 강유는 종제에 있으면서 성대한 연회를 베풀고, 여러 대장들을 모아 놓고 위군을 토벌할 계책을 상의하고 있었다.

영사(令史) 번건(樊建)이 간했다.

"장군께서는 지금까지 여러번 출전하셔서 아직도 전공(全功)을 거두지 못하셨다가, 이번 조수 싸움에서 위인(魏人)을 장군의 위명 아래 굴복시키셨는데, 뭣 때문에 또 출동하시려는 겁니까? 만일에 불리하게 되신다면 전공이 모두 허사가 됩니다."

"그대들은 위나라가 국토가 넓고 인구가 많아서 쉽사리 점령하기 어렵다는 생각만 하고, 위나라를 공격해서 반드시 이길 수 있다는 다섯 가지 조건이 있다는 것을 모르고 있소.

강유는 이렇게 말하면서 소위 다섯 가지의 이길 수 있는 조건을 다음과 같이 구체적으로 설명했다.

1. 적군은 조수의 싸움에서 패했기 때문에 사기가 굉장히 저상했고, 우리 군사는 비록 후퇴했다고는 하지만, 손실이 없으니 이제 만약 진병하면 이길 수 있다는 점.

2. 우리 군사는 배를 타고 왔으므로 피로해 있지 않지만, 적군은 육로로 걸어와서 기진맥진해 있다는 점.

3. 우리 군사들은 오랫동안 훈련을 받아 온 정병들이고, 적군은 모두 오합지졸로서 통솔이 되어 있지 않다는 점.

4. 우리 군사는 기산으로 나가면 무르익은 보리를 거둬 들여서 군량에 충당할 수 있다는 점.

  5. 적군은 여러 방면을 방비하느라고 병력이 분산되어 있어서, 우리 군사가 한데 뭉쳐서 공격을 가하면 적군은 서로 협조할 수 없다는 점.

  그러니까, 이런 좋은 기회를 놓치고는 다시 위군을 토벌할 기회가 없으리라고 주장하는 것이었다.

  하후패가 말했다.

  "등애는 비록 나이가 어리다고 하지만 기모(機謀)가 심원하고 근래들어 안서장군의 직을 봉했으니 반드시 각 방면으로 준비를 갖추고 있을 것이며, 예전과는 딴판일 겁니다."

  강유가 소리를 버럭 질렀다.

  "내가 등애 따위를 두려워하겠소? 그대들은 적군에게 예기를 더해 주고, 우리 편의 위풍을 떨어뜨리자는 말이오? 나는 이미 결심했소. 우선 농서로 쳐들어가겠소."

  이쯤 되니 감히 그 이상 간하는 사람이 없었다. 강유는 친히 전부 군사를 거느리고 여러 장수들에게 뒤를 따라서 전진하라고 명령했다. 이리하여 촉군은 총동원해서 기산으로 달려가니, 초마가 보고하기를 위병이 먼저 기산에 와서 아홉 군데나 채책을 마련하고 있다는 것이었다. 강유는 그 말을 믿을 수 없어서 친히 몇 기를 거느리고 높은 곳으로 올라가서 보았더니 과연 기산에는 아홉 군데나 영채가 긴 뱀처럼 이어져 있는데 머리와 꼬리가 서로 돌아다보고 있는 것만 같았다.

  강유가 좌우 사람들을 돌아다보며 말했다.

  "하후패의 말이 틀림없었군! 이 영채는 그 형세가 절묘하오. 이제 등애의 솜씨를 보니 우리 제갈승상에 못지않은걸!"

그는 본채로 돌아와서 여러 장수들을 모아 놓고 또 말했다.

"위군이 이미 방비를 견고히 하고 있는 것은 우리 군사가 나타날 것을 예측하고 대기하고 있는 것이오. 내 생각 같아서는 등애가 반드시 여기 와 있을 것이오. 그대들은 기치(旗幟)를 내걸고 이 산곡간에 진을 치고 매일 백여 기의 탐마를 내보내도록 하시오. 출초하러 나갈 때마다 갑옷을 바꿔입도록 하고, 기호는 청황적백흑 오방 기치(五方旗幟)를 번갈아 쓰도록 하시오. 나는 대병을 거느리고 몰래 동정으로 나가서 남안을 들이치겠소."

이리하여 포소(鮑素)을 시켜서 기산 앞 산곡간에 진을 치고 있게 하고 강유는 친히 대군을 인솔하고 남안으로 향했다.

한편 등애는 촉군이 기산으로 향한다는 것을 알고, 재빨리 진태와 함께 진을 치고 대기하고 있었는데, 촉군이 통 도전해 오지 않자 하루에 다섯번씩 초마가 영채 밖으로 나왔다가 10리 혹은 15리 지점에서 되돌아가곤 할 뿐이었다.

등애가 높은 곳에 올라가서 이런 광경을 내려다보고 있다가 황망히 장으로 들어오며 진태에게 말했다.

"강유는 이곳에 없습니다. 동정으로 나가서 남안을 습격하는 게 틀림없을 것입니다. 초마는 몇 명 안 되는데, 갑옷을 바꿔입고 나왔다 들어갔다 하고 있는 것뿐입니다. 말들도 피곤했고, 대장들도 무능한 위인들 뿐입니다. 장군께서 당장 1군을 인솔하시고 쳐들어가시면 반드시 격파하실 수 있을 것입니다. 저곳을 격파하신 다음에는 그대로 동정으로 통하는 도로로 나가셔서 강유의 퇴로를 끊어 버리십시오. 소생은 1군을 거느리고 남안으로 향하여 무성산(武城山)을 공략하겠습니다.

순조롭게 그곳을 점령할 수 있게 되면, 강유는 반드시 상규 (上邽)로 향할 것입니다만, 상규에는 단곡(段谷)이라는 산골 짜기가 있어서 산길이 협착해서 복병하기에 매우 좋은 지점이 니, 강유가 무성산을 공격하러 내달을 때, 소생이 미리 단곡에 양군을 매복시켜 두었다가 공격을 가하면 강유를 격파하기는 문제없는 일입니다."

진태가 말했다.

"나는 농서를 2, 30년 동안이나 지켰지만 아직도 이렇게 지 리를 명찰하지 못했소. 공의 말하는 바가 정말 신산(神算)이 오. 공은 곧 출동해 주시오. 나는 이곳 채책을 공격하겠소."

이리하여, 등애는 군사를 거느리고 밤을 헤아리지 않고 줄 곧 낮의 갑절이나 길을 걸어서 무성산에 도착했다. 영채를 마 련해 놓았는데도 촉병은 나타나지 않았다. 등애는 아들 등충 (鄧忠)과 장전교위(帳前校尉) 사찬(師纂)에서 각각 5천 명을 거느리고 단곡으로 먼저 가서 매복해 있으면서 여차여차하라 고 명령했다.

두 사람이 계책을 받아 가지고 떠나고 나서 등애는 깃발을 감추고 북소리를 내지 않고 조용히 촉병을 기다리고 있었다.

한편 강유가 동정에서 남안을 향하여 출동했는데, 무성산 앞까지 왔을 때 하후패에게 말했다.

"남안 근처에 무성산이라는 산이 있는데 그곳만 수중에 넣는 다면 남안을 점령하는 거나 마찬가지요. 그런데 등애는 꾀가 많은 위인이니 반드시 먼저 이곳을 방비하고 있을 것 같소."

이렇게 망설이고 있을 때, 홀연 산 위에서 포성이 한 번 들 리더니 고함소리가 천지를 뒤흔들고 북과 피리소리가 일제히 일어나며 정기(旌旗)가 나타나는데 모두 위병들이었다.

중앙에서 휘날리고 있는 누런 깃발에는 '등애'라는 글자가 크게 씌어 있었다.

촉병들이 깜짝 놀랐을 때, 산 여기저기서 정예군사들이 맹렬히 쳐내려오니, 전부군은 뿔뿔이 흩어졌고, 강유가 중군의 인마를 거느리고 구출하러 달려갔을 때엔 위군이 이미 후퇴한 뒤였다.

강유는 그대로 무성산 기슭으로 와서 등애에게 도전을 했지만, 산 위의 위병은 통 내려오지도 않았다. 강유는 군사에게 명령하여 욕설을 퍼붓도록 하고, 저녁때가 되어서 군사를 후퇴시키려고 했더니, 북소리·피리소리가 일제히 울리기는 하는데 위병이 내려오는 기색은 전혀 보이지 않았다. 강유는 산 위로 무찌르고 올라갈 생각도 했지만 산 위에서 포석을 어찌나 심하게 퍼붓는지 진격할 도리가 없었다.

밤 3경이 되도록 지키고 있다가 되돌아서려고 했더니 산 위에서는 또 북소리·피리소리가 울려 왔다. 강유는 산 아래 군사를 주둔시키고 군사들을 시켜 목석을 운반해다가 영채를 세우려고 했더니, 산 위에서 또 북소리·피리소리가 울리며 위병이 쏟아져 내려왔다. 촉병은 아비규환 속에서 서로 밟고 디디고 하면서 간신히 처음 영채로 후퇴했다.

이튿날, 강유는 군사에게 명령하여 양초거장(糧草車仗)을 운반하여 무성산으로 가서 죽 늘어놓고 영채를 세워서 둔병할 계획을 세웠다. 이날밤 2경쯤 되어서, 등애는 5백 명에게 횃불을 들게 하고 두 길로 갈라져서 산을 내려가 거장에 불을 지르게 했다.

양쪽 군사가 밤이 새도록 치고 찌르고 했지만 영채를 세우는데 성공하지는 못했다. 강유가 다시 군사를 후퇴시키고 하후패에게 와서 상의했다.

"남안을 점령하지 못했으니 먼저 상규를 공략하는 게 좋겠소. 상규는 남안의 둔량처니까 만약에 상규를 점령할 수 있다면 남안은 저절로 위태로워질 것이오."

드디어 하후패를 무성산에 주둔시켜 두고 강유는 정병과 맹장들을 모조리 인솔하고 상규를 들이치기로 했다.

도중에서 하룻밤을 지내고 날이 밝으려 할 무렵에 산세가 협착하고 험준하며 도로가 기구(崎嶇)한 것을 보자, 향도관에게 물어 봤다.

"이 골짜기는 뭐라는 곳이오?"

"단곡이라 합니다."

강유가 깜짝 놀라며 소리쳤다.

"단곡이라! 그 이름이 좋지 않은걸. 단곡은 단곡(斷谷)이니, 만약 골짜기 어귀를 막아 버린다면 어떻게 한다지?"

이렇게 망설이고 있을 때, 전군에서 보고가 들어오기를 산 뒤에서 먼지가 대단히 일어나는데 반드시 복병이 있으리라는 것이었다. 강유가 급히 후퇴령을 내렸으나, 마침 사찬·등충의 양군이 덤벼드는 바람에 싸우면서 도망치는 도리밖에 없었다.

그런데 또 앞에서부터 함성이 일어나더니 등애의 군사가 달려들어 3로로 무찔러 대니 촉군은 대패하여 뿔뿔이 흩어졌다. 하후패가 싸움을 거들러 달려들었기 때문에 위군은 그제야 물러나갔고 강유를 구출해낼 수 있었다.

강유가 다시 기산으로 가려고 했더니, 하후패가 말했다.

"기산의 영채는 벌써 진태에게 격파당했으며, 포소(鮑素)는 전사했고, 영채의 인마는 모조리 한중으로 돌아갔습니다."

이 말을 듣고 강유는 동정도 포기하고 산곡간의 샛길을 찾아서 후퇴하는데 앞에서는 위군의 대장 진태가, 뒤에서는 등애가 덤벼드니 강유는 결사적으로 싸웠다. 그러나 도저히 이 포위망을 돌파할 수 없었다. 다행히 탕구장군(盪寇將軍) 장의가 강유가 포위당한 것을 알고 수백 기를 거느리고 달려와서 구출해 냈으나, 장의 자신은 빗발치듯 하는 화살 속에서 전사하고 말았다.

강유가 간신히 목숨을 건져 가지고 한중으로 돌아왔더니, 그가 무수한 촉나라의 장수들을 전사하게 했다는 데에 대해서 원성이 자자했다. 그래서 강유는 일찍이 무후 제갈량이 가정(街亭) 싸움에서 그랬듯이 표를 올려 자폄(自貶)하여 후장군의 자리로 물러나서 대장군의 일을 대행하기로 했다.

등애는 촉군이 패하여 물러나자 진태와 성대한 축하의 주연을 베풀었고 3군을 위로해 주었다.

진태가 등애의 공로에 대하여 표를 올렸더니, 사마소는 곧 사신을 파견하여 등애의 작위를 올려 주었고 그의 아들 등충도 정후(亭侯)에 봉했다.

한편 위주 조모는 정원 3년(서기 256년)을 감로 원년(甘露元年)으로 고쳤는데, 사마소는 천하의 병권을 잡고 대도독이 된 이래 만사를 천자에게 아뢰지도 않고 제멋대로 결재하며 평소부터 엉뚱한 배짱을 먹고 찬탈의 기회를 노리고 있었다. 여기다가 부채질을 하고 충동을 시킨 것은 그의 심복인 가충

(賈充—字는 公閭)이었다 가충은 건위장군(建威將軍) 가규(賈逵)의 아들로서 상부(相府)의 장사(長史)라는 직책에 있었다.

사마소는 마침내 가충이 충동하는 말에 찬성하여 그를 동방 제국으로 파견해서 자기에게 대한 민심을 시찰하도록 했다.

가충은 제일 먼저 회남(淮南)으로 가서 진동대장군 제갈탄을 찾았다. 제갈탄은 무후 공명의 종제로서 위나라를 섬기고 있었는데, 공명이 촉나라 승상이 되자 중용을 받지 못하고 있다가, 공명이 세상을 떠난 뒤부터는 중직을 역임했고, 고평후(高平侯)에 봉하게 되어서 회남·회북의 군마를 총섭하고 있었다.

제갈탄은 가충을 영접하여 주연을 베풀고 대접을 했다. 그러나 가충이 한 번 말을 꺼내서 천자가 나약하다는 것과, 사마소대장군이 공덕이 혁혁하여 위나라의 대통을 계승함이 좋겠다는 말을 했더니, 제갈탄은 격분하여 펄펄 뛰었다.

"그대는 대대로 위나라의 녹을 먹고 살아온 사람이 어찌 그따위 괘씸한 소리를 하오? 조정에 만일 무슨 변고가 생긴다면 나는 목숨을 바치고 나서겠소!"

가충은 더 할말이 없이 묵묵히 제갈탄과 작별하고 사마소에게로 돌아와서 사실대로 보고했다.

사마소가 대로하여 말했다.

"생쥐 같은 놈이 어찌 감히 그따위 말을 할 수 있단 말인가?"

가충이 또 말했다.

"제갈탄은 회남에서 상당히 인심을 얻고 있습니다. 그러니 그냥 내버려두면 반드시 우환이 될 것입니다. 속히 처치해 버리시는 게 좋겠습니다.”

사마소는 양주자사 악침에게 밀서를 보내고 일변 사신을 파견하여 제갈탄을 사공(司空)으로 승격시켜서 불러 올리려고 했다.

조서를 받은 제갈탄은 벌써 가충이 무슨 입을 놀린 줄 알고 사신을 붙잡아서 고문했다. 그랬더니 사신이 말했다.

“이 사건은 악침이 알고 있습니다.”

“그가 어째서 알고 있단 말인가?”

제갈탄이 호통을 치며 물으니, 사신은 부들부들 떨면서 말했다.

“사마장군께서 벌써 사람을 양주에 파견하셔서서 악침에게 밀서를 보내셨습니다.”

제갈탄은 격분하여 무사에게 호통을 쳐서 사신을 참해 버리고, 부하 천 명을 동원해 가지고 양주로 달려갔다. 남문(南門)에 이르니 성문은 이미 닫혔고 적교도 끌어 올려져 있었다. 제갈탄은 성 아래에서 문을 열라고 소리쳤으나 성 위에서는 아무 대답이 없었다. 제갈탄이 대로했다.

“악침, 필부 녀석이 어찌 감히 이다지 괘씸할고!”

드디어 장사들에게 성을 공격하게 하고, 수하의 10여 기 효장들이 말을 내리고 강을 건너 몸을 날려서 성 위로 올라가 군사들을 무찔러 버리고 성문을 활짝 열었다.

제갈탄은 군사를 거느리고 성 안으로 달려 들어가서 바람결을 타고 불을 지르면서 악침의 집으로 쳐들어갔다.

악침은 당황하여 다락 위로 몸을 피했으나 제갈탄은 칼을 뽑아 들고 다락 위로 쫓아 올라가서 호통을 쳤다.

"너의 아비 악진(樂進)으로 말할 것 같으면 과거에 위나라
의 큰 은혜를 받은 사람이다. 보답할 생각은 하지 않고 도리
어 사마소에게 순종하려 들다니?"

악침이 대답할 틈도 주지 않고 제갈탄은 그 자리에서 그를
찔러 죽여 버렸다. 제갈탄은 또 사마소의 죄상을 일일이 적은
표를 작성하여 사자를 파견하여 낙양으로 보내고, 회남의 전
호구(田戶口) 10여만 명을 집결시켰으며, 아울러 양주(陽州)
의 새로 항복한 군사 4만여 명을 합쳐 군량을 둔적하고 진병
할 준비를 했다.

동시에 장사 오강(吳綱)을 시켜서 아들 제갈정(諸葛靚)을
오나라에 인질로 보내어 사마소를 주멸하도록 싸움을 거들어
달라고 연락을 취했다.

이때 동오의 승상 손준(孫峻)은 이미 병으로 세상을 떠났
고, 종제 손침(孫綝)이 천자를 보좌하고 있었는데, 이 인물은
성격이 몹시 거칠어서 대사마 등윤, 장군 여거·왕돈 등을 차
례차례 죽여 버리고 병권을 장악하고 있어서 총명한 오주 손
양도 어찌할 도리가 없는 판이었다.

그러나 오강이 제갈정을 데리고 석두성(石頭城)에 이르러
손침을 만나보고, 사정을 이야기했더니, 손침은 그 자리에서
쾌히 승낙하고 대장 전역(全懌)·전단(全端)을 주장(主將)으
로, 우전(于詮)을 후군으로, 주이(朱異)·당자(唐咨)를 선봉
으로, 문흠(文欽)을 향도(嚮導)로 파견하고, 7만의 군사를 동
원하여 3대로 나누어 출동하게 했다.

오강이 수춘으로 돌아와 제갈탄에게 보고했더니, 제갈탄은
크게 기뻐하며 군사를 배치하여 싸울 준비에 바빴다.

낙양으로 올라온 제갈탄의 표를 보자 사마소는 대로하여 친히 토벌하러 나서려고 했더니, 가충(賈充)이 꾀를 내어서 천자를 버리고 나갔다가 만일 조정에 변동이 생기면 후회막급일 테니 태후와 천자에게 아뢰어서 함께 출전하는 안전책을 강구하자고 했다.

사마소는 그 의견이 묘하다고 크게 기뻐하며 태후에게 아뢨다.

"제갈탄이 반란을 꾀하였기에 신과 문무백관이 협의한 결과, 태후와 천자께 청하와 어가친정(御駕親征)하셔서 선제의 유지(遺志)를 계승하시도록 하고자 합니다."

태후는 겁이 나서 어쩔 줄 모르며 그의 의사를 따를 뿐이었다. 그 이튿날 사마소는 위주 조모에게 떠나자고 청했다.

조모가 말했다.

"대장군 도독은 천하의 군마를 임의로 조종할 수 있을 것이어늘 뭣 때문에 짐까지 자행(自行)해야 된단 말이오?"

그러나 사마소는 옛날의 조조와 문제(조비) · 명제(조예)의 예까지 들어서, 선군(先君)의 유지를 계승하여 역적을 소탕하려면 반드시 천자 자신이 친정해야 한다고 강력히 주장하니, 조모도 그의 위권 앞에 떨면서 하라는 대로 하는 수밖에 없었다.

이리하여 사마소는 조서를 내려서 양도(兩都)의 군사 26만 명을 동원하고, 정남장군 왕기(王基)에게 선봉을 명령하고, 안동장군 진건(陳騫)을 부선봉으로, 감군(監軍) 석포(石苞)를 좌군으로, 연주 자사 주태(周泰)를 우군에 명하여 거가(車駕)를 보호하며 호호탕탕 회남으로 진격을 개시했다.

동오에서는 선봉 주이(朱異)가 병사를 인솔하고 나와서 대적했다.

양군이 대진하고 서니 위군 중에서는 왕기가 출마했으며, 주이가 그를 맞아 대결했다. 싸운 지 3합도 못 되어서 주이가 패하여 도주하니 당자가 또 출마했다. 그러나 역시 3합도 못 싸우고 대패하여 달아났다.

왕기가 그대로 군사를 몰며 무찌르고 들어가니 오병들은 대패하여 50리나 후퇴해서 다시 영채를 마련했다.

이런 소식이 수춘성으로 전해지자 제갈탄은 친히 본부예병(本部銳兵)을 인솔하고 문흠과 그의 두 아들 문앙(文鴦)·문호(文虎)와 함께 웅병 수만 명을 동원하여 사마소와 대적하게 되었다.

이야말로 오나라 병사의 예기가 꺾인 것을 본 지 얼마 안 되어서, 또다시 위나라 장수들의 대규모의 동원을 보게 되는 셈이다.

112. 그림의 떡

사마소는 제갈탄이 오나라 군사와 힘을 합쳐서 결전을 하러 나온다는 것을 알자, 산기장사(散騎長史) 배수(裵秀)와 황문시랑(黃門侍郎) 종회(鍾會)를 불러서 대책을 상의했더니, 종회가 말했다.

"오군의 병사가 제갈탄을 돕는다는 건 사실은 그들의 이악을 위해서 하는 노릇입니다. 이해관계로 유인하면 반드시 이겨낼 수 있습니다."

사마소는 그 말대로 석포·주태에게 먼저 양군을 거느리고 석두성에 매복해 있도록 명령하고 왕기와 진건에게 정병을 주어서 그 뒤를 받치도록 하고, 편장(偏將) 성쉬(成倅)에게 병력 수만을 주어서 적군을 유인해 내도록 했다.

또 진준에게 명령하여 거장(車仗)·소와 말·노새와 나귀 등을 인솔하고, 그 위에 군사들에게 상으로 줄 물건을 싣고 사면에서 적의 진중으로 몰고 들어가서, 적군이 나타나면 그 앞에다가 물건을 버려 놓고 달아나도록 했다.

이날 제갈탄은 오나라 대장 주이를 왼쪽에, 문흠을 오른쪽에 거느리고 출마했는데, 위군의 진중의 인마가 정돈되어 있지 않은 것을 보자, 한 번에 사마(士馬)를 몰고 쳐들어가니 성쉬는 물러나 도주했고, 제갈탄은 그대로 군사를 몰아 추격했는데, 소와 말, 노새와 나귀가 벌판에 즐비하게 깔려 있었다. 이것을 보자, 남병(오병)들은 앞을 다투어 그것을 획득하려고 싸울 생각은 잊어버릴 지경이었다.

이때, 갑자기 한 방의 포성이 들리더니 양로병이 쳐들어오는데 왼쪽은 석포, 오른쪽은 주태. 제갈탄이 깜짝 놀라 급히 후퇴하려 했을 때, 왕기와 진건의 정병이 쇄도하니 제갈탄의 병사는 대패하는 수밖에 없었다.

거기다가 사마소까지 군사를 인솔하고 싸움을 거들게 되니 제갈탄은 패잔병을 인솔하고 수춘으로 도주해 들어가 성문을 잠그고 농성을 했다. 사마소는 병사에게 명령하여 사면으로 포위하고 있는 힘을 다해서 성을 공격하도록 했다.

이때, 오나라 군사들은 안풍(安豊)으로 물러나가서 주둔했고, 위주(魏主)의 거가는 항성(項城)에 머물러 있었다.

이때 종회가 필승의 계책을 제공했다. 그것은, 제갈탄이 패했다고는 하지만 수춘성 안에는 군량도 풍부히 있고, 또 오나라 군사들이 안풍에 진을 치고 있으니, 현재 이편 군사가 사면을 포위하고 있다고 하지만, 느릿느릿 공격을 하면 단단히 수비를 할 것이오, 급히 서두르면 결사적으로 덤벼들 것이며, 오병이 협공이라도 해온다면, 이편 군에게는 이롭지 못하다는 것이다. 이보다는 남문대로(南門大路)를 남겨 두어서 적군이 스스로 달아나게 해놓고 3면으로 공격을 가하면 반드시 이길 수 있다는 것이었다. 또 오병은 먼곳에서 오느라고 군량이 오래 지속되지 못할 것이니 이편에서 날랜 군사를 인솔하고 그 배후를 끊어 놓으면 적군은 싸우지 못하고 저절로 패해 버리고 말리라는 의견이었다.

사마소가 종회의 등을 어루만지며 말했다.

"그대는 참으로 나의 자방(子房—張良, 한고조를 보좌하여 항우를 격파한 謀臣)이오!"

하면서, 그 즉시 왕기에게 명령하여 남문을 공격하고 있던 군사들을 후퇴시켰다.

한편, 오나라의 군사들은 안풍에 진을 치고 있었는데, 손침은 주이를 불러 가지고 책망했다.

"수춘성 한 군데만이라도 구출하지 못한다면 어찌 중원을 점령할 수 있겠소? 이번에 또다시 이기지 못한다면 반드시 참할 것이오!"

주이는 곧바로 본채로 돌아와서 상의했다. 우전이 말했다.

"지금 수춘 남문의 포위가 풀려 있으니 소생이 1군을 거느리고 남문으로 들어가서 제갈탄을 도와서 성을 지킬까 합니다. 장군께서는 위병과 도전을 하시면 소생은 성 안에서부터 쳐나와서 양로로 일제히 협공하면 위병을 격파할 수 있습니다."

주이가 그 말이 옳다고 하니, 전역·전단·문흠도 따라서 입성하겠다고 했다. 우전은 도합 1만 명의 군사를 거느리고 남문으로 입성했다. 위병들은 대장의 명령을 받지 않아서, 그것을 막아낼 수 없어도 오병을 그대로 입성시켰다. 그러고 나서 사마소에게 보고했더니 사마소가 외쳤다.

"이것은 주이와 함께 내외 협공해서 우리 군사를 격파하자는 수작이다."

그 즉시 왕기와 진건을 불러서 분부했다.

"그대들은 군사 5천 명을 거느리고 주이가 오는 길을 차단하고 배후로부터 공격을 가하시오."

두 사람은 명령을 받고 떠났다.

주이가 군사를 거느리고 진군하노라니, 홀연 배후에서 함성이 일고 왼쪽에서 왕기, 오른쪽에서 진건이 덤벼드니 오군의 병사들은 대패했다.

주이가 돌아와서 손침을 만났더니, 손침이 격분했다.

"번번이 싸움에 패하기만 하는 그대 같은 장수를 뭣에 쓰겠소!"

병사에게 호통을 쳐서 주이를 끌어내어 목을 베어 버렸다. 또 전단의 아들 전위(全緯)에게 소리쳤다.

"만약에 위병을 격퇴시키지 못한다면 그대 부자들은 또 나를 대면하러 오지 마라!"

하고, 손침은 그대로 건업(建業)으로 돌아가 버렸다.

이렇게 되자, 종회가 사마소에게 말했다.

"손침이 돌아가 버렸으니 밖으로 원병이 없어졌으므로 성을 포위하기가 좋게 됐습니다."

사마소는 그 말대로 군사를 독촉하여 성을 포위하고 공격하게 했다. 전위는 수하의 병사를 거느리고 수춘으로 들어가려고 했으나, 위군 병사들의 세력이 대단함을 보고 진퇴할 길이 없게 되어서 생각다 못해서 마침내 사마소에게 투항해 버렸다.

사마소가 그를 편장군으로 기용하니 전위는 사마소의 은덕에 감명하여 편지를 써 가지고 부친 전단과 숙부 전역에게, 손침은 불인(不仁)한 자이니 위나라에 투항하는 게 좋겠다는 의사를 화살에 매어 성중으로 쏘아 들여보냈다. 이것을 받아 본 전역은 전단과 함께 수천 기를 거느리고 성문을 개방하고 나와서 투항했다.

제갈탄은 성 안에서 답답한 시간을 보내고 있었다. 모사(謀士) 장반(蔣班)과 초이(焦彝)가 진언했다.

"성중에는 군량은 적고 군사는 많으니 오래 지킬 수 없습니다. 오·초의 여러 군사를 거느리고 결사적으로 한번 싸워 보면 어떻겠습니까?"

제갈탄이 대로했다.

"나는 지키고 싶다는데 그대는 싸우고 싶다니 다른 배짱이 있는 게 아니오? 또 그따위 소리를 하면 참하고 말겠소?"

두 사람이 하늘을 우러러 보고 장탄식했다.

"제갈탄도 망하지 않을 수 없소! 우리들은 일찌감치 투항하여 죽음이나 면하는 게 좋겠소!"

이리하여 그날밤 2경쯤 되어서 두 사람은 성벽을 내려와서 위군에 투항했더니 사마소는 그들을 중용했다.

이런 일이 있었기 때문에, 성 안에 비록 싸움을 하고 싶은 병사들이 있어도 감히 싸우자는 말을 입 밖에 내지 못했다. 제갈탄은 성 안에 있으면서 위군의 병사들이 사면으로 토성을 쌓아 올려서 회수(淮水)를 방비하고 있는 것을 보자, 물이 범람하여 토성이 허물어지기만 바라고 그때에 군사를 몰아 격파할 생각만 하고 있었다. 그러나 가을이 지나고 겨울이 되었는데도 장마비는 내리지 않고 회수의 물은 범람할 기세가 보이지 않았다. 성 안에는 양식이 끊어졌다.

문흠은 작은 성에서 두 아들과 사수하고 있었는데, 병사들이 점점 굶주림에 쓰러지는 것을 보자 하는 수 없이 제갈탄에게 와서 보고했다.

"군량이 다 떨어져서 병사들은 굶어죽어 갑니다. 북방의 병사들(제갈탄의 옛 부하들)은 모조리 성 밖으로 내보내서 양식을 조금이라도 절약해야겠습니다."

제갈탄이 대로하여 소리쳤다.

"그대가 나더러 북군을 모두 몰아내라는 것은 나를 죽이자는 작정이로구나!"

무사에게 호령을 해서 당장에 문흠을 끌어내서 목을 베어 버리게 했다. 문앙과 문호 두 아들은 부친이 살해당하는 것을 보자, 각각 단도를 뽑아 들고 수십 명을 닥치는 대로 찔러 죽이고, 성 위로 뛰어 올라 단숨에 아래로 뛰어 내려서 성호를 건너 위나라의 영채에 투항해 버렸다.

사마소는 과거에 문앙이 단기로 자기 군사를 물리쳤던 원한을 품고 그의 목을 베어 버리려고 했으나, 종회가 간했다.

"죄는 문흠에게 있습니다. 문흠은 이미 죽었고, 두 아들이 세궁(勢窮)하여 귀순한 것이니 항복한 장수를 죽인다면 성 안의 사람들이 앙심만 품게 될 것입니다."

사마소는 그 충고를 받아들여서 문앙과 문호를 장 안으로 불러 들여서 좋은 말로 위로해 주고, 또 준마(駿馬)와 금의(錦衣)를 주어서 편장군으로 기용하고 관내후(關內侯)에 봉했다.

두 아들들은 감사하다 절하고 말 위에 오르더니 성 주변으로 돌아다니며 소리를 질렀다.

"우리 두 사람은 대장군께서 죄를 사해 주시고, 작위까지 주셨는데, 그대들은 왜 빨리 투항하지 않는가?"

이 말을 듣자 성 안에 있는 사람들도 모두 수군수군 궁리를 했다. 문앙은 사마씨(司馬氏)의 원수 같은 사람인데도 이렇게 중용했다면, 자기네들은 문제없으리라는 생각을 하고 모두 투항하고 싶어했다.

이 소문을 들은 제갈탄은 대로하여 낮이나 밤이나 친히 순성(巡城)을 하고 그런 기맥이 있는 자들은 모조리 죽여 버려서 자기의 위엄을 보였다.

종회는 성 안의 인심이 이미 동요하고 있음을 알아차리고 장으로 들어가서 사마소에게 말했다.

"이 틈을 타서 성을 공격하십시다."

사마소는 이 말을 듣고 대단히 기뻐했다. 마침내 3군을 사면에서 운집시켜서 일제히 맹렬한 공격을 개시하도록 했다. 거기다 또 북문을 지키고 있던 수문장 증선(曾宣)은 성문을 활짝 개방하고 위나라 군사들을 맞아들였다.

위군들이 쳐들어온 것을 알자, 제갈탄은 당황하여 휘하의 병사 수백 명을 거느리고 스스로 성중의 좁은 길로 뛰쳐나와서 적교 근처에 이르렀다. 바로 이때, 호분과 맞닥뜨리게 되니 감당해낼 도리가 없어 마침내 호분의 칼에 목이 날아서 말 아래에 뒹구는 처참한 죽음을 맞이했다.

제갈탄의 부하 수백 명도 모두 결박당하고 말았다. 이때 왕기가 군사를 거느리고 서문으로 쇄도하다가 마침 달려드는 오장(吳將) 우전(于詮)과 맞닥뜨리게 되었다.

왕기가 호통을 쳤다.

"어째서 빨리 항복하지 않느냐?"

우전이 대로하여 소리치는 말이,

"명령을 받들고 싸움터에 나와 남을 위하여 곤란을 구하려다가 구난(救難)은 못했을망정, 투항하다니 그게 어찌 의리를 아는 사람의 할 짓이랴!"
하면서, 투구를 땅에 내동댕이치고 또다시 소리를 질렀다.
  "인간이 세상에 태어나 싸움터에서 죽는다는 것은 행복한
일이다!"
하더니, 대뜸 칼을 휘두르며 30여 합을 결사적으로 싸웠으나
사람도 피곤하고 말도 지쳐서 난군 중에서 절명하고 말았다.

  사마소는 수춘으로 입성하자 곧 제갈탄의 일가를 남녀노소
할 것 없이 모조리 목을 베어 삼족을 멸했다.
  무사가 붙잡힌 제갈탄의 부졸(部卒) 수백 명을 결박해 가지
고 사마소의 앞에 나오자 사마소가 물었다.
  "그대들은 항복하겠느냐?"
  그러나 모든 사람은 이구동성으로 소리를 질렀다.
  "제갈공과 같이 죽을지언정 절대로 네놈에게 항복하지 않는다!"
  사마소는 격분하여 무사에게 호령하여 모조리 결박한 채 성
밖으로 끌어냈다. 그리고 한 사람 한 사람씩 또 한번 물어 보
았다.
  "항복만 하면 살려 줄 텐데 어떠냐?"
  그러나 한 사람도 항복하겠다는 사람은 없었다. 마침내 한
사람 한 사람 모조리 죽여 버렸는데, 끝까지 한 사람도 항복
하지 않았다. 사마소는 감탄해 마지않으며 여러 사람을 매장
해 주라고 명령했다.
  오병은 태반이 위군에 투항하자, 배수(裵秀)가 사마소에게
말했다.
  "오나라 병사들의 노소 가족들은 모두 동남 강회 땅에 있으

니 이들을 오래 머물러 둔다면 반드시 변고가 생길 것입니다. 그러니 산채로 묻어 죽여 버리는 게 좋겠습니다."

그랬더니, 종회가 반대하고 나섰다.

"그건 안 될 말씀입니다. 옛적에 용병을 한 사람들은 전국(全國)만을 지상(至上)으로 알고 그 원흉만 죽였습니다. 이제 그들의 가족을 모조리 구덩이에 파묻어 죽인다는 것은 불인한 일입니다. 강남으로 돌려 보내셔서 중국의 관대함을 보여 주심이 좋을 것입니다."

사마소가 외쳤다.

"그거 참 묘론이군!"

드디어 오병을 모조리 본국으로 돌려 보냈다. 당자(唐咨)는 손침이 겁이 나서 자기 나라로 돌아가지 않고 그대로 위나라에 귀순했는데, 사마소는 돌아온 병사들을 모두 중용하고 삼하(三河) 땅에 배치시켜서 회남을 평정하고 군사를 철수하려고 했다.

바로 이때, 홀연 보고가 날아 들었는데, 서촉의 강유가 군사를 거느리고 쳐들어와서 장성(長城)을 공략하고 양식을 약탈하고 있다는 것이었다.

사마소는 깜짝 놀라서 여러 관원들과 이를 물리칠 계책을 상의했다.

때는 촉한 연희 20년인데, 경요 원년(景耀元年)으로 고쳤다.

강유는 한중에서 장수 두 사람을 뽑아서 매일 인마를 훈련시키고 있었는데, 한 사람은 장서(蔣舒)요 또 한 사람은 부첨(傅僉)이었다.

이 두 사람은 용감무쌍하고 대담해서 강유가 몹시 아꼈다.

이때 홀연 보고가 들어오기를 회남의 제갈탄이 군사를 동원하여 사마소를 토벌하려 하며, 동오의 손침이 싸움을 거들어 주게 되었고, 사마소는 회남·회북의 군사를 대거 동원하여 위태후·위주와 함께 출정했다는 것이었다.

강유가 크게 기뻐했다.

"이번에야말로 나의 대사가 순조롭게 될 것이다."

드디어 후주에게 아뢰어 군사를 일으켜 위나라를 토벌하겠다고 했다. 중산대부(中散大夫) 초주(譙周)가 이런 사실을 알고 탄식했다.

"근래에 조정에서는 주색에 빠져서 중귀(中貴—宦官—寵臣) 황호(黃皓)를 신임하고 국가를 다스리지 않고 환락만 도모하고 있으며, 백약(강유)은 여러번 정벌만 일삼고 군사를 돌볼 줄 모르니 국가는 위기에 빠지고 말았다!"

그는 마침내 〈수국론(讐國論)〉이라는 한 편의 문장을 지어서 강유에게 보냈다. 이 〈수국론〉은 결국 강유를 공격한 문장이었는데, 그 요점은 움직여야만 될 때 천수(天數)를 알고 움직여야 하는 것이니 강유처럼 싸움만 일삼고 백성의 노고를 안중에 두지 않는다면, 제아무리 지혜가 있다 해도 나라를 구하기 어렵다는 것이었다.

강유가 그것을 읽고 나더니 격분해서 말했다.

"되지 못한 놈의 군소리다!"

땅바닥에다 그것을 내동댕이치고 드디어 천병(天兵)을 동원하여 중원을 공격하기로 하고 부첨에게 물어 봤다.

"공의 생각으로는 어느 땅으로 출동했으면 좋겠소?"

부첨이 대답했다.

"위군의 양초는 모두 장성에 둔적되어 있습니다. 이제 낙곡 (駱谷)을 들이쳐서 심령(沈嶺)을 넘어서 곧장 장성으로 들어가서 우선 양초를 불질러 버리고 그대로 진천(秦川)을 점령해 버리면 중원을 점령하는 것도 시간 문제에 불과합니다."

강유가 기뻐하며 말했다.

"공의 견해가 나의 계책과 우연히 일치되었소."

즉시 군사를 동원하여 낙곡을 들이치고 심령을 넘어서서 일로 장성으로 향했다.

장성을 지키고 있는 장수는 사마소의 종형인 사마망(司馬望)이었는데, 촉병이 쳐들어온다는 것을 알자, 왕진(王眞)·이붕(李鵬) 두 장수를 거느리고 성 밖 20리 지점으로 출전했다. 저편에서는 강유가 말을 달려 나와서 사마망에게 손가락질을 하여 매도하고, 이편에서도 사마망이 거기에 응수하며 욕설을 퍼부어 댔다. 이때 홀연 사마망의 등뒤에서 왕진이 창을 휘두르며 내달으니 촉군의 진중에서는 부첨이 덤벼들었다. 10합쯤 싸웠을 적에 부첨은 일부러 허를 보이는 체하니 왕진은 이때라고 생각하고 창으로 찌르며 대들었다. 그러나 이 찰나에 부첨은 비호같이 되돌아서서 왕진을 움켜 잡아 말 위에 태워 가지고 자기 진영으로 달려가 버렸다.

이 광경을 보고 있다가 격분한 이붕이 칼을 휘두르며 말을 달려 왕진을 구출하려고 달려들었지만, 부첨은 모른 체하고 이붕이 접근해 들어오기만 기다리다가 있는 힘을 다해서 왕진을 땅바닥에 내동댕이치고, 사능철간(四楞鐵簡)을 슬쩍 손에 뽑아 들었다.

이붕이 쫓아와서 칼을 들고 찌르려고 하는 찰나에 부첨은

몸을 슬쩍 돌려서 이붕의 얼굴에 정통으로 철간의 일격을 가
했다. 이붕은 눈알이 튀어나와 말 위에서 떨어져 처참하게 절
명했다.

그리고 왕진도 촉군의 병사들이 창으로 마구 찔러서 죽여
버렸다. 강유가 군사를 몰고 당당히 진격하니, 사마망은 영채
를 포기하고 성 안으로 들어가 문을 잠그고 나오지 않았다.

강유가 명령을 내렸다.

"군사들을 오늘밤 잘 쉬게 하여 예기를 기른 다음 내일은
꼭 입성할 수 있도록 하라."

그 이튿날 날이 밝자, 촉병들은 일제히 성 아래로 진격하면
서 화전·화포를 성중으로 쏴댔다. 성 위 초가지붕에 불이 붙
으니 위병들은 저절로 혼란을 일으켰고, 강유는 또 사람들을
시켜서 마른 풀을 성 아래 잔뜩 쌓아 올리고 불을 지르게 했
다. 맹렬한 화염이 충천하고 성이 이미 함락되니 위병들은 성
안에서 통곡을 하고 아우성을 치는 소란한 소리가 천지를 진
동했다.

맹렬히 공격을 가하고 있는데, 배후에서 고함소리가 천지를
진동하였다. 강유가 말을 멈추고 돌아다보니 위군의 병사가
북을 울리고 깃발을 휘날리며 호탕히 달려오는 것이었다.

선두에 나타나는 소장(小將)은 나이 불과 20세, 얼굴에는
분을 바른 듯, 입술에는 붉은 칠을 한 듯. 이 백면소장(白面小
將)이 호통을 쳤다.

"등장군(鄧將軍)을 모르느냐?"

그것이 등애라는 것을 알아차린 강유는 창을 휘두르며 출마
하여 3, 40합을 싸웠으나 승부가 나지 않았고, 이 소장의 창

법(鎗法)에는 추호도 빈틈이 없으니 강유는 감탄하여 마지않으며 마음속으로 생각했다.

'계책을 쓰지 않고는 만만히 이겨낼 수 없겠는걸!'

강유가 말머리를 돌려 왼쪽 산길로 뺑소니를 쳤다. 젊은 장수가 말을 달려 쫓아왔다. 강유는 동창(銅鎗)을 거두고 살며시 활을 잡고 우전(羽箭)으로 쏘아 댔다. 그러나 그 젊은 장수는 재빨리 알아차리고 활시위 소리가 나자마자 몸을 앞으로 살짝 굽혀 화살을 피해 버렸다. 강유가 다시 머리를 돌렸을 때에는 젊은 장수의 창끝이 이미 눈앞에 닥쳐 오고 있었다. 강유가 번갯불처럼 몸을 피하니, 창끝이 가슴 근처로 스쳐 지나갔다. 이 찰나에 강유가 덥석 젊은 장수를 붙잡으려고 했더니, 그 젊은 장수는 창을 버리고 비호같이 본진으로 달아나 버렸다. 강유가 말을 달려 진문까지 추격했을 때, 대장 한 사람이 칼을 뽑아 들고 달려 나오며 호통을 쳤다.

"강유, 필부야! 내 아들을 쫓지 마라! 등애가 여기 있다!"

강유는 깜짝 놀라 알고 보니 먼저 나타났던 젊은 장수는 등애의 아들 등충(鄧忠)이었다.

강유는 등애와 대결해 볼 생각이 있기는 했지만 말이 너무 지칠 것을 걱정하고, 등애에게 손가락질을 하면서 호통을 쳤다.

"그렇다면 각각 군사를 물리기로 하자. 비겁한 궁리를 하는 자는 대장부가 아니다!"

이리하여 양군이 모두 후퇴하고, 등애는 위수 강변에 진을 쳤고 강유는 두 산을 걸쳐서 진을 쳤다. 등애가 촉병의 지리(地理)를 두루두루 살펴본 다음, 사마망에게 편지를 보내서 여기서는 싸우지 않고 방비만 하고 있다가, 관중(關中)의 군사가 도착할 무렵, 촉군의 군량이 떨어지기를 기다려서 3면으로 공격하면 승리는 틀림없을 것이라고 했다. 성 안으로는 장남 등충을 파견했다는 보고를 하는 한편 사마소에게도 사람을 파견하여 구원을 청했다.

강유가 사자를 등애의 영채로 보내서 전서(도전장)을 던졌다. 등애가 되는대로 응하는 체했는데, 강유는 이튿날 새벽 5경에 진을 펼치고 대기했으나, 등애의 영채에서는 깃발도 휘날리지 않고 사람이 없는 것처럼 조용할 뿐이었다. 이튿날 강유는 사자에게 전서를 또 보내서 힐책했더니 등애가 몸이 불편해서 싸움에 응하지 못했으니, 내일은 반드시 싸우겠다는 회답을 보냈다.

그러나 그 이튿날도 등애는 여전히 싸우러 나오지 않았다. 이렇게 하기를 대여섯 차례 부첨이 강유에게 말하기를 여기에는 반드시 다른 궁리가 있으니 조심하라는 것이었다. 강유도 그 말을 듣자, 이것이 관중의 군사가 도착되기를 기다려서 등애가 3면 공격을 가하자는 궁리임을 추측하고, 동오의 손침에게도 구원을 청할 생각을 했다. 그때 홀연 탐마가 보고하기를 사마소가 수춘을 격파하고 제갈탄을 죽였으며, 오병은 모두 투항했기 때문에 사마소는 낙양으로 철수해 가지고 곧 군사를 다시 거느리고 장성을 구원하러 나서려고 한다는 것이었다.

강유가 크게 놀랐다.

"이번에 위나라를 토벌한 것도, 또 화중지병(畵中之餠)이 됐구나! 일단 철수해야겠다."

이야말로 네 번이나 공적을 세우지 못한 것을 한탄했더니, 이제는 또 다섯번째까지 성공하지 못했음을 한탄해야 할 판이다.

113. 삼족을 멸하다

丁 奉 定 計 斬 孫 綝
姜 維 鬪 陣 破 鄧 艾

강유는 구원병이 도착될 것을 두려워하여 군기(軍器)·거장(車仗) 등 일체 군수품을 앞으로 내세우고 보병과 함께 후퇴시키고 나서, 마군이 그 뒤를 지키며 따라가게 했다.

염탐꾼이 이런 소식을 등애에게 알리니, 등애가 웃으며 말했다.

"강유는 대장군의 군사가 도착될 줄 알고 미리 후퇴한 것이구나. 추격할 필요 없다. 추격하면 도리어 그의 계책에 속기 쉽다."

곧 사람을 보내서 초탐을 시켰더니, 돌아와 보고하기를, 과연 낙곡(駱谷) 좁은 골짜기에 시초(柴草)를 쌓아 놓고 추격해 오는 병사에게 불을 지를 준비를 하고 있다는 것이었다.

등애의 재빠른 선견지명에는 모든 사람들이 탄복했고, 또 이런 실정을 사자를 파견하여 아뢰더니, 사마소는 크게 기뻐하며 등애에게 큰 상을 내렸다.

한편 동오의 대장 손침은 전단·당자 등이 위나라에 투항한 것을 알자 노발대발하며 그들의 가족을 붙잡아서 모조리 몰살시켰다.

이때, 오주 손양은 겨우 나이 17세. 비상히 총명한 손양은 손침의 이런 행동을 심히 마땅치 않게 여기면서도 그의 압력에 눌려서 정사에는 통 간여하지 못했다. 그리고 손침의 아우 위원장군(威遠將軍) 손간(孫幹)이 창룡문(蒼龍門) 안에 주둔하고 있었으며, 무위장군 손은(孫恩), 편장군(偏將軍) 손건(孫乾), 장수교위(長水校尉) 손개(孫闓) 등이 각처에 영을 마련하고 분둔(分屯)하고 있었다.

어느날 오주 손양은 손침을 그대로 내버려두었다가는 무슨 짓을 저지를지 몰라 겁이 나서 견딜 수 없어, 국구(國舅)요 황문시랑(黃門侍郎)인 전기(全紀)에게 울면서 밀조를 내려 주고, 금병(禁兵—天子의 衛兵)을 동원해서 장군 유승(劉丞)과 함께 성문을 탈취해 주기만 하면 자기가 친히 나가서 손침을 죽여 버리겠다고 했다.

그러나 전기는 그 일을 쾌히 승낙하고도, 자기 집으로 돌아가서 그의 부친 전상(全尙)에게 비밀을 누설했으며 전상은 또 그의 아내에게 이런 사실을 알렸다. 전상의 아내는 입으로는 그 일에 찬성하는 체하면서도, 남몰래 편지를 써 가지고 손침에게 밀고했다.

격분한 손침은 그날밤으로 형제 네 사람을 소집하고 정병을 동원하여 내원(內苑)을 포위하는 한편 전상과 유승의 가족을 모조리 붙잡아 들였다. 날이 밝기를 기다려 손침은 전상과 유상을 죽이고 문무백관을 조정으로 소집해 놓고 영을 내렸다.

"주상은 음란하기 이를 데 없소. 종묘를 받들 힘이 없으니 이를 폐해야겠소. 문무백관, 감히 내 말에 복종하지 않는 자는 모반으로 다스리겠소!"

모든 사람들이 그의 권세를 두려워하여 아무 소리도 못하고 있을 때, 상서(尙書) 환의(桓懿)가 대로하여 반부에서 뛰어나와 손침에게 손가락질을 하며 매도했다.

"금상(今上)께서는 총명한 주공이시다. 네놈이 어찌 감히 이따위 못된 소리를 함부로 하느냐! 나는 차라리 죽을지언정 너 같은 적신(賊臣)의 명령에는 복종하지 못하겠다!"

이 말이 손침에게 통할 리 없었다.

손침은 친히 칼을 뽑아 들어 그의 목을 베어 버리고 그길로 입내(入內)하여 오주 손양에게 손가락질을 하고 호통을 치며 중서랑(中書郞) 이숭(李崇)에게 인수를 빼앗게 해서 등정(鄧程)에게 받아 두게 하니, 손양은 눈물을 흘리며 그 자리를 물러났다.

손침은 종정(宗正) 손해(孫楷), 중서랑 동조(董朝)를 호림(虎林)으로 파견하여 낭야왕(瑯琊王) 손휴(孫休)를 천자로 맞아오기로 했다. 손휴는 자를 자열(子烈)이라 하고 손권의 여섯째 아들이었는데 호림에 있다가 생각지도 않은 천자의 벼락 감투를 쓰게 된 셈이다.

손휴는 재삼 사퇴했으나, 손침의 성화 같은 권고를 거절하지 못하고 결국 옥새를 받았다. 그리고 연호를 영안 원년(永安元年—서기 258년)으로 고쳤고, 손침을 승상으로 임명하여 형주 목에 봉했으며, 또 형 손화(孫和)의 아들 손호(孫皓)를 오정후(烏程侯)에 봉했다.

이리하여 손침 일문의 오후(五侯)는 모두 금병(禁兵)을 거느리고 그 권세가 천자만 못지않을 정도였으나, 손휴는 내변이 일어날 것을 두려워하여 겉으로는 은총을 베풀면서도 안으로는 방비를 게을리하지 않았다. 그러나 손침의 교만과 횡포는 점점 심해 갔다. 겨울 12월에 손침은 쇠고기와 술을 받들고 궁으로 들어가서 성수(聖壽)를 축하하려고 했으나, 오주 손휴는 그것을 받지 않았다. 손침은 대로하여 그것을 가지고 좌장군 장포(張布)의 부중으로 가서 함께 마셨다.

술이 거나하게 돌자 장포에게 말했다.

"내가 처음에 회계왕(會稽王)을 폐하였을 때, 사람들이 모두 나더러 인군 노릇을 하라고 권했지만, 나는 금상이 똑똑하다 생각하고 천자로 내세웠더니, 이제 내가 축하한다는 것을 거절하고 나를 우습게 여기니, 내 조만간 한 번 혼을 내고야 말겠다!"

장포는 그 말을 듣고 그 자리에서는 어물어물해 치웠지만, 이튿날 궁으로 들어가서 그런 사실을 밀주(密奏)했다.

손휴는 대경실색하여 주야로 답답한 시간을 보내고 있었는데 손침은 중서랑(中書郎) 맹종(孟宗)을 시켜 중영(中營)의 소관인 정병 1만 5천 명을 거느리고 무창(武昌)으로 출둔하게 하고, 또 무기고 속의 무기를 모조리 그에게 주어 버렸다. 장군 위막(魏邈)과 무위사(武衛士) 시삭(施朔)이 이런 사실을 손휴에게 밀주했다.

손휴가 즉시 장포를 불러서 딱한 사정을 이야기했더니 그는 노장군 정봉(丁奉)을 믿을 만한 인물로 천거했으며, 정봉은 맹세코 국적을 처치할 것이니 손휴더러 내일이 납일(臘日)이므로 여러 신하들이 모인다는 핑계로 손침을 연회에 불러 내기만 해주면 자기가 그 자리에서 처치해 버리겠다고 했다.

이리하여 정봉·위막은 시삭에게 명령하여 외부를 담당하도록 하고 장포에게 이에 내응하도록 했다.

그날밤 광풍이 맹렬히 일어서 모래와 돌을 휘몰아치고 고목의 뿌리까지 뽑히더니 날이 밝아서야 좀 잔잔해졌다. 아침에 칙사가 나타나서 손침에게 궁중에 나오기를 청하니 집안 사람들이, 간밤의 일을 생각하고 불길할지도 모르니 참석 않는 게 좋겠다고 권고했다. 그러나 손침이 뽐내면서 말했다.

"우리 형제가 금병(禁兵)을 거느리고 있는데, 누가 감히 우리 곁에 올 것이냐? 만약에 무슨 변동이 있거든 부중에서 횃불을 올려 신호하라."

드디어 손침은 그 연석에 참석했으며 손휴는 어좌(御座)에서 내려와 손침을 높은 좌석에 앉혔다. 술이 몇 순배 돌아가자, 밖에서 불길이 치민다는 보고가 들어오며 일대 소동이 일어났다. 손침이 급히 자리를 뜨려는 것을 손휴가 가로막았다.

"승상, 안정하시오. 밖에는 군사가 많으니 뭣을 그다지 겁낼 게 있겠소?"

그 말이 채 끝나기도 전에 좌장군 장포가 칼을 뽑아 들고 무사 30여 명을 거느리고 전상(殿上)으로 뛰어 오르며 무서운 음성으로 호통을 쳤다.

"역적 손침을 붙잡으라는 조명이시다!"

손침이 재빨리 달아나려고 했으나 이미 무사들에게 붙잡힌 몸이 돼 버렸다.

손침이 머리를 조아리며 아뢨다.

"교주(交州)의 전리(田里)로나 보내 주시기 바랍니다."

손휴가 꾸짖었다.

"네놈은 어째서 등윤(滕胤)·여거(呂據)·왕돈(王惇)이 가고 싶다는데도 보내지 않았느냐?"

당장에 끌어내어 참하라 명령하니 장포가 손침을 전 동쪽으로 끌어내어 참해 버렸다.

또 장포가 손휴를 오봉루(五鳳樓)로 올라가도록 청하고 있는데 정봉·위막·시삭 등이 손침의 아우들을 끌고 들어왔다. 손휴는 모조리 장터로 끌어내어 목을 베라고 명령했고, 종당(宗黨) 수백 명도 함께 죽여서 그 삼족을 멸해 버렸다. 또 군사들에게 명령하여 손준(孫峻)의 분묘를 파헤치고 그 시수(屍首)를 잘라 버렸으며, 그들에게 살해당했던 제갈각·등윤·여거·왕돈 등의 분묘도 다시 마련해서 그들의 충성을 표시해 주었고, 먼곳으로 귀양살이를 가 있는 사람들도 제 고장으로 돌려보내고 정봉 등에게는 상을 후하게 내렸다.

한편 편지로 이런 소식을 성도로 보고했더니, 후주 유선(劉禪)이 축하의 사신을 보내어, 이편에서도 설우(薛珝)를 답례의 사자로 보냈다. 설우가 촉나라로부터 돌아와서 그곳 국내 정세를 보고하는데, 근래들어 중상시(中常侍) 황호(黃皓)가 세도를 부리고 공경들은 아첨만 일삼고 직언(直言)을 하는 자가 없으며, 소위 '제비가 집에 깃들이니 대하(大廈)에 불이 붙을 것도 모르고 있다'는 형편이라는 것이었다.

손휴는 제갈공명이 세상을 떠나지 않았던들 이런 일이 없었을 것이라고 한탄하면서 국서를 작성하여 사람을 시켜 성도로 보내서 사마소가 불원간 위나라를 정복하면 반드시 오·촉을 침범할 것이니, 피차간에 준비를 잘하자고 전했다.

때는 촉한의 경요 원년(景耀元年) 겨울. 대장군 강유는 흔연히 표를 올려 토위군을 일으킬 작정으로, 요화·장익을 선봉, 왕함(王含)·장빈(蔣斌)을 좌군, 장서(蔣舒)·부첨(傅僉)을 우군, 호제(胡濟)를 후군으로 하고, 친히 촉군 20만을 동원하여 후주와 작별하고 한중으로 나와서 우선 하후패와 먼저 쳐들어갈 방향을 상의했다. 역시 기산을 빼놓고는 출동할 만한 곳이 없다고 하자 강유는 그의 의견대로 기산 쪽으로 출동하여 산골짜기 어귀에다 영채를 마련했다.

그러나 재빠른 등애가 여기에 대비하지 않았을 리 없었다. 산골짜기 어귀에다 강유가 영채를 마련했다는 사실을 알고 등애는 기뻐하면서 말했다.

"나의 예측대로 들어맞는구나!"

등애는 미리부터 지세를 조사해 가지고 일부러 촉군의 병사들이 영채를 마련할 만한 지점을 남겨두고 기산의 영채로부터 촉군의 영채로 통하는 굴을 파 두어서 촉군이 나타나기만 하면 한 번 엉망진창을 만들어 놓겠다고 단단히 벼르고 있었기 때문이었다.

등애는 그의 아들 등충을 불러 사찬(師纂)과 함께 각각 병사 1만 명을 거느리고, 좌우로부터 총공격하라 명령하고, 부장 정륜(鄭倫)에게는 5백 명을 거느리고 그날밤 2경에 굴 속을 달려 곧장 좌영(左營)으로 나와서 장후(帳後)의 땅 속에서부터 쳐나오도록 지시했다.

강유 편의 장수 왕함과 장빈은 아직도 입채(立寨)가 끝나지 않았으므로 위병이 쳐들어올까 두려워서 갑옷도 벗지 못한 채 잠을 자고 있었다.

별안간 병사들이 동요하여 무기를 잡고 말에 올랐을 때에는 벌써 영채 밖에서부터 등충이 쳐들어오고 있었다. 왕함과 장빈은 결사적으로 싸웠지만 감당할 도리가 없어서 진지를 버리고 도망쳤다. 장중에 있다가 왼쪽 영에서 고함소리가 들리니 안팎에서 서로 호응하는 군사가 있다 생각하고 급히 말에 올라 중군 장전(帳前)에 나서서 지령을 내렸다.

"망동하는 자가 있으면 참할 테다! 적병이 영 근처에 나타나거든 사정없이 궁노로 쏴라!"

오른쪽 영에도 똑같이 경거망동을 하지 말도록 지령을 내렸다. 과연 위병들은 날이 밝을 때까지 10여 차례나 돌격해 봤지만 모두 궁노에 막혀서 되돌아가고 말았다.

등애가 군사를 수습해 가지고 영채로 돌아와서 한탄했다.

"강유는 공명의 병법을 잘 터득하고 있다! 병사들이 밤에도 놀라지 않고 변고를 알고도 흐트러짐이 없으니 정말로 장수감이다!"

이튿날, 왕함과 장빈은 패잔병을 수습해 가지고 대채 앞에 엎드려서 죄를 청했다. 강유는 그들의 잘못을 꾸짖지 않고 자기 자신이 지리에 어두웠음을 후회하면서 다시 군사를 증원시켜 주고 진영을 잘 지키도록 했다.

그리고 죽은 시체로써 굴속을 메우도록 해서 흙을 덮고, 한편 등애에게 사람을 시켜서 도전장을 던지게 했다.

물론, 그 도전장은 내일 당장 다시 싸워 보자는 것이었다. 등애도 흔연히 이에 응했다.

이튿날, 양군이 기산 앞에 서로 대치하게 되자 강유는 공명의 팔진법에 의하여 천지풍운(天地風雲), 조사용호(鳥蛇龍虎) 형태로 진을 쳤다.

등애가 말을 달려 나와, 강유가 팔괘(八卦)로 진을 쳐 놓은 것을 보자, 그 역시 똑같은 진법으로 진을 쳐 놓으니 좌우전후의 문호(門戶)까지 다름이 없었다.

강유가 창을 휘두르고 말을 달려 나오며 소리를 질렀다.

"네놈은 내 흉내를 내고 팔진을 펼쳤는데, 능히 변진(變陣)을 할 수 있느냐?"

등애가 웃으며 응수했다.

"이 진법은 네놈이 펼 줄 안다고 하는 소리냐? 내 이미 포진(布陣)을 아는데 어찌 변진을 모르겠느냐?"

등애는 곧 진지로 달려 들어가더니 집법관(執法官)을 시켜서 깃발을 좌우로 흔들게 하더니 팔팔 육십사(八八六十四)개의 문호(門戶)로 변해 놓고 다시 진지 앞으로 나와서 말했다.

"나의 변법(變法)이 어떠냐?"

강유가 대꾸했다.

"제법이긴 하지만, 너는 감히 나와 더불어 서로 진지를 포위해 볼 수 있겠느냐?"

"못할 게 뭣이 있단 말이냐!"

양국이 각각 대오를 정연히 하고 진격해 나왔다. 등애는 중군에서 지휘하면서 양군이 충돌해도 그의 진법에는 추호도 흔들림이 없었다. 강유가 중간에 이르러 깃발을 한 번 휘두르니 홀연 '장사권지진(長蛇捲地陣)'으로 변했다.

등애가 한복판에 포위되었고, 사면에서 함성이 요란하게 일어났다. 등애가 그 진법을 알지 못하여 당황해할 때, 촉병은 점점 육박해 들어오니 등애가 아무리 여러 장수들을 거느리고 돌파하려 해도 뚫고 나갈 도리가 없었다.

촉병들이 사면에서 일제히 고함을 지르는 소리가 들릴 뿐이었다.

"등애, 빨리 항복해라!"

등애가 하늘을 우러러보며 장탄식했다.

"내가 한때 재간을 뽐내다가 결국 강유의 계책에 빠졌구나!"

이때 홀연 서북쪽에서 1대의 군마가 달려들어서 등애를 구출해 냈는데, 그 장수는 바로 사마망이었다. 그러나 간신히 등애를 구해 냈을 때에는, 기산의 아홉 군데 영채는 모조리 촉군에게 빼앗기고 말았다.

등애는 패잔병을 수습해 가지고 위수 남쪽에 영채를 마련하고, 사마망에게 말했다.

"공은 어떻게 이런 진법을 알고 나를 구출해 주었소?"

"소생은 어렸을 적 형남(荊南)에 유학했을 때, 일찍이 최주평(崔周平)·석광원(石廣元) 같은 공명의 친구들과 벗하여 이런 진법을 강론했던 일이 있습니다. 오늘, 강유가 변진한 것은 바로 '장사권지진'이란 것입니다. 이것은 어느 방향에서 격파하려 해도 할 수 없는 변법인데, 소생은 그 진두가 서북쪽에 있음을 간파하고 그쪽에서부터 돌파한 것입니다."

등애가 고마워했다.

"나는 비록 진법을 배우기는 했으나 사실 변법이란 것은 몰랐소. 공이 이미 이런 진법을 안다면, 내일은 이 진법으로 기산의 채책을 탈취함이 어떻겠소?"

사마망이 대답했다.

"소생이 배운 것만으로는 강유를 속일 수 없을 것입니다."

등애가 장담하듯 말했다.

"내일 공은 진지에서 그와 진법으로 싸우시오. 나는 1군을 거느리고 기산의 뒤를 암습하겠소. 양쪽에서 혼전을 벌이면 옛 영채를 도로 탈환할 수 있소."

이리하여 정륜을 선봉으로 하고 등애가 친히 기산의 뒤를 습격하기로 했으며, 한편 사람을 보내서 강유에게 도전장을 보내고 내일 진법으로써 싸워 보자고 했다. 강유는 승낙의 뜻을 적어서 사자를 돌려보내 놓고 여러 장수들을 모아 이렇게 말했다.

"내가 무후(제갈량)께서 받은 밀서에는 이 진의변법이 모두 3백 65가지가 있는데, 천수에 맞추어서 한 것이오. 이제 나와 진법으로써 싸우려 덤벼든다는 것은 반문(班門)에서 도끼를 들고 까부는 격밖에 안 되오. 그러나 도전해 오는 가운데는 반드시 속임수가 있는데 공들은 그것을 아시오?"

요화가 말했다.

"우리들과 진법으로 싸우는 체하고 한편 1군을 거느리고 우리의 후방을 습격하자는 것입니다."

강유가 웃으며 말했다.

"내 생각과 똑같은 말이오."

그 즉시 장익과 요화를 시켜서 군사 만 명을 거느리고 산 뒤에 매복해 있도록 했다.

그 이튿날 강유는 아홉 군데 영채의 군사를 총동원시켜서 기산 앞에 진을 쳤다.

사마망은 군사를 거느리고 위수 남쪽에서 기산 앞으로 진출하여 진두로 말을 달려 나와서 강유더러 나와서 맞서 보자고 했다. 강유가 외쳤다.

"네놈이 나에게 진법으로 싸우자고 했으니 네놈이 먼저 진을 펼쳐서 나에게 보여라."

사마망은 당장에 팔괘의 진을 펼쳤다. 강유가 웃으며 하는 말이,

"그것은 바로 내가 펴는 팔진법이 아니냐? 네놈은 도습(盜襲)만 하니 무엇이 신통할 게 있단 말이냐!"

하니 사마망이 소리쳤다.

"네놈 역시 남의 진법을 훔쳤을 뿐 아니냐!"

"그 진법이란 그래 몇 가지의 변화나 있는 것이냐?"

"내가 진을 펼 줄 아는데, 어찌 변진을 모르겠느냐? 이 진법은 구구 팔십일(九九八十一)개의 변화가 있다."

강유가 비웃으며 말했다.

"어디 한번 변해 봐라."

사마망이 진지로 돌아가서 몇 번인지 변법을 써 보이고 다시 진지로 나와서 말했다.

"네놈은 나의 이 변법을 아느냐?"

강유가 또 웃으며 대답했다.

"나의 진법은 3백 65의 천수를 따라서 변하는 것이다. 네놈은 우물 안 개구리에 지나지 못하니 그 현오(玄奧)함을 알 길이 있겠느냐!"

사마망은 이런 변법이 있다는 것을 알고 있기는 했지만, 사

실 그것을 완전히 배우지는 못했다. 억지로 어물어물거렸다.

"그건 믿을 수 없다. 어디 한번 변해 봐라."

강유가 소리쳤다.

"등애를 나오라고 해라. 그 앞에서 변해 보일 테니."

"등장군은 등장군대로 좋은 꾀가 있으시다. 그따위 진법하고는 대결하지 않으신다."

강유가 또 웃었다.

"좋은 꾀가 있다고? 네놈과 나를 싸우게 해놓고 뒤로 돌아쳐들어가자는 게 고작 좋은 꾀냐?"

결국 싸움은 붙고 말았다.

강유가 한 번 채찍을 휘두르니 좌우 양쪽에서 군사들이 달려들어 위군을 무찔러 버리니 위군은 뿔뿔이 흩어져서 무기를 집어 던지고 뺑소니를 쳤다.

등애는 선봉 정륜을 독촉해서 산 뒤를 습격했는데, 정륜이 산모퉁이를 돌아서자 홀연 한 발의 포성이 들리더니, 고각 소리 천지를 진동하면서 복병이 내달았다.

선두에 나선 대장은 요화였다. 입을 벌릴 겨를도 없이 양마(兩馬)가 맞닥뜨리니, 정륜은 요화의 한 칼에 목이 말 아래로 떨어지고 말았다.

등애가 당황하여 급히 말머리를 돌리려 했는데 장익(張翼)이 또 병사를 거느리고 쳐들어오니 위군은 대패하였고, 등애는 간신히 목숨을 건져서 빠져 나오기는 했으나, 몸에는 네 군데나 화살을 맞았다. 위남 영채로 돌아갔더니 사마망도 돌아와 있는지라 두 사람은 서로 퇴병책을 상의했다.

사마망이 말했다.

"요사이 촉주 유선은 중귀(中貴) 황호(黃皓)를 총애하여 주야로 주색으로 낙을 삼는다 합니다. 반간계를 써서 강유를 불러가도록 하면, 이 위기는 모면할 수 있을 것입니다."

등애가 여러 모사들에게 말했다.

"촉나라로 들어가서 황호와 통할 사람이 없겠소?"

말이 채 끝나기도 전에 한 사람이 선뜻 나서면서 말했다.

"소생이 가고 싶습니다."

등애가 바라보니 바로 양양의 당균(黨均)이었다. 등애는 크게 기뻐하며 그 즉시 당균에게 금구슬과 보물을 주어서 성도로 달려가서 황호와 결탁하고 유언을 퍼뜨려서 강유가 천자를 원망하고 머지않아서 위나라에 투항하리라는 소문을 내게 하라고 했다.

이리하여 성도 사람들이 이구동성으로 이런 소문을 퍼뜨리게 되자, 황호는 후주에게 알려서 즉시 사람을 파견하여 밤을 헤아리지 않고 강유에게 달려가 입조하라는 명령을 내렸다.

강유는 연일 나와서 도전하고 있었는데, 등애는 영채를 든든히 지키기만 하고 나와서 싸우려 하지 않았다.

강유가 마음속으로 이상한 생각을 품고 있을 때, 홀연 조명이 내렸다 하며 자기를 조정으로 돌아오라는 것이었다.

강유는 무슨 영문인지는 몰랐지만, 군사를 철수하여 조정으로 돌아가는 도리밖에 없었다.

등애와 사마망은 강유가 계책에 속았다는 것을 알게 되자 드디어 위남의 군사를 돌려세워 가지고 뒤로부터 무찔러 들어갔다.

이야말로 악의(樂毅—戰國燕人. 昭王의 장군)가 제나라를 토벌하려다가 이간책에 가로막히고, 악비(岳飛—南宋의 대장)

가 적을 격파하려다가 참언 때문에 돌아가야 했던 일과 똑같
은 셈이다.

114. 웃으며 죽은 사람들

曹髦驅車死南闕
姜維棄糧勝魏兵

강유가 퇴병(退兵)을 명령하니, 요화가 말했다.

"대장은 밖에 있어서는 군명(君命)도 받지 않을 때가 있습니다. 이제 조명이 내렸다 할지라도 움직이시면 안 됩니다."

장익이 말했다.

"촉나라 사람들은 대장군께서 몇 해를 두고 군사를 동원하신 것을 모두 원망하고 있습니다. 이번에 승리를 거두셨으니 인마를 수습하여 돌아가셔서 민심을 안정시켜 놓으시고 다시 앞날의 일을 도모하심이 좋겠습니다."

"그거 좋은 말이오."

강유가 말하고, 드디어 각군에 명령하여 질서 있게 후퇴하도록 하고, 유화·장익에게 후군의 책임을 맡겨서 위병의 추격을 방비하도록 했다.

이때, 등애는 군사를 거느리고 추격해 왔지만 앞으로 촉군의 군사가 기치(旗幟)를 정제하고 인마가 서서히 후퇴하는 것을 보자, 감탄하면서 말했다.

"강유는 무후의 병법을 잘 터득한 사람이야!"

그래서 등애는 감히 촉군을 추격하지 못하고 군사를 몰고 기산 영채로 돌아왔다.

한편 강유는 성도로 돌아오자 후주를 알현하고 불러 올린 까닭을 물었다.

후주가 말했다.

"짐은 경이 변방에서 오랫동안 돌아오지 않았기에 군사들이 너무 고생될까 하여 경을 돌아오게 한 것이지 별다른 뜻은 없소."

강유가 아뢨다.

"신은 이미 기산 영채를 점령했사오며 공을 거두게 되었사온데, 뜻밖에도 중도에서 폐해 버리게 되었사오니, 이는 반드시 등애의 반간계에 속으신 것 같습니다."

후주가 묵묵히 말이 없는지라, 강유가 또 아뢨다.

"신은 맹세코 적군(賊軍)을 토벌하여 국은에 보답하고자 하오니 폐하께서는 소인의 말을 들으시고 의심을 품지 마시기 바랍니다."

후주는 한참 만에야 입을 열었다.

"짐은 경을 의심하지 않소. 경은 우선 한중으로 돌아가서 위나라에 변고가 생기기를 기다려서 다시 토벌함이 좋을 것 같소."

강유는 탄식하며 조정을 나와서 한중으로 떠나가 버렸다.

당균(黨均)이 기산 영채로 돌아와서 이 소식을 전했더니 등애가 사마망에게 말했다.

"군신이 불화하면 반드시 내변이 생기는 법이오."

당장에 당균을 낙양으로 올려 보내서 이 소식을 사마소에게 알렸다. 사마소는 기뻐서 어쩔 줄 모르며, 즉시, 촉나라를 토벌할 생각을 하고 중호군(中護軍) 가충(賈充)에게 말했다.

"촉을 토벌할까 하는데 어떻게 생각하오?"

가충이 대답했다.

"토벌해서는 안 됩니다. 천자께서는 최근에 주공을 의심하는데, 만약 경솔히 출동하신다면 내란이 반드시 일어날 겁니다. 지난해에 황룡 두 마리가 영릉(寧陵) 우물 속에 나타났는지라, 여러 신하들이 상서로운 일이라고 축하를 올렸더니 천자께서 말씀하기를, '상서로운 징조가 아니오. 인군 같은 용이 잡혀서 하늘에도 못 있고 아래로는 땅에도 못 있고, 우물 속에 있으니 그것은 유상(幽象)의 징조요' 하시면서 마침내 〈잠룡시(潛龍詩)〉 한 수를 지으셨는데, 그 시의 의미는 명백히 주공님을 말씀하시는 것입니다."

그 〈잠룡시〉란 다음과 같은 것이었다.

슬프다! 용이 몸을 묶이어
깊은 못에서 뛰쳐 나오지 못하니
위로는 높은 하늘을 날지 못하고
아래로는 땅 위에 나타날 수도 없구나
몸을 서리고 우물바닥에 살고 있으니
미꾸라지와 뱀장어가 그 앞에서 까불고 춤을 추는구나
이빨을 감추고, 조갑을 움츠려뜨렸으니
슬프다! 내가 또한 그와 마찬가지다

傷哉龍受困　不能躍深淵
上不飛天漢　下不見於田
蟠居於井底　鰍鱔舞其前

藏牙伏爪甲　嗟我亦同然

　사마소는 그 말을 듣더니 대로하여 가충에게 말했다.
　"이 사람도 조방(曹芳)을 닮은 모양이군! 일찌감치 처치하
지 않으면 반드시 나를 죽이려 들겠군."
　가충도 말했다.
　"소생 생각에도 주공께서 일찌감치 손을 쓰시는 게 좋겠습
니다."
　때는 감로(甘露) 5년 여름 4월. 사마소가 칼을 찬 채로 전
으로 올라갔더니 조모가 일어나서 영접했다. 여러 신하들이
아뢨다.
　"대장군의 공덕은 혁혁하오니 진공(晉公)으로 승격하게 하
시고 9석(九錫)을 내리실 만하다고 생각합니다."
　조모가 묵묵히 입을 다물고 수그린 채 말이 없으니, 사마소
가 큰소리로 말했다.
　"우리 부자 형제 세 사람은 위나라를 위해서 큰 공을 세웠
는데, 이제 진공이 된다는 게 마땅치 않습니까?"
　조모가 그제야 대답했다.
　"그렇단 말은 아니오!"
　"잠룡시에서는 우리들을 미꾸라지나 뱀장어로 취급하셨으니
이게 무슨 체통이십니까?"
　조모는 대답할 말이 없었고, 사마소는 냉소하면서 전을 물
러났다.
　조모는 후궁으로 돌아와서 시중(侍中) 왕침(王沈), 상서(尙
書) 왕경(王經), 산기상시(散騎常侍) 왕업(王業)을 불러들여

서, 사마소가 찬탈의 마음을 품고 있어서 주살해야겠으니 힘
이 되어 달라고 울면서 호소했다.

왕경이 아뢨다.

"그것은 옳지 않습니다. 옛적에 노(魯)나라 소공(昭公)은
계씨(季氏)에 대한 감정을 참지 못하고 패주하여 나라를 잃었
습니다. 이제 중한 권력이 이미 사마씨에게 돌아간 지 오래
됐사오며, 내외의 공경들이 순역(順逆)의 이치도 분간하지 못
하고 간적에게 아부하는 자 하나 둘이 아닙니다. 또 폐하를
받들고 지키는 사람도 수효가 작고 약하오며 명을 받은 사람
도 없사온데, 만약 폐하께서 은인자중하지 않으시면 큰 화가
미칠 것입니다. 서서히 일을 도모하시고 그런 일은 하지 마시
기 바랍니다."

조모가 말했다.

"이것을 참을 수 있다면, 뭣을 또 못 참을 일이 세상에 있겠
소? 짐의 뜻은 이미 결정되었으니 죽는다 해도 두려울 것이
없소!"

말을 마치고 나서, 곧 태후에게로 가서 이런 의사를 말했다.

왕침·왕업이 왕경에게 말했다.

"사태는 급박하게 되었소! 우리들은 자진해서 멸족하는 화
를 입을 것 없이, 사마공의 부중으로 가서 출수하고 죽음이나
면하도록 합시다."

왕경이 대로했다.

"주공이 근심을 하게 되면 신하가 욕을 보게 되는 법인데,
어찌 표리부동한 두 마음을 먹겠소?"

왕침과 왕업은 왕경이 말을 듣지 않으니, 자기네들끼리 사

마소에게 가서 고해 바쳤다.

얼마 후 조모는 궁중을 나와 호위(護衛) 초백(焦伯)에게 명령하여 궁중의 숙위(宿衛), 창두(蒼頭—사졸), 관동(官僮)들 3백여 명을 집결시켜 가지고 북을 울리며 나섰다.

애당초부터 말이 안 되는 대결이었다.

조모가 칼을 뻗쳐 들고 연(輦)에 올라 남궐(南闕)로 좌우 사람들을 몰고 나서자 왕경이 연 앞에 꿇어 엎드려 통곡하며 간했다.

"이제 폐하께서 불과 수백 명을 거느리시고 사마소를 토벌하신다 함은 양을 몰고 호랑이 굴로 들어가시는 일밖에 안 됩니다. 헛되이 돌아가심은 무익하올 뿐이오며, 신은 목숨이 아까운 바 아니오나, 이런 일은 그만두심이 좋겠습니다."

조모가 말했다.

"우리 군사는 이미 행동을 개시했으니 경은 가로막지 마오."

드디어 용문(龍門)을 향하여 나왔다. 이때 가충이 군복을 입고 말을 탔으며 왼쪽에는 성쉬(成倅), 오른쪽에는 성제(成濟), 그리고 수천 명의 철갑금병(鐵甲禁兵)을 인솔하고 고함을 지르며 달려들었다.

조모는 칼을 내뽑으며 호령을 했다.

"나는 이 나라의 천자다! 네놈들은 궁정으로 돌입하여 임금을 죽일 작정이냐?"

금병(禁兵)들은 조모를 보자 감히 움직이지 못했다. 가충이 성제를 부르면서 말했다.

"사마공이 그대를 무엇에 쓰려고 키웠겠는가? 바로 오늘 같은 일에 쓰기 위해서였소!"

성제는 창을 손에 잡고 가충을 돌아다보며 말했다.

"죽이라는 겁니까, 결박하라는 겁니까?"

"사마공의 명령이다! 죽이는 길뿐이다!"

성제는 극을 휘두르며 연 앞으로 달려들었다. 조모가 큰 소리로 호통을 쳤다.

"못된 놈! 감히 어디다 이따위 무례한 짓을 하느냐?"

그 말이 채 끝나기도 전에, 조모는 성제의 창끝을 가슴에 받고 연에서 굴러떨어졌으며, 또 그 다음에는 등을 찔려 연 옆에 거꾸러져 절명했다. 초백(焦伯)이 창을 휘두르며 덤벼들었으나, 역시 성제의 창에 죽어 넘어지니 나머지 사람들은 모조리 도주해 버렸다.

왕경이 뒤쫓아와서 호통을 치며 가충에게 매도했다.

"이 역적 놈아! 어찌 감히 인군을 죽일 수 있느냐?"

가충은 대로하여 왕경을 결박해 놓고 사마소에게 알렸다. 사마소는 대궐 안으로 들어와 조모가 이미 죽어 넘어진 광경을 보더니 깜짝 놀라는 체하고 머리를 연에 부딪고 울었으며, 사람을 시켜서 각 대신들에게 알렸다.

이때 태부 사마부가 대궐로 들어와 조모의 시체를 보더니 자기 무릎으로 베개를 삼아 부둥켜안고 통곡했다.

"폐하께서 시살을 당하시게 한 것은 신의 죄입니다."

드디어, 조모의 시체를 관에 담아 가지고 편전 서쪽에 고이 안치했다. 사마소는 전중(殿中)으로 들어와서 여러 신하들을 소집하고 회의를 열었다.

모든 신하가 나타났는데, 상서복사(尙書僕射) 진태(陳泰)만이 나오지 않았다. 사마소가 진태의 장인인 상서 순개(荀顗)를

시켜서 진태를 불러오게 했더니, 진태가 통곡하며 하는 말이,

"세상 사람들이 이 진태를 장인과 비교해서 곧잘 말들을 했는데, 이제 와서는 장인은 이 진태만도 못하십니다."

하고, 마대(麻帶)를 허리에 두르고 울면서 조모의 영전에 배례했다.

사마소가 거짓 울음을 울면서 물었다.

"이 일을 어떤 법으로 다스렸으면 좋겠소?"

진태가 대답했다.

"가충만을 죽이시면 천하에 다소나마 사죄가 되겠지요."

사마소가 한참 동안이나 곰곰 생각하더니 다시 물었다.

"그러지 말고 무슨 다른 방법을 생각해 보오."

"더 엄격하게 할 수는 있을지언정, 이만도 못한 처리 방법은 없습니다."

"성제가 대역무도한 놈이오. 그놈을 죽이고 삼족을 멸해야 하겠소."

성제가 호통을 치며 사마소를 매도했다.

"내 죄가 아니다. 가충이 네놈이 명령을 나에게 전달한 것이다!"

사마소는 먼저 그의 혓바닥을 뽑아 버리게 했으나 성제는 죽는 순간까지 억울하다고 줄곧 소리를 질렀다. 그의 아우 성쉬도 장터로 끌려나가서 목이 달아났고, 삼족을 모조리 멸했다.

사마소는 또 사람을 시켜서 왕경의 온가족을 투옥했다. 왕경은 마침 정위청(廷尉廳) 아래 있다가 그의 어머니가 결박당해 오는 것을 보더니 머리를 조아리며 통곡했다.

"이 불효자는 화를 어머님에게까지 미치게 했습니다!"

그의 모친이 큰 소리로 웃으며 말했다.

"사람치고 누가 죽지 않으랴? 단지 두려운 것은 죽을 만한 장소를 얻지 못하는 것뿐이다. 이렇게 목숨을 버린다 한들 뭣을 한탄할 게 있겠느냐?"

그 이튿날 왕경의 온가족은 동시(東市)로 압송되었다. 왕경 모자는 웃음을 머금고 형을 받았다. 만성(滿城)의 사서(士庶)들이 눈물을 흘리지 않는 사람이 없었다.

태부 사마부가 왕례(王禮)를 갖추어 조모의 장사를 지내기를 청했더니, 사마소는 이를 허락했다.

가충 등이 사마소에게 권하여 위나라의 선위(禪位)를 받아 천자에 즉위하라고 했더니, 사마소가 말했다.

"옛적에 문왕(文王)은 천하를 3분하여 그 둘까지 차지하고도 은(殷)나라를 섬겼기 때문에 성인까지도 그를 지덕(至德)이라 일컬었소. 위나라의 무제(조조)가 한나라에서 선위를 받으려 하지 않은 것은 내가 위나라에서 선위를 받기 싫은 것이나 마찬가지요."

가충 등은 그 말을 듣고 사마소가 자기 아들 사마염(司馬炎)을 생각하고 있다는 것을 눈치채자 두 번 다시 권하지 않았다.

그해 6월에, 사마소는 상도향공(常道鄕公) 조황(曹璜)을 제왕으로 세우고, 경원 원년(景元元年)이라고 연호를 고쳤다. 조황은 즉위하자 이름을 환(奐)이라 고쳤다. 그의 자는 경소(景召), 무제(武帝) 조조의 손자, 연왕 조우의 아들이었다.

환은 사마소를 승상 진공에 봉했고, 돈 10만 냥과 비단 만 필을 하사했다. 그리고 문무 여러 관원들에게도 각각 봉상(封

賞)을 내렸다. 염탐꾼이 재발리 이런 사실을 촉나라에 보고하니, 강유는 사마소가 조모를 시살하고 조환을 천자로 세웠다는 사실을 알게 되어,

"이제야말로 내가 위나라를 토벌해도 명분이 서게 됐다."

하고 기뻐하면서, 즉시 오나라로 편지를 띄워서 군사를 일으켜 사마소가 인군을 죽인 죄를 따져 보자 하고, 또 한편으로는 후주에게 청하여 군사 15만을 동원하고 천 량(千輛)의 수레에다 모조리 판상(板箱—糧箱)을 싣게 했다. 또 요화와 장익을 선봉으로 하여 요화는 자오곡을 공략하고, 장익은 낙곡을, 그리고 강유 자신은 사곡을 공략해서 일제히 기산 앞으로 나와서 합세하기로 하고, 3로병이 동시에 동원되어 기산을 목표로 진격했다.

이때 등애는 기산 영채에서 인마를 훈련하고 있었는데 촉병이 3로로 쳐들어온다는 소식을 듣자, 여러 장수들을 모아 놓고 대책을 상의했다. 참군 왕관(王瓘)이 자기에게 계책이 있다고 해서 물었더니, 말로는 할 수 없다 하며 한 통의 서면을 내놓았다. 사마소는 그 서면을 펼쳐 보더니, 과연 묘계라 기뻐하면서 그에게 병사 5천 명을 주었다. 왕관은 밤낮을 헤아리지 않고 사곡으로 달려가자, 마침 촉병의 전대초마(前隊哨馬)와 맞닥뜨리게 되었다.

왕관이 소리를 질렀다.

"나는 위나라의 투항병이오. 주수(主帥)께 보고해 주시오."

초군이 강유에게 보고했더니, 강유는 다른 병사들을 한편으로 비켜 놓고 대장만을 불러서 만나기로 했다. 왕관이 땅에 꿇어 엎드려서, 자기는 왕경의 조카 왕관으로서 사마소가 천

자를 시살하고 숙부의 일족을 멸했기 때문에 부하 5천 명을 거느리고 투항하려 한다고 했다. 강유는 그 말을 쾌히 받아들이며 왕관을 시켜서 현재 국경에까지 운반되어 있는 군량을 기산까지만 운반해 준다면 자기는 일거에 기산을 들이치겠다고 했다.

왕관은 자기의 계책이 들어맞아 가자 내심 기뻐하면서 흔연히 승낙했다. 그런데 강유는 군량을 운반하는데는 군사 3천 명이면 족하니, 나머지 2천 명은 자기가 기산을 공격하는 데 길을 인도하도록 하자는 것이었다.

왕관은 강유가 의심할까 봐 그의 말대로 3천 명만 거느리고 떠났다. 강유는 위병 2천 명을 부첨에게 인솔시키고 싸움에 소용되도록 하라고 명령했다. 홀연 하후패가 도착했다는 보고가 들어왔다.

하후패의 말에 의하면, 왕관의 말을 믿어서는 안 되며, 자기가 위나라에 있었을 적에 왕관이 왕경의 조카라는 말을 들어본 적도 없으니 그의 투항에는 반드시 다른 계책이 있으리라는 것이었다.

하후패의 말을 듣더니 강유가 껄껄껄 웃으며 말했다.

"나는 왕관이 거짓말하는 줄 이미 알았기 때문에 그의 병세(兵勢)를 갈라서, 이쪽에서도 계책으로 대결해 보자는 것이오."

"어떻게 된 일인지 말씀해 보십시오."

"사마소가 간웅이라는 점은 조조와 비길 만하오. 이미 왕경을 죽이고 그 삼족을 멸했는데 어째서 그의 조카를 살려 두고 군사를 주어서·관외로 내보내겠소? 그래서 거짓말임을 알았더니, 중권(하후패)의 의견이 우연히 나와 일치되었소."

이리하여 강유는 사곡으로 나가지 않고 사람을 도중에 매복시켜서 왕관이 농간을 부릴 것을 미리 방비하고 있었다. 열흘도 채 못 되어서 과연 왕관이 등애에게 보내는 회답의 편지를 가지고 가는 사람을 복병이 붙잡아 가지고 강유에게로 데리고 갔다.

강유가 사정을 물어 보고 편지를 뒤져 내서 보았더니, 8월 20일께쯤 샛길로 군량을 운반하고 대채로 돌아갈 것이니, 등애더러 군사를 담산(壜山) 골짜기로 파견해서 접응해 달라고 적혀 있었다.

강유는 편지를 가지고 가던 자를 죽이고, 그 편지 속에는 8월 15일에 등애에게 친히 대군을 거느리고 담산 골짜기로 나와서 접응하라고 고쳐서 써 넣는 한편 사람을 위나라 병사처럼 분장을 시켜 위나라 영채로 편지를 전달하게 했다. 그리고 또 수백 대의 양차(糧車)에 실었던 양식을 내려 놓게 하고, 그 위에다가 대신 건시(乾柴)·모초(茅草)·인화물을 실어서 푸른 헝겊으로 덮어 놓게 했다. 부첨에게 명령하여 본래 투항했던 위병 2천 명을 거느리고 운량기호(運糧旗號)를 휘날리며 몰고 가도록 했다. 그리고 강유 자신은 하후패와 따로 1군을 인솔하고 산골짜기로 가서 매복했으며, 장서(蔣舒)를 사곡에서 출동하게 하고, 요화와 장익도 각각 진격하여 기산을 공략케 했다.

한편 등애는 왕관의 편지를 보고 기뻐하면서, 8월 15일이 되자, 정병 5만을 거느리고 담산 골짜기에 도착하여 사람을 시켜서 멀리 나가 높은 곳에 올라가 살펴보게 했다. 그랬더니 무수한 양차가 줄을 이어서 산골짜기로부터 행진해 오는 것이었다. 등애가 말을 멈추고 자세히 바라봤더니 과연 위나라 군사였다.

날도 저물었고 하니 그대로 나가서 왕관을 도와서 싸워 볼까 하고 망설이고 있는데, 홀연 기마들이 달려들며 왕장군이 양초를 운반하고 경계선을 넘어서고 있는데, 빨리 나가서 구원해 달라는 것이었다.

때는 초경. 낮같이 밝은 달빛인데, 산 뒤에서 고함소리가 들려 등애는 왕관이 산 뒤에서 싸우고 있는 줄만 알고 산을 넘어 달려가려고 했을 때, 나무 아래로부터 1군의 군마가 뛰쳐 나오는데 앞장을 선 장수는 부첨이었다.

"등애, 필부야! 네놈은 우리 주장의 계책에 속은 것이다! 말을 내려서 죽을 각오나 해라!"

부첨이 말을 달려 대들며 호통을 치니 등애는 대경실색하여 말머리를 돌려서 도주했다. 수레에는 모조리 불이 붙었으니, 그 불길을 신호로 양면에서 촉병이 무찌르고 나섰다. 위군은 대패하여 지리멸렬이 되었고 산 위, 산 아래서는 '등애를 잡으면 천금(天金)을 주고 만호후(萬戶侯)에 봉하리라!'는 소리가 울려 오니, 등애는 당황하여 갑옷도 투구도 벗어 던지고 말을 내려서 보군 중에 섞여서 산을 기어오르고 고개를 넘어서 뺑소니쳤다. 강유와 하후패는 말을 타고 앞장서는 장수만 붙잡느라고, 설마 등애가 걸어서 도주했으리라고는 생각지 못하고, 승리한 병사들을 시켜서 왕관의 양초를 걷어들이게 했다.

등애와 내통해 놓고 미리 양말차를 마련해 놓고 기일이 되기만 고대하고 있던 왕관은 심복에게서 등장군이 대패하여 생사도 묘연하다는 소식을 듣고 놀라고 있을 때, 3면으로 군사가 쳐들어오며 배후에서도 흙먼지가 휘몰아쳐 일어나더니 양 말차에 모조리 불이 붙었다.

"사태는 이미 급박했다! 그대들은 마지막으로 결사적으로 싸워라!"

왕관은 미칠 듯이 소리를 지르며 나갔다. 강유도 3로의 군사를 일제히 몰고 그 뒤를 추격했지만, 왕관이 목숨만 건져 가지고 위나라로 도주할 줄 알았지 설마 한중으로 달아나리라고는 생각지 못했다.

강유는 한중을 뺏길 것이 겁이 나서 등애를 추격할 것을 단념하고 샛길로 밤을 헤아리지 않고 왕관을 추격했다. 왕관은 마침내 사면으로 포위를 당하여 흑룡강(黑龍江)에 몸을 던져 죽어 버렸다. 나머지 병사들도 모조리 강유에 의해 구덩이 속에 묻혀 죽고 말았다.

강유는 비록 등애를 격파하고 승리를 거두었다고는 하지만, 무수한 양초를 상실했고, 또 잔도까지 파괴당해서 곧 군사를 인솔하고 한중으로 돌아갔다.

등애는 패잔병을 거느리고 기산 영채로 돌아와서 표를 올려 죄를 청하고 스스로 자기 직위를 폄(貶)해 달라고 했다.

사마소는 등애가 많은 공을 세운 점을 참작하여 차마 폄하지 못하고 또다시 후사를 내렸으나, 등애는 받은 재물을 모조리 피해를 입은 가족에게 나누어 주었다.

사마소는 촉군이 또 쳐들어올 것을 두려워하여 다시 5만의 병력을 증원하여 등애에게 주어서 방비를 든든히 하도록 했다. 강유도 밤이나 낮이나 잔도를 수리하고 출사할 궁리만 하고 있었다. 이야말로 잔도를 끝까지 수리해서 그대로 싸움을

계속하여 중원을 토벌하지 않고는 죽어도 그만두지는 못하겠
다는 배짱이다.

115. 아내를 의심하다가

詔班師後主信讒
託屯田姜維避禍

촉한 경요 5년(서기 262년) 겨울 10월. 대장군 강유는 사람을 시켜서 밤낮을 헤아리지 않고 잔도를 닦는 한편, 군량과 병기를 정돈하고 한중의 수로에서 선척을 모두 마련했다.

모든 준비가 끝나자 후주에게 표를 올렸다.

소신은 여러번 출전하여 비록 큰 공을 거두지는 못했사오나 이미 위인(魏人)의 심담(心膽)을 꺾어 놓았습니다. 이제 오랫동안 양병하였사오니 싸우지 않는다면 게으른 것이요, 게으르면 병이 나는 법입니다. 하물며 이제 장수들은 죽음을 각오하고 명령이 내리기만 기다리고 있사오며, 신이 승리를 거두지 못하는 날에는 마땅히 사죄(死罪)를 받을 각오입니다.

후주는 표를 보고도 망설이기만 하고 결정을 내리지 못했다. 이때 초주(譙周)가 출반하여 아뢨다.

"신이 밤에 천문을 보니 서촉 분야에 장성(將星)이 휘미하고 밝지 못했습니다. 이제 대장군께서 출사하려고 하신다는데 이번 길은 매우 불리하시다고 생각됩니다. 폐하께서 조명을 내리셔서 말리시기 바랍니다."

후주가 말했다.

"이번 길이 어떻게 되나 한 번 더 보고 나서 과연 실패한다면 그때 말리기로 하겠소."

초주는 재삼 권했으나 말을 듣지 않자, 집으로 돌아가서 탄식하여 마지않으며, 마침내 병을 핑계하고 나오지 않았다.

한편 강유는 군사를 동원함에 있어서 요화에게 이런 말을 물었다.

"나는 이제 출사하여 우선 중원을 회복할 생각인데, 먼저 어디를 공략함이 좋겠소?"

"해마다 계속되는 정벌 때문에 군민이 편안치 않으며, 또 위나라에 있는 등애는 지모가 많은 인물로 섣불리 다룰 존재가 아닙니다. 장군께서 고집을 부리시고 강행하신다면 이 요화는 따를 수 없습니다."

강유가 버럭 화를 냈다.

"옛적에 승상께서 여섯 차례나 기산에 나가신 것도 또한 나라를 위하신 까닭이었소. 이제 내가 여덟번째나 위나라를 토벌함이 어찌 나 개인만을 위해서 하는 노릇이겠소? 이제 먼저 조양(洮陽)을 공략할 작정인데, 나에게 거역하는 자는 반드시 참하겠소."

드디어 요화를 남겨 두어 한중을 지키게 하고, 자기는 친히 여러 장수들과 군사 30만을 거느리고 조양을 공략하러 나섰다.

국경지대의 사람들이 재빨리 이 소식을 기산 영채로 전하게 되니, 이때 등애는 마침 사마망과 싸움을 논의하고 있었는데, 이 소식을 듣자 곧 사람을 내보내서 초탐하게 했다. 회보(回

報)가 들어오기를 촉병이 대거하여 조양으로 출동하고 있다는 것이었다. 사마망이 말했다.

"강유는 계책이 많은 자이니, 조양을 공략하는 체하고 사실은 기산을 들이치자는 것이 아닐까요?"

"이번에 강유는 정말 조양으로 출동할 것이오."

"공께서는 어떻게 그것을 아십니까?"

"지난번에도, 강유는 여러번 나의 양초가 없는 곳으로만 출동을 했으니, 이번에도 조양에는 군량이 없으니 강유는 틀림없이 내가 기산만 지키고 조양을 지키지 않으리라 생각할 것이오. 그래서 조양만 공략하여 성을 점령하면 양식을 둔적해 두고 강인과 결탁하여 지구책을 세울 작정일 것이오."

"그렇다면 어떻게 하면 좋을까요?"

"이곳의 병사를 모조리 철수시켜서 양로로 나누어 가지고 조양을 구원해야겠소. 조양에서 25리 떨어진 지점에서 후하(侯河)라는 작은 성이 있는데 그곳이 바로 조양의 인후(咽喉)같이 중요한 곳이오. 공은 1군을 거느리고 조양에 매복하여 깃발을 감추고 북소리도 내지 말고 사방 문을 활짝 열어젖히고 여차여차하시오. 또 나는 1군을 거느리고 후하에 매복해 있을 것이니 큰 승리를 거둘 것은 뻔한 노릇이오."

계획이 서자, 각각 그대로 행하기로 하고 편장 사찬만을 남겨 두어 기산 영채를 지키도록 했다.

한편 강유는 하후패를 전부에 내세워서 먼저 1군을 거느리고 조양을 공략하게 하고, 자신은 따로 군사를 인솔하고 전진하면서 조양이 가까워 오자 성 위를 바라보았는데, 깃대 하나

도 꽂혀 있지 않으며, 사방 문이 활짝 열려 있었다. 하후패가
의심을 품고 감히 입성하지 못하면서 여러 장수들을 돌아보며
말했다.

"이게 속임수가 아니겠소?"

여러 장수들이 말했다.

"빈 성인 게 뻔하고, 백성수도 얼마 안 되니, 대장군의 군사가
도착한 소식을 알고 모조리 성을 버리고 도주한 것 같습니다."

하후패는 그래도 믿을 수 없어서 친히 말을 달려 성 남쪽을
관망했더니 성 뒤에 무수한 남녀노소가 모두 서북쪽을 향하여
도주하는 광경이 바라보였다. 하후패가 크게 기뻐했다.

"과연 빈 성이었구나!"

드디어 앞장서서 쳐들어갔고, 다른 병사들도 그 뒤를 쫓아
서 몰려들어갔다. 그들이 옹성(甕城) 근처에 이르렀을 때, 홀
연 한 발의 포성이 들리더니 성 위에서 북소리·피리소리가
일제히 울리며 깃발이 우뚝우뚝 꽂히고 적교를 끌어올려 버리
는 것이었다.

하후패는 대경실색.

"계책에 속았구나!"

당황하여 급히 물러서려고 했을 때 성 위에서 화살과 돌이
빗발치듯 쏟아졌다. 가련하게도 하후패와 동행한 5백 명의 군
사들은 모두 성 아래서 죽고 말았다.

한편 사마망이 또 성 안에서 진격해 나오니 촉병은 대패하
여 도주하는 중인데, 뒤따라 강유가 후원병을 이끌고 도착하
여 사마망을 격퇴시키고 성 아래에 영채를 세웠다.

강유는 하후패가 활을 맞고 죽었다는 말을 듣고 슬퍼하여

마지않았으며, 그날밤 2경쯤 되어서 등애는 친히 후하 성 안에서 1군을 이끌고 살며시 촉군의 영채에 기습을 감행했다. 촉병들은 크게 동요를 일으켜서 강유가 아무리 제지해도 막을 수가 없었다. 성 위에서는 다시 고각소리 요란하고 사마망이 또 쳐내려오는 바람에 촉병들은 대패했고, 강유는 간신히 도주하여 장수들에게, 승패는 병가의 상사이니 우물쭈물하면서 쓸데없는 생각을 말 것이며, 중원을 뺏느냐 뺏기느냐 하는 이 싸움에서 뒤로 물러서려는 자는 참하겠다고 호령을 했다.

장익이 작전계획을 제공했다. 위나라의 군사는 지금 이곳에 집결되어 있고 기산은 텅 비어 있을 것이니, 이번에 강유는 그대로 등애와 결전을 계속하여서 조양·후하를 공략하도록 하고 자기는 1군을 거느리고 기산을 들이쳐서 아홉 군데 영채를 탈취해 가지고 장안으로 그대로 쳐들어가자는 것이었다.

강유는 그 계획대로 장익에게 후군을 딸려서 기산으로 급히 떠나라고 명령하고 그 이튿날도 출마하여 등애에게 도전하고 병사들을 시켜서 욕설을 퍼붓게 했지만 등애는 옴쭉달싹도 하지 않고 싸움에 응하지 않았다.

등애는 선견지명이 있었기 때문이었다. 강유가 기산을 습격하려고 후퇴하지 않는다는 판단을 내린 그는, 지모도 없고 군사도 얼마 안되는 사찬 한 사람에게만 기산을 맡겨 둘 수 없어서 아들 등충을 불러서, 이곳을 단단히 지키고 절대로 나가 싸우지 말라 명령해 놓고, 친히 정병 3천 명을 거느리고 기산을 구출하러 달려갔다.

영채에서 대책을 궁리하고 있던 강유는 밤 2경쯤 되어서 난데없이 아우성 소리가 천지를 진동하고, 북소리·피리소리가 요란해서 알아보았더니 등애가 정병 3천을 거느리고 기습해 왔기 때문에 대장들이 응전하려고 들먹거리는 중이었다.

강유는 절대로 경거망동하지 말라는 명령을 내렸다. 이것은 두말할 것도 없이 등애가 먼저 촉군의 진지 가까이 와서 동정을 살펴보고 기산을 구원하러 떠났기 때문이오, 정말 싸우려는 것이 아니었고 등충은 지키기 위해 성으로 되돌아갔다.

그러나 강유가 그 눈치를 재빨리 알아챘다. 여러 장수들을 불러 가지고 등애가 밤중에 기습을 감행하는 체한 것은 기산의 영채를 구출하러 가려는 배짱임에 틀림없다 말하고, 부침에게 명령하여 영채를 든든히 지키고 절대로 나가서 싸우지 마라 당부하고 친히 군사 3천을 거느리고 장익을 거들어 주려고 떠났다.

장익은 기산을 공격하니 사찬이 막아낼 도리가 없어서 쩔쩔매고 있는데, 등애의 군사가 나타나서 촉군의 병사를 격퇴시키고 장익을 산골까지 몰아넣고 퇴로를 끊어 버렸다. 이때 갑자기 함성이 천지를 진동하며 나타나는 강유의 군사, 장익은 용기를 얻어 다시 강유와 더불어 등애에게 전후로 맹렬한 공격을 가했다. 등애는 감당할 도리가 없어서 기산의 영채로 도주하여 방비에만 전력을 기울이게 됐고, 강유는 군사에게 명령하여 사면에서 포위 공격을 가하게 했다.

이야기는 두 갈래로 갈라져서, 성도에 있는 후주는 환관 황호(黃皓)의 말만 믿고 주색에 빠져서 정사를 돌보지 않았는데, 대신 유염(劉琰)의 처 호씨(胡氏)가 매우 아름답게 생긴 여자로 입궁하여 황후를 만나 뵈었는데 황후는 이 여자를 궁중에 머물러 있게 했다가 한 달 후에 내보냈다.

유염이 자기 아내가 후주와 사통을 했다 의심하고 장하 군사 5백 명을 불러서 앞에 세우고 자기 아내를 결박한 다음, 군사들마다 몇십 번씩이나 여자의 얼굴에다 발길질을 하게 하니 여자는 몇 번이나 까무러쳤다. 후주는 그 말을 듣고 대로하여 유염의 목을 베고 그 이후부터는 명부(命婦—封號를 받은 여자)들의 입조를 일체 금했다.

이렇게 되니 관료들은 후주가 황음(荒淫)하다 의심하고 원망하는 자들이 많았으며, 자연 어진 사람은 조정에서 점점 물러나고 소인들만이 하고한 날 드나들게 되었다.

이때 우장군 염우(閻宇)란 자가 공로라고는 추호도 없는 위인인데, 황호에게 아첨하여 중직에 있었다. 그가 황호를 충동시켜서 후주에게 아뢰어, 강유는 싸움에 이겨 본 일이 없으니 자기를 대신 내보내게 해달라는 농간을 부렸다.

기산에서 계속하여 맹렬한 공격을 가하고 있던 강유는 난데없이 철수하라는 조명에 당황했지만, 명령에 거역하기 어려워 우선 조양의 군사를 후퇴시켜 놓고 장익과 함께 서서히 철수했다.

등애가 영채에 있는데, 밤이 새도록 북소리·피리소리가 요란하게 들려와서 무슨 일인가 하여 궁금히 여겼더니, 날이 밝자 촉병이 하나도 남지 않고 모조리 철수했고 영채만 남아 있다는 보고가 들어왔다. 그러나 여기에는 반드시 속임수가 있으려니 하는 생각으로 추격할 것을 단념했다.

강유는 한중으로 달려가서 인마를 쉬도록 해놓고 친히 사자를 대동하고 성도로 들어가 후주를 알현하려고 했다. 그러나 후주는 연 10일 동안이나 조정에 나오지 않았다. 강유는 마음 속으로 이상하게 생각하고 있었는데 바로 그날 우연히 동화문 (東華門)에 나갔다가 비서랑(秘書郎) 극정(郤正)을 만나게 되어서, 천자께서 자기를 불러 올린 까닭을 아느냐고 물어 봤다. 극정은 웃으면서 그것은 황호가 염우에게 공을 세워 주려고 이런 농간을 부리다가 등애가 용병을 잘하는 장수임을 알고 상대가 되지 않을 듯해서 이 일이 우물쭈물돼 버리고 있는 중이라고 사실을 밝혀 주었다.

강유는 격분하여 호통을 쳤다.

"내, 그 환관놈을 죽이고야 말겠소!"

극정이 말렸다.

"대장군께서는 무후의 일을 계승하신 분으로, 맡으신 직책이 중대하신데 어찌 이런 일을 하려 하시오? 만약에 천자께서 용납지 않으신다면 일은 도리어 불미스럽게 될 것이오."

강유가 사과했다.

"선생의 말씀이 과연 옳습니다."

이튿날, 후주와 황호가 후원에서 주연을 베풀고 있는데 강유가 몇 사람을 거느리고 뛰어들었다. 누군가가 재빨리 황호에게 알리니 황호는 급히 호산(湖山) 쪽으로 몸을 피했다.

강유가 정자 아래 이르러 후주에게 절하고 울면서 아뢨다.

"신이 등애를 기산에 몰아놓고 있사온데 폐하께서는 연거푸 세 번이나 조명을 내리셔서 신을 조정으로 돌아오게 하시었사온데, 성의(聖意)가 무엇이온지 알고자 합니다."

후주는 묵묵히 대답이 없었다. 강유가 또 아뢨다.

"황호는 간교하게 권력을 농하기 잘하는 영제(靈帝) 때 십상시의 한 사람입니다. 폐하께서도 가까운 예로는 장양(張讓), 먼 예로는 조고(趙高)를 생각하시고 일찌감치 이자를 죽이셔야만 조정이 절로 평온해지고 중원을 회복할 수가 있을 것입니다."

후주가 그제야 웃으며 말했다.

"황호는 약싹빠른 소신에 지나지 못하오. 전권(專權)을 농한다 할지라도 무능하여 아무 일도 못할 것이오. 예전에도 동윤이 이가 갈리도록 황호를 미워해서 짐이 꾸지람을 한 일이 있었는데, 경은 무슨 이유로 그를 개의하오?"

강유가 머리를 조아리고 아뢨다.

"폐하께서 오늘날 황호를 죽이지 않으시오면 화가 머지않아 닥쳐올 줄로 압니다."

"'사랑하면 그것이 살기를 바라고(愛之欲基生) 미워하면 그것이 죽기를 바란다(惡之欲基死)'고 하는 말도 있는데, 경이 일개 환관을 용납하지 못할 게 뭐 있겠소."

후주는 이렇게 말하고 근시를 시켜 호산 옆에 가서 황호를 정자 아래로 불러내도록 하고, 강유에게 절하고 엎드려 사죄하라고 명령했다.

황호가 울면서 강유에게 절하고 말했다.

"소생은 아침 저녁으로 성상을 모시고 있을 뿐이오, 조정에 간여하지는 않습니다. 장군께서는 바깥 사람들의 말만 들으시고 소생을 죽이려고 하시지는 마십시오. 소생의 목숨은 오로지 장군께 달려 있으니 장군께서 불쌍히 여겨 주십시오."

말을 마치더니 머리를 숙이며 눈물을 흘렸다.

강유는 분노를 참지 못한 채 자리를 물러나 극정을 찾아가서 자초지종 사정을 이야기했더니 극정의 말이, 만일 장군의 신변에 무슨 일이 생기면 이 나라도 망하고 말 판국이니, 자중하여 예전에 공명이 둔전(屯田-屯卒墾田)했듯이, 농서에 답중(畓中)이라고 하는 비옥한 땅이 있으니 그리고 가서 보리나 가꾸어서 군량이나 마련하면서 도모하며 자신을 지키는 것이 상책이라고 충고해 주었다.

"선생의 말씀은 금옥(金玉) 같은 말씀입니다."

강유는 기뻐하며 그에게 감사하고, 그 이튿날 표를 후주에게 올려 둔전하겠다는 승낙을 받은 후 한중으로 돌아와서 대장들을 모아 놓고 부탁했다.

"나는 지금까지 여러번 출진했지만, 언제나 군량이 부족해서 헛수고만 하고 돌아왔소. 그래서 이번에는 8만 군사를 거느리고 답중으로 둔전을 하러 나가서 보리나 심어서 가꾸면서 서서히 진격을 꾀해 보겠소. 그대들은 오랫동안 싸움에 지쳤으니 오늘부터는 군사를 수습하고 양식이나 수집해서 한중으로 돌아가 지키고 계시오. 위병은 천리 길에서 양식를 운반하느라고 산고개를 넘기가 자연히 피곤할 것이며 피곤하면 반드시 물러갈 것이니 그때 허를 노려서 추격하면 이기지 못할 리 없소."

이리하여 호제(胡濟)에게 한수성(漢壽城)을, 왕함(王含)에게 낙성(樂城)을, 장빈(蔣斌)에게 한성(漢城)을, 장서(蔣舒)·부첨(傅僉)에게 요로를 함께 지키게 하고, 배치가 끝나자, 강유는 친히 8만 병사를 인솔하고 답중으로 가서 보리를 심어 놓고 지구책을 세우기로 했다.

등애는 강유가 답중에서 둔전을 하게 됐다는 사실을 알게
되자, 염탐꾼을 내보내서 동정을 살펴보고 그 지형을 도본으
로 그려서 표에 곁들여서 조정에 아뢨다.

진공(晉公) 사마소가 그것을 보더니 대로했다.

"강유가 여러번 중원을 침범했는데도 없애 버리지 못한 것
은 나의 심복지환(心腹之患)이다."

가충이 말했다.

"강유는 공명이 전수한 바를 잘 터득하고 있기 때문에 급히
물리치기는 어렵습니다. 지용을 갖춘 장수를 한 사람 보내서
찔러 죽이면 군사를 동원하는 수고를 덜 수 있습니다."

종사중랑(從事中郎) 순욱(筍勖)이 말했다.

"아닙니다. 현재 촉주 유선은 주색에 빠져서 황호를 신용하
여 대신들은 모두 화를 피하려는 생각뿐입니다. 강유가 답중
에서 둔전을 한다는 것은 바로 이 화를 피하려는 계교입니다.
만약에 대장을 시켜서 토벌하면 이기지 못할 리 없는데, 뭣
때문에 자객을 쓰시렵니까?"

사마소는 크게 웃으면서 말했다.

"그 말이 옳소. 나는 촉나라를 토벌하고 싶은데 누가 장수
로 나서겠소?"

순욱의 말이,

"등애는 일대의 명장입니다. 더군다나 종회를 부장으로 얻
는다면 대사는 성공할 수 있을 것입니다."

하니 사마소가 대단히 기뻐했다.

"그 말은 내 맘에 꼭 드는군."

즉시 종회를 불러들여서 물어봤다.

"나는 그대를 대장으로 삼고 동오를 토벌하려는데 어떻겠소?"

"주공님의 의사는 동오를 치자는 게 아니시고 사실은 촉나라를 토벌하자는 데 있으실 겁니다."

사마소가 껄껄 웃으면서 말했다.

"정말 내 마음을 잘 아는군. 그러나 경은 무슨 계책으로 촉나라를 토벌할 작정이오?"

종회는 미리 알아차리고 그려 가지고 온 지도를 내놓았다. 사마소가 그것을 펼쳐보니, 도중에 안전히 진을 칠 만한 지점과 양식을 둔적할 만한 지점을 어디로 들어가고 어디로 나오는지 방향까지 일일이 법도에 맞도록 그려져 있었다. 그리고 종회는 또 촉나라로 진격할 길은 여러 갈래 있으므로, 단지 한 곳으로 공격하는 것보다 등애와 군사를 나누어서 두 길로 진격하는 것이 좋겠다고 주장했다.

이리하여 사마소는 종회를 진서장군(鎭西將軍)에 임명하고, 관중(關中)의 군사를 통솔시켜서 청(靑)·서(徐)·연(兗)·예(豫)·형(荊)·양(揚) 각 주의 군사를 동원하게 하는 한편 사람을 파견하여 절(節)을 가지고 가서 등애를 정서장군(征西將軍)에 임명하여 관외(關外) 농상(隴上)의 군사를 통솔 감독해서 기일을 작정하고 촉나라를 토벌하도록 했다.

이튿날, 사마소가 조정에 나가서 이 일을 상의했더니 전장군(前將軍) 등돈(鄧敦)이 오랫동안 강유에게 골탕을 먹어 왔는데 또다시 위험한 지점에 깊이 들어간다는 것은 스스로 화근을 만드는 일이라고 반대하자, 사마소가 대로하여 끌어내서 당장에 참하라고 했다. 순식간에 등돈의 수급이 섬돌 아래 올려지니 모든 사람들이 겁이 나서 실색했다.

사마소가 말했다.

"나는 동쪽을 정벌한 이후 6년 동안이나 싸움을 쉬고, 군사를 다스리고 무기를 장만하기에 힘썼는데, 이제 만반준비가 다 되었으므로 오·촉을 토벌할 생각을 해온 지 오래 됐소. 이제 먼저 서촉으로 방향을 작정하고 순류(順流)를 타고 수륙으로 병진(竝進)하여 동오를 점령해야만 괵(虢)을 멸하고 우(虞)를 점령하는 것과 같은 방법이 될 것이오. 내 생각 같아서는 서촉에는 성도를 지키는 장사(將士)는 8, 9만, 변경을 지키는 장사는 불과 4, 5만이고, 강유가 둔전을 시킨 병사는 불과 6, 7만이오. 나는 이미 등애를 시켜서 관외 농우(隴右)의 병사 10여 만을 거느리고 강유를 답중(沓中)에 발목을 매놓아서 동쪽을 돌보지 못하도록 하게 했고, 종회를 파견하여 관중의 정병 2, 30만을 인솔하고 곧장 낙곡(駱谷)으로 진격해서 3로로 한중을 습격하게 했소. 촉주 유선은 혼암(昏暗)하여 변성이 밖에서 격파당하고, 사녀(士女)들이 안에서 동요를 일으키면 망하고 말 것은 뻔한 노릇이오."

사마소의 말에 모든 사람들은 감히 아무 말도 하지 못했고, 종회는 진서장군의 인수를 받자, 당자(唐咨)를 등(登)·내(萊) 2주(州) 바닷가로 파견하여 해선(海船)을 모아들이게 하고 청·연·예·형·양 5주에서 큰 배를 만들게 했다.

사마소는 그 의도를 잘 몰라서 종회를 불러서 물어 봤더니 종회의 말이, 촉군은 이편에서 출병하는 것을 알면 동오에 원병을 청할 것이 뻔하니, 미리 오나라를 치는 체 해두면 오나라도 경솔히 움직이지는 못할 것이고, 1년 후 촉나라는 패할 것이며, 그때에는 배도 다 만들어질 것이니 그때 오나라를 치면 순조롭지 않겠느냐는 것이었다.

사마소는 크게 기뻐하며 날을 택하여 출사하게 했다. 때는 위나라 경원(景元) 4년, 가을 7월 초 3일. 종회는 출사했고 사마소는 성 밖 10리까지 전송해 주고 돌아갔다.

서조(西曹)의 아전(掾) 소제(邵悌)가 사마소에게 몰래 말했다.

"이제 주공께서는 종회를 파견하셔서 군사 10만을 인솔하고 촉나라를 토벌하게 하셨는데, 소생의 생각으로는 종회는 뜻이 크고 마음이 높은 위인이니 혼자 대권을 장악하게 하시면 안 됩니다."

사마소가 웃으면서 말했다.

"어찌 그쯤을 내가 모르고 있겠소?"

"주공께서 이미 알고 계시다면, 어째서 사람을 시켜 그 직책을 함께 맡도록 하시지 않으십니까?"

사마소가 몇 마디 하지 않아서, 소제의 의심은 석연히 풀어졌다. 이야말로 사마(士馬)가 달려나가는 날, 벌써 장군이 발호할 마음을 알아차린 셈이다.

116. 무당의 말을 믿고

鍾 會 分 兵 漢 中 道
武 侯 顯 聖 定 軍 山

사마소는 서조(西曹)의 아전(掾) 소제(邵悌)에게 이런 말을 했다.

"조정의 신하들이 촉나라를 토벌해서는 안 된다고 하는 것은 겁을 집어먹고 있는 탓이오. 만약 그들을 시켜서 억지로 싸우게 한다면 패할 것이 뻔한 일이오. 이제 종회만이 홀로 촉나라를 토벌할 계책을 세운 것은 마음에 겁이 없기 때문이오. 겁이 없으면 반드시 촉나라를 격파할 수 있소. 촉나라를 격파하면, 촉나라 사람들은 간담이 서늘할 것이오. '패장(敗將)은 용맹을 말하지 말고, 나라를 망친 대부(大夫)는 생존을 꾀하지 마라'고 했으니, 종회에게 다른 배짱이 있다손치더라도 촉나라 사람들이 도와 주려 들겠소? 위나라 사람들이야 승리를 거두었으면 반드시 돌아갈 생각을 할 것이고, 종회를 따라서 돌아서려 하지 않을 것이니 두려울 것은 없소. 이 말은 나와 그대만이 알고, 절대로 누설해서는 안 되오."

소제는 탄복할 뿐이었다.

종회는 영채를 다 세운 다음 장에 올라 모든 장수들을 집합시켜 놓고 지령을 내렸다. 그때 모인 사람으로는 위관(衛瓘—

監軍)・호열(胡烈-護軍), 그리고 대장으로 전속(田續)・방회(龐會)・전장(田章)・원정(爰彰)・구건(丘建)・하후함(夏侯咸)・왕매(王買)・황보개(皇甫闓)・구안(句安) 등 80여 명이었다.

종회가 말했다.

"대장 한 사람을 선봉으로 내세워서 산이 닥치면 길을 뚫고, 물을 만나면 다리를 놓고 해야겠소. 누구, 해낼 만한 사람은 없겠소?"

한 사람이 대뜸 나서면서 말했다.

"소생이 가고 싶습니다."

종회가 쳐다보니 바로 호장군(虎將軍) 허저(許褚)의 아들 허의(許儀)였다.

여러 사람들이 입을 모아,

"이 사람이 아니고는 선봉으로 내세울 만한 사람이 없을 겁니다."

하니, 종회는 허의를 불러서 말했다.

"그대야말로 호체원미(虎體猿臂)의 장수로 부자가 다 유명한 터이고, 이제 모든 장수들이 또한 모두 그대를 보증하니, 선봉의 인을 받아 가지고 마군 5천과 보병 1천을 영솔하고 한중을 공격하되, 군사를 3로로 나누어서 그대는 가운데길을 영솔하고 사곡으로 출동할 것이며, 좌군은 낙곡으로, 우군은 자오곡으로 출동하게 하시오. 이 지점들이 모두 기구하고 험준한 산길들이니 마땅히 군사를 시켜서 길을 닦고 교량을 수리하고 산을 뚫고 바위를 깨뜨려서 가로막힘이 없도록 해야 할 것이오. 그리고 만약 어긋남이 있다면 반드시 군법으로 다스리겠소."

허의는 명령을 받자 군사를 영솔하고 떠났다. 종회는 뒤따라 10만 대군을 인솔하고 밤낮을 헤아리지 않고 진군을 개시했다.

한편 등애는 농서에서 이미 촉나라를 토벌하라는 조명을 받자, 사마망을 시켜서 강인(羌人)을 동원케 하도록 하고, 또 옹주(雍州)자사 제갈서(諸葛緒)와 천수(天水)태수 왕기(王頎), 조서(曹西)태수 견홍(牽弘), 금성(金城)태수 양흔(楊欣) 등을 시켜서 각각 본부병을 정돈해 가지고 집결하도록 했다.

등애는 군마가 운집해 있는 어느날 밤에 꿈을 꾸었다. 높은 산에 올라가서 한중을 바라보고 있으려니까 홀연 발 밑에서 샘이 용솟음쳐 오르더니 물줄기가 굉장하게 뻗쳤다. 그 순간에 깜짝 놀라 잠을 깨니 전신에 땀이 흘러서 그대로 앉아서 아침이 되기를 기다려 호위 소완(邵緩)을 불러서 물어 봤다.

소완은 평소부터 주역(周易)에 밝은 사람이므로 그에게 꿈이야기를 했던 것이다.

주완이 대답했다.

"역에서는 산 위에 물이 있으면 건(蹇)이라고 하는데, 이 괘는 서남이 이롭고 동북이 불리한 것이니, 이번에 출전하시면 반드시 촉나라를 격파하겠지만, 가석하게도 건체(蹇滯)한 일이 생겨서 돌아오시지 못하게 되실 것입니다."

등애는 이 말을 듣고 우울하기 이를 데 없었다. 이때 홀연 종회의 격문이 도착되었는데, 등애더러 군사를 일으켜 가지고 함께 한중을 공략하자는 것이었다.

등애는 드디어 옹주자사 제갈서를 시켜 군사 1만 5천을 거느리고 먼저 강유의 귀로를 끊게 하고, 그 다음으로는 천수의 태수 왕기를 시켜서 군사 1만 5천을 거느리고 왼쪽에서 답중을 공격케 하고, 농서태수 견홍을 시켜서 군사 1만 5천을 거느리고 답수(畓水)를 공격하게 하고, 또 금성 태수 양흔을 시켜서 군사 1만 5천을 거느리고, 감송(甘松)에서 강유의 배후를 치도록 했으며, 등애 자신은 군사 3만을 거느리고 각지로 왕래하면서 접응하기로 했다.

종회가 출전하던 날, 백관들이 성 밖에까지 전송했고 깃발이 하늘을 뒤덮고 무기가 서릿발 같으며, 인마가 모두 든든하니 위풍이 늠름했다. 부러워하지 않는 사람이 없었으나 유독 상국참군(相國參軍) 유실(劉實)만이 빙그레 웃으며 말이 없었다. 태위 왕상(王祥)이, 말 위에서 그의 손을 잡으며 물었다.

"종회와 등애가 이번에 가는 길에 촉나라를 평정할 수 있겠소?"

유실이 대답했다.

"촉나라를 격파함에는 틀림이 없겠지만, 아마 환도하지는 못할 것이오."

왕상이 그 까닭을 물어 보았으나 유실은 웃기만 하고 말하려 하지 않으므로 더 이상 묻지 않았다.

답중에 있는 강유는 염탐꾼에 의하여 확실한 정세를 파악하고, 후주에게 표를 올려서, 좌거장군(左車將軍) 장익(張翼)에게 양평관(陽平關)을, 우거장군(右車將軍) 요화(廖化)에게 음평교(陰平橋)를 지키도록 해줄 것을 요청했다. 또 이 두 지점은 가장 중요한 곳으로서 이것을 상실하면 한중은 보전하기 어렵다는 점을 역설하고, 사자를 파견하여 오나라에 원병을 청해 주면 자기는 답중에서부터 출전하여 적군을 막아내겠다고 간청했다.

이때 후주는 경요 5년(서기 263년)을 염흥 원년(炎興元年)으로 고치고 환관 황호와 많은 날들을 궁중에서 쾌락에만 도취해 있었는데, 강유의 표를 받자 역시 황호와 상의했다. 황호는 그것이 강유가 공명을 탐내는 소치라 일축해 버리고 아무 걱정도 할 필요가 없는 일이니, 성 안의 유명한 무당을 불러다가 길흉이나 점쳐보면 좋을 것이라고 말했다.

후주는 그 말을 믿고 무녀를 불러다가 옥좌에 앉히고 친히 향불을 피우고 기도를 올렸다. 무녀는 머리를 풀어 헤치고 맨발로 전상(殿上)을 수십 번이나 경중경중 뛰어 돌아다니더니 제단 위를 빙글빙글 돌아다니며,

"나는 서천의 토신(土神)입니다. 폐하께서는 태평을 즐기시고 다른 일은 걱정하실 필요가 없습니다. 수년 후에는 위나라의 강토도 폐하께로 돌아오고 말 것입니다."

하고, 기고만장한 소리를 외쳤다.

후주는 이 어리석은 말을 믿고 강유의 진언에는 귀도 기울이려 들지 않으며, 궁중에서 주연과 환락에만 빠져 있었고, 강유가 연거푸 표를 올려도 그것은 번번이 황호가 가로채 버렸으니, 이것 때문에 대사를 그르치지 않을 수 없었다.

종회의 대군은 한중을 향하여 진격을 개시했는데, 선봉 허의는 자기의 공로를 세우기에만 급급해서 무작정 남정관(南鄭關)을 들이치다가, 이 관을 지키는 촉장 노손(盧遜)이 공명이 남기고 간 연노법으로 활을 쏴 대는지라 위군은 대패했고, 수십 기가 거꾸러지면서 뿔뿔이 흩어져 버렸다.

허의가 달려와서 종회에게 보고하니, 종회는 말을 달려 나가서 노손의 5백 기와 대결했는데, 다리 위로 말을 달려 몸을 피하다가 다리 위의 흙이 꺼지는 바람에 말이 발을 빠뜨리게 되니, 노손의 창끝이 비호같이 대들었다. 이 찰나에 위군의 병사 순개(荀愷)가 홱 몸을 돌리며 활을 쐈기 때문에 노손은 그 화살을 맞고 말에서 떨어져 죽었으며, 종회는 휘하의 군사를 몰아서 관을 점령할 수 있었다.

종회는 그 자리에서 순개를 호군(護軍)으로 승진시켰고, 허의를 장하로 불러들여서 힐책했다.

"그대는 선봉으로서 마땅히 산에 길을 뚫고 물에 다리를 놓아 가며 행군할 수 있도록해야 하겠거늘 나는 방금 다리 위에서 말의 발이 흙 속에 빠져 하마터면 다리에서 떨어질 뻔했고, 순개가 아니었다면 나는 벌써 죽었을 것이오. 그대는 이미 군령을 위반했으니 군법에 의하여 처단하는 것뿐이오!"

좌우 사람들이 그의 부친 허저의 많은 공로를 생각해서라도, 그를 용서해 주라고 했으나, 종회는 격분을 참지 못하고 결국 허의의 목을 베어 버리니, 모든 장수들이 겁을 집어먹지 않은 사람이 없었다.

이때 촉군의 장수 왕함은 낙성을 지키고 있었으며, 장빈은 한중을 지키고 있었는데, 위병의 세력이 대단한 것을 보자 감히 나와서 싸우지 못하고 문을 닫고 지키고만 있었다.

종회는,

"군사란 신속함을 귀중히 여기는 것이니 잠시도 우물쭈물할 수 없다!"

라고 호령하고, 전군 이보(李輔)에게 명령해서 낙성을 포위하게 하고, 호군 순개를 시켜서 한성(漢城)을 포위하도록 한 다음, 자기는 친히 대군을 거느리고 양평관을 공략하기로 했다.

양평관을 지키고 있던 촉장 부첨은 부장 장서와 전수(戰守) 할 수 있는 방법을 상의했다. 쳐나갈 것이냐 지키고 있을 것이냐, 두 사람이 망설이기만 하고 있는데 위군의 대병이 쳐들어온다는 보고가 날아 들었다. 두 장수가 관 위에 올라가 보니, 과연 종회가 채찍을 높이 쳐들고 소리를 질렀다.

"내 이제 10만 대군을 거느리고 여기 왔으니 빨리 항복하라! 각각 품급에 의하여 기용할 것이며, 만약에 고집을 부리고 항복하지 않는다면 관을 일거에 격파하고 옥석(玉石)의 구별 없이 모조리 불질러 버릴 테다!"

부첨은 격분하여 장서에게 관을 맡기고 자신은 군사 3천 명을 거느리고 달려 내려갔다. 종회가 싸우지도 않고 휘하의 병사들을 일제히 후퇴시키는 바람에 그것을 추격했더니 난데없이 위병이 다시 세력을 합쳐 가지고 몰려들었다. 부첨이 후퇴하여 관으로 들어가려 했을 때 관 위에는 벌써 위군의 깃발이 휘날리며 장서가 큰 소리로 외쳤다.

"나는 벌써 위나라에 항복했다!"

부첨은 대로하여 악을 쓰며 매도했다.

"배은망덕하는 역적 놈아! 무슨 면목으로 천자를 뵐 작정이냐?"

말머리를 돌려 위군 속으로 뛰어들어가며 접전을 하니 위병들은 사면에서 몰려들어 부첨을 포위해 버렸다. 부첨은 좌충우돌, 갈팡질팡 결사적으로 싸웠으나 몸을 뛰쳐낼 수가 없었다. 거느리고 있는 촉병들도 10명 중 8, 9명이 부상을 하였다.

"나는 살아서 촉나라의 신하였으니 또한 죽어서도 촉나라의 귀신이 되리라!"

부침은 이렇게 하늘을 우러러 탄식하면서 다시 말을 달려 무찌르고 들어갔으나 몸은 이미 여러 군데 창을 맞아 갑옷이 피투성이가 되었고, 타고 있는 말도 쓰러져 버리니 부침은 제 손으로 목을 찔러 죽고 말았다.

종회가 양평관을 점령하니 관내에는 양초와 군기가 굉장히 많이 쌓여 있었다. 그는 크게 기뻐하며 3군을 위로해 주었다. 그날밤, 위군은 양평성 안에서 숙영을 했는데, 홀연 서남쪽에서 함성이 요란하게 일어났다. 종회가 황망히 장 밖으로 나가 봤더니 아무 동정이 없었다. 위군은 하룻밤을 한잠도 못 잤는데, 이튿날 밤 3경이 돼서도 또 서남쪽에서 함성이 요란하게 들려왔다. 종회는 이상하게 생각하고 새벽녘이 되어 사람을 시켜서 탐문해 봤더니, 멀리 10여 리를 초탐해 봐도 사람의 그림자는 하나도 없다는 것이었다.

종회는 날이 밝기를 기다려서 친히 수백 기를 거느리고 서남쪽으로 나가서 순초해 봤다. 어느 산기슭을 돌아가고 있을 때, 홀연 살기가 사면에서 일어나며 수운(愁雲)이 잔뜩 끼고 안개가 산머리를 휘감았다. 말을 멈추고 향도관에게 알아보니, 이 산이 바로 하후연이 전사한 정군산(定軍山)이라는 것이었다.

종회가 그 말을 듣고 풀이 죽어서 말머리를 돌려 다시 언덕길을 돌고 있을 때, 갑자기 광풍이 사납게 불어오더니 배후에서 수천 기가 바람을 타고 덤벼드는 것이었다. 종회는 깜짝 놀라서 말을 달려 달아났는데, 여러 장수 가운데는 말에서 떨어진 사람들이 무수히 많았다.

양평관으로 달려와서 보니 일인일기도 없어지지 않았고, 단지 얼굴을 다치고 투구를 잃어버린 사람들이 많을 뿐이었다. 모든 사람들이 말했다.

"음산한 기운 속에서 인마가 달려드는 것같이 보였는데, 가까이 달려들어서는 도리어 사람을 상하지 않고, 단지 일진의 선풍이 되어서 사라져 버렸습니다."

종회는 항장(降將) 장서에게서 정군산에 제갈공명의 묘지가 있다는 사실을 듣고는 대경실색했다.

"이는 반드시 무후의 영혼이 나타난 것이다. 내 마땅히 친히 나가서 제사를 지내야 되겠다."

그 이튿날 종회는 친히 무후의 묘전에 재배하고 제사를 지냈다. 광풍이 갑자기 멎고 수운이 사면으로 흩어져 버렸으며, 홀연 맑은 바람이 솔솔 불어오더니 가는 비가 촉촉히 내리고 나서 날이 맑게 개었다.

위병들은 크게 기뻐하며 모두 절하고 영채로 돌아왔다. 바로 그날밤, 종회가 장중에서 상에 엎드려 잠이 들었는데 또 일진의 청풍이 스쳐나가고 신선 같은 사람이 하나 표연히 나타났는데 윤건(綸巾), 우선(羽扇)에 몸에는 학창(鶴氅)을 입었고, 흰 신에 검은 띠 얼굴이 관옥 같고 입술은 붉은 칠을 한 듯, 미목이 수려하고 신장이 8척이나 되어 보였다.

그 사람이 장중으로 걸어 들어오니 종회는 몸을 일으켜 영접하며 말했다.

"공은 누구신지요?"

"오늘 아침에는 정중하게 예의를 차려 주었으니 내 몇 마디

일러 두고 싶어서 왔소. 한조(漢祚)가 이미 쇠퇴한 것은 천명이니 거역할 도리가 없소. 그러나 양천(兩川)의 생령들이 병혁에 시달려 괴로움을 받으니 불쌍하기 이를 데 없는 일이오. 그대는 입경(入境) 후 절대로 생령을 망살하지 말기 바라오."

말을 마치더니 그 사람은 소맷자락을 휘저으며 가버렸다. 종회는 그를 만류하려고 하다가 깜짝 놀라 깨 보니 꿈이었다.

그것이 무후의 영혼임을 알아차리고 놀라움을 금치 못했으며, 즉시 전군(前軍)에 지령을 내려서 흰 깃발에다 '보국안민(保國安民)'이라는 넉 자를 크게 써서 내세우라 하고, 가는 곳마다 한 사람이라도 함부로 죽이는 자는 대신 목숨으로 배상을 시키겠다고 했다.

그랬더니 한중의 백성들이 모두 성 밖에 나와서 절하며 영접하니 그들을 일일이 위로해 주고 추호도 침범함이 없었다.

한편 강유는 답중에서 위나라의 대군이 쳐들어온다는 소식을 듣자, 요화·장익·동궐에게 병사를 거느리고 싸움을 거들러 오라 명령해 놓는 한편 친히 군사와 장수를 배치하여 대기하고 있었다.

이때 위군의 병사가 쳐들어왔다는 보고가 들어오니, 곧바로 군사를 거느리고 대적했다. 위군의 선두에 나선 대장은 천수 태수 왕기였는데, 말을 달려 나오며 호통을 쳤다.

"우리는 백만대군에 상장(上將) 천여 명을 거느리고 20로로 갈라져서 이미 성도에 이르렀다. 그러니 그대가 빨리 항복할 생각을 하지 않고 항거한다면, 그야말로 천명을 모르는 못난 짓이다!"

강유는 격분하여 창을 휘두르며 말을 달려 곧장 왕기에게
덤벼들었다. 왕기는 3합도 싸우지 못하고 대패하여 도주했다.
강유가 군사를 몰고 20리나 추격했는데, 징·북소리가 요란스
럽게 울리더니 앞으로 1군의 병사들이 가로막고 나섰다. 깃발
에는 '농서태수 견홍'이라고 써 있었다.

강유가 웃으면서 말했다.

"이 쥐새끼 같은 놈아, 나의 적수가 될 수 있다는 거냐?"

드디어 군사를 몰고 추격했다.

20리쯤 쫓아갔을 때, 군사를 이끌고 달려드는 등애와 맞닥
뜨리게 되었다. 양군은 혼전을 계속했다. 강유는 신바람이 나
서 등애와 10여 합을 싸웠으나 승부가 나지 않았다. 뒤에서
징·북소리가 들려왔다. 강유가 급히 후퇴하려고 했을 때, 후
군에서 보고가 들려오기를 감송(甘松)의 여러 영채를 금성태
수 양흔이 모조리 불질러 태워 버렸다는 것이었다.

강유는 대경실색하여 급히 부장에 명령하여 거짓 정호(旌
號)를 내걸어서 등애를 막아내고 있도록 해놓고, 자기는 스스
로 후군으로 물러나서 밤중도 헤아리지 않고 감송을 구원하러
달려갔더니, 마침 양흔과 맞닥뜨리게 됐다. 양흔은 감히 교전
하지 못하고 산길을 향하여 도주했다.

강유가 뒤따라 쫓아갔다. 산 바위 아래까지 이르렀을 때 바
위 위로부터 나무와 돌이 빗발치듯 쏟아져 내려오니, 강유는
전진하지 못했다.

할 수 없이 되돌아서 오다가, 도중에서 촉군의 병사는 등애
에게 살패(殺敗)했고 위군의 병사가 대거 습격해 와서 강유를
포위했다. 강유는 여러 기마병을 인솔하고 포위망을 돌파하여

대채로 달려들어가서 든든히 지키며 구원병이 도착하기만 기다렸다.

홀연, 유성마(流星馬)가 도착하더니 보고하기를, 종회는 양평관을 격파했고, 장서는 투항했으며, 부첨은 전사했고, 한중도 위군에게 점령당했는데, 낙성의 왕함, 한성의 장빈도 한중을 빼앗겼음을 알자 역시 성문을 열고 투항했으며, 호제도 적군을 감당하지 못하고 성도로 구원병을 청하러 돌아갔다는 것이었다.

강유의 놀라움은 이만저만이 아니었다. 당장에 철수령을 내렸다. 그날밤 강천(彊川) 어귀까지 왔을 때 앞에서 1군이 길을 가로막고 나섰다. 앞장을 선 위군의 장수는 바로 금성태수 양흔이었다. 강유는 대로하여 말을 달려 칼끝을 맞대고 싸웠다. 1합도 채 못 싸우고 양흔이 패하여 도주하니 강유는 활을 뽑아 쏘았다. 그러나 연거푸 세 발을 쏘았건만 모두 맞지 않았다. 강유는 화를 참지 못하고 자기 활을 자기 손으로 꺾어 버리고 창을 휘두르며, 쫓아가다가 말이 앞다리가 부러져서 땅바닥에 나뒹굴게 되었다. 양흔은 말머리를 돌려 강유에게 달려들었다. 재빨리 몸을 일으켜 세운 강유는 한창에 양흔의 말대가리를 정통으로 찔러 버렸다. 이때 배후에서 위병이 몰려들어서 간신히 양흔을 구출해 냈다.

강유가 말을 바꾸어 타고 추격해 가려고 했을 때, 홀연 뒤에서 등애의 군사가 쳐들어왔다는 보고가 들어왔다. 강유는 앞뒤를 동시에 돌아다볼 수는 없어서 병사를 수습해 가지고 한중을 탈환하러 가려고 했다.

그런데 초마가 보고하기를, 옹주자사 제갈서가 이미 귀로를 끊어 버렸다는 것이었다. 강유는 산 속 험난한 곳에 영채를 세웠고, 위병들은 음평교(陰平橋) 어귀에다 둔병했다. 진퇴무로가 된 강유가 장탄식했다.

"하늘은 나를 버리셨다."

부장 영수(寧隨)가 말했다.

"위병이 음평교를 끊었다고는 하지만, 옹주에도 반드시 남아 있는 군사가 많을 것이니, 장군께서 만약에 공함곡(孔函谷)으로 쳐들어가서서 옹주를 공격하시면 제갈서는 반드시 음평의 군사를 철수시킬 것입니다. 그러나 이렇게 되면 장군께서는 군사를 거느리고 검각으로 달려가셔서 그곳을 지키시며 한중을 회복하실 수 있을 것입니다."

강유가 이 말대로 곧바로 공함곡으로 향하니 염탐꾼에게서 정보를 입수한 제갈서는 깜짝 놀라 얼마 안 되는 군사를 남겨 놓고 남쪽길로 옹주를 구하려 달려갔다. 강유는 북쪽길로 가는 체하다가 되돌아서서서 제갈서의 영채를 들이치고 불을 질러 버렸다.

제갈서가 교두(橋頭)에서 불이 일어났다는 소식을 듣고 군사를 이끌고 돌아왔을 때에는 강유가 이미 통과해 버린 지 반나절이나 지났으므로, 추격할 것을 단념하는 수밖에 없었다.

강유가 교두를 넘어서 행군하고 있노라니 뜻밖에도 앞에서 좌장군 장익과 우장군 요화가 달려들었다. 어찌 된 일인가 하고 물었더니 장익이, 황호가 무당의 말만 믿고 군사를 동원시키려 하지 않아서, 한중이 위태롭다는 소식을 듣고 자진해서 군사를 동원하여 달려왔는데, 왕평관은 이미 종회에게 점령당했고, 강장군이 위기에 빠졌다는 말을 듣고 응원하러 달려왔

다는 것이었다. 강유가 그 말을 듣고 병력을 한군데로 집결시
키기로 했다.

요화가 말했다.

"이제 사면에서 적군의 공격을 받게 되어 양도도 통하지 않
으니 물러나서 검각을 지키면서 다시 좋은 대책을 세우는 게
좋겠습니다."

강유가 망설이고 결단을 내리지 못하고 있는데 종회와 등애
가 10여 로의 군사를 몰고 쳐들어온다는 보고가 들어왔다. 강
유는 장익·요화와 병력을 나누어서 대결하려고 했으나, 요화
가 말했다.

"백수(白水)는 길이 협착해서 싸울 만한 지점이 못 됩니다.
우선 검각부터 구원해야지 검각을 상실하면 길이 아주 끊어지
고 맙니다."

강유가 그 말대로 군사를 인솔하고 검각으로 달려갔다.

관 앞까지 접근해 갔을 때, 홀연 북과 피리소리가 일제히
일어나며 고함소리가 천지를 진동했다. 깃발이 죽 꽂히더니 1
군이 관 어귀를 가로막았다.

이야말로 한중의 험준한 곳을 이미 상실하니, 또다시 검각
에 홀연 풍파가 일어나는 판이다.

117. 공명은 살아 있었나

鄧士載偸渡陰平
諸葛瞻戰死綿竹

보국대장군(輔國大將軍) 동궐(董厥)은 위군의 병사가 10여 로로 나누어져 쳐들어온다는 소식을 듣자 방비를 든든히 하고 있었는데, 말을 달려 진두에 나가 보니 천만 뜻밖에도 강유·요화·장익 세 사람이 나타나자, 기뻐서 어쩔 줄 모르며 영접해 들이고, 인사말보다는 먼저 눈물을 흘리며 황호의 비행을 호소했다.

강유는 자기가 있는 한 그따위 위인은 걱정할 것이 없다고 위로해 주고 있는데 제갈서가 군사를 몰고 쳐들어온다는 보고가 날아들었다.

그러나 제갈서가 강유를 당해낼 도리는 없었다. 강유는 당장에 병사 5천을 거느리고 위군의 진지로 쳐들어가며 좌충우돌, 제갈서를 수십 리 밖으로 쫓아 버렸고, 촉병은 무수한 마필과 무기를 빼앗아 가지고 관으로 돌아왔다.

종회가 검각에서 25리쯤 떨어진 지점까지 왔을 때 제갈서가 사죄를 하러 나타났다. 그러나 종회는 크게 격분하여 당장 목을 베라고 호통을 쳤다.

그가 등애의 부하라는 점을 고려해서 여러 장수들이 간곡히 목숨만 살려주자고 애원하자, 종회는 제갈서를 함거(檻車)에 실어서 낙양으로 보내어 진공의 처분을 기다리게 하고, 그가 거느리고 있던 병사들은 자기의 부하로 수용했다.

이런 사실을 알게 된 등애는 노발대발, 같은 장군이오, 같은 공로를 세워 오는 처지에 어찌 종회가 그런 짓을 마음대로 할 수 있느냐고 펄펄 뛰었다.

등충이 그와 불목하게 되면 국가 대사를 그르치게 된다고 간곡히 말하니, 등애는 화를 꾹 참기는 했으나, 역시 10여 기를 거느리고 가서 종회를 한번 만나 보기로 했다.

등애가 온다는 것을 미리 알아차린 종회는 영채 안의 경비를 삼엄하게 했다. 등애는 이 점에 불안을 느끼고 화제를 다른 데로 돌렸다.

"장군이 이번에 한중을 점령하게 된 것은 진실로 국가를 위하여 다행한 일이오. 이번에는 시급히 계책을 세워서 검각을 공격하셔야 할 게 아니겠소?"

"무슨 좋은 계책이 있소?"

등애는 아무 말도 대답하지 않으려 했으나 종회가 어찌나 짓궂게 질문을 하는지 견디다 못해서 대답을 했다. 그 계책이란 음평(陰平)의 샛길로 한중의 덕양정(德陽亭)으로 나가서 기병(奇兵) 작전을 써서 성도로 쳐들어가면 강유가 구원하러 달려나올 것이니 그 허를 찔러서 검각을 공격하면 수월하게 점령할 수 있다는 것이었다.

종회는 그 말을 듣더니 크게 기뻐하면서 그것을 지극히 묘한 계책이니 등애더러 한 번 나가서 그 계책대로 싸워 주면 자기는 첩보나 기다리고 있겠다 하면서 술대접을 하자 두 사람은 술잔을 서로 나누고 헤어졌다.

종회가 본장(本帳)으로 돌아오더니 여러 장수들에게 말하기를, 사람들은 등애가 유능하다고 하지만 오늘 자기가 대해 보니 평범한 재목에 불과하다고 했다. 여러 장수들이 그 까닭을 물었더니, 종회가 말했다.

"음평의 좁은 길은 모두 고산준령(高山峻嶺)이어서 촉군이 백여 명만 가지고 요로를 지키고 귀로를 끊는다면 등애의 군사는 모두 굶어죽고 말 것이오. 그러나, 나는 정도(正道)로만 진격해도 촉지를 격파하지 못할 걱정은 없단 말이오."

그는 운제(雲梯)·포가(砲架)를 설치해 가지고 검문관(劍門關)을 맹렬히 공격했다.

그러나 등애가 이만 눈치를 채지 못할 장수가 아니었다. 그가 본채로 돌아왔더니 사찬과 등충 등 일반(一班) 장사들이 오늘 종회를 만나서 무슨 고론(高論)을 했느냐고 물었다.

등애가 말했다.

"나는 진심으로 말을 하는데도 그는 나를 용렬한 재목으로 취급하거든! 그는 지금 한중을 점령한 것을 막대한 공로로 알고 있지만, 따지고 보자면 그것도 내가 강유를 답중에서 둔전하고 있게 옴쭉 못하도록 지켜 주었기 때문인데……. 이제 내가 성도만 점령하면 한중을 점령한 것보다는 훨씬 낫겠지!"

등애가 그날밤 영채를 철수하고 몰래 음평의 샛길로 진출해서 검각에서 7백 리 떨어진 지점에 진을 치니, 종회는 그것은 어리석은 짓이라고 웃고만 있었다.

등애는 밀서를 작성해서 사마소에게 보내고, 여러 장수들을 모아 놓고 성도를 공략하는 데 대해서 결심과 태도를 확인한 다음에 우선 아들 등충에게 정병 5천 명을 주어서 갑옷을 입지 말고 각각 도끼와 끌 같은 기구로 험준하고 위험한 곳을 파헤쳐서 길을 만들고 다리를 놓아서 행군해 나가라고 시켰다.

등애는 3만의 군사를 뽑아 가지고 그해 10월에 음평을 떠나, 20여 일 동안에 7백여 리를 진격했는데, 사람의 그림자라고는 통 볼 수 없었다.

도중에서 병사들을 시켜 수십 곳에 영채를 마련하게 해주었기 때문에 나머지 인마는 2천에 불과했다.

마천령(摩天嶺)이라는 산에 다다랐더니 말이 앞으로 잘 나가지 못하여, 등애는 걸어서 올라갔다. 등충과 길을 헤치는 장사들이 모두 울고 있었다.

그 까닭을 물으니 등충이 대답했다.

"이 산 서쪽 등성이는 깎아지른 것 같은 준벽(峻壁)이어서 길을 뚫을 수 없고 헛수고만 하게 되어 그래서 울고 있습니다."

등애가 말하기를,

"우리 군은 이미 여기까지 7백여 리를 왔다. 여기만 넘어서면 바로 강유(江油)인데 어찌 이대로 되돌아설 수 있단 말이냐?" 하면서, 등애는 병사들에게 호랑이 굴에 들어가지 않고 어찌 호랑이 새끼를 잡을 수 있느냐고 호령을 하고, 성공한 뒤에는 부귀를 같이 할 것이니 용기를 내라고 격려했다.

등애는 먼저 군기를 버리게 하고 자신이 몸을 담요로 감은 다음에 먼저 굴러 떨어졌다. 부장들도 털옷을 가지고 있는 사람들은 그것을 입고 몸을 내리 굴렸으며, 털옷이 없는 사람은 각각 동앗줄로 허리를 묶어 가지고 나무 위에서 걸치고 생선

두름 모양으로 차례차례 내려갔다. 이렇게 해서 등애·등충, 그리고 2천 명의 군사들은 한 사람도 빠짐없이 마천령을 넘어설 수 있었다.

다시 갑옷과 기구를 정돈하고 앞으로 나가려고 하는데 길 옆에 비석이 하나 서 있었다. 거기에는 '승상, 무후(武侯) 제(題)함'이라고 씌어 있으며, 비문에는 '두 불(火)이 비로소 일어나서 이곳을 넘어가는 이 있으리라. 두 선비 저울을 다투다가, 오래지 않아서 스스로 죽으리라'고 적혀 있었다. 두 불이란 곧 염(炎―炎興元年)을 말하고, 두 선비란 곧 등애와 종회를 말한다는 점에 짐작이 갔을 때, 등애는 대경실색하며 황망히 비석을 대하여 재배하고 말했다.

"무후는 정말 신인(神人)이시다! 이 등애가 사사(師事)하지 못했음이 한이다!"

등애가 이렇게 몰래 음평을 넘어서서 군사를 거느리고 앞으로 나가고 있을 때, 한 군데 널찍한 빈 영채를 발견했다. 좌우 사람들이 알려 주었다.

"옛적에는 무후가 병사 1천 명을 동원해서 이 요로를 지키게 했는데, 현재에는 촉주 유선이 철수시켰습니다."

등애는 이왕 여기까지 왔으니 결사적으로 전진할 각오를 하고 도보로 2천여 명 군사의 앞장을 서서 밤낮을 헤아리지 않고 강유성으로 향했다.

강유성의 수장(守將) 마막(馬邈)은 동천(漢中)을 이미 뺏겼다는 소식을 듣고 방비를 든든히 하기는 했지만, 단지 큰 길가를 막고 있었을 뿐이었다. 강유의 군사가 검각관을 지키고 있다는 것만 믿고 무슨 대단한 일이 있으랴 하고 마음을 놓고 있었다. 하루는 인마를 조련하고 집으로 돌아와서 부인 이씨 (李氏)와 화로를 끼고 술을 마시고 있었는데, 부인이 물었다.

"변경의 정세가 심히 긴박하다는 말을 여러번 들었는데, 장군 께서는 도무지 근심하시는 빛이 없으시니 무슨 까닭이신가요?"

"대사는 강백약(강유)이 장악하고 있는데 내가 무슨 아랑곳 이란 말이오?"

"그렇다지만 장군께서 성지를 지키시는 책임이 중하지 않다 고 할 수 있나요?"

"천자는 황호의 말만 믿고 주색에 빠져 계시니, 내 생각 같 아서는 화가 닥쳐올 날이 멀지 않은 것 같소. 위병이 쳐들어 오면 항복하는 게 상책이지, 뭐 걱정할 게 있소?"

그의 부인은 대로하여 남편 마막의 얼굴에다 침을 뱉었다.

"당신도 남자로 태어나서 여태까지 불충불의(不忠不義)의 마음을 먹고 국가의 작록(爵祿)을 엉터리로 받았구려. 어떻게 얼굴을 들고 나를 다시 보려 드시오?"

마막은 부끄러워서 아무 말도 못했다. 홀연 집안 사람들이 당황히 뛰어들며 알리는 말이 위나라 장수 등애가 어디로 왔 는지는 몰라도 2천여 명의 군사를 거느리고 일거에 성 안으로 달려들어왔다는 것이었다.

마막은 대경실색하여 황망히 뛰어나가서 항복하고 공당(公 堂) 아래 엎드린 채 울면서 등애에게 호소했다.

"소생은 투항할 마음을 먹은 지 오래 됐습니다. 이제 성중 백성과 본부 인마(本部人馬)가 모두 장군께 항복하기를 원합 니다."

등애는 그의 투항을 받아들였다. 그리고 그곳의 군마를 부하(部下)에 수용하고 마막은 향도관으로 쓰기로 했다. 홀연 보고가 들어오는데 마막의 부인이 목을 매고 자살했다는 것이었다. 등애가 그 까닭을 물었더니 마막은 사실대로 고백했다. 등애는 그 부인의 어진 행동에 감탄하고 후례(厚禮)를 갖추어 장례를 지내 주었고, 친히 나가서 제사를 지냈다. 위나라 사람들이 이 소문을 듣고 한탄하지 않은 사람이 없었다.

등애는 강유를 점령하자, 곧 음평 작은 길의 모든 군사를 그곳에 집결시켜 가지고 곧장 부성(涪城)을 들이치려고 했다. 그러니 부장 전속(田續)이 병사들이 산을 넘어오느라고 피로했으니 며칠 쉬도록 하자고 제의했다.

등애는 격분하여 좌우 사람들에 명령하여 목을 베어 버리려고 했는데, 여러 장수들이 목숨만은 살려 주자고 애원하는 바람에 억지로 용서해 주었다. 이리하여 등애가 친히 군사를 몰고 부성에 이르니, 성 안의 관리와 군민들은 하늘에서 내려온 군사들인가 의심하고 모두 나와서 항복했다.

촉인(蜀人)이 성도로 비보를 전했더니, 후주는 당황해서 황호를 불러들였다. 그러나 황호는 어디까지나 그것이 사전(詐傳)된 말이니, 믿을 필요가 없다는 것이었다.

후주가 또다시 무당을 불러들여서 물어 보려고 했을 때에는 무당은 벌써 어디론지 가 버리고 찾을 길이 없었다.

이때 각지에서 급하다는 표문이 빗발치듯 몰려드니, 후주는 깜짝 놀라 조정에 백관을 소집했으나 그들은 서로 얼굴만 쳐다볼 뿐 한 마디도 말이 없었다. 이때, 극정(郤正)이 출반하여 아뢨다.

"사태는 이미 급박했습니다. 폐하께서는 무후의 아드님을 부르셔서 퇴병책을 상의하심이 좋으실까 합니다."

무후의 아들 제갈첨(諸葛瞻)은 자가 사원(思遠), 그 어머니 황씨(黃氏)는 황승언(黃承彦)의 딸이었다. 황씨는 용모가 아주 박색이기는 했으나, 기재가 있어 위로는 천문에 통하고 아래로는 지리를 잘 알며, 도략(韜略)이니 둔갑이니 하는 책을 모르는 게 없었다. 무후가 남양에 있었을 적에 그녀가 현부임을 알고 아내로 맞은 것이니 무후의 학문에는 부인의 도움이 많았고, 무후가 죽은 뒤에는 부인도 세상을 떠났는데, 임종시의 유언도 단지 충효로써 그 아들 제갈첨을 격려했었다. 제갈첨은 어려서부터 총명했으며 후주가 딸을 주어서 부마도위(駙馬都尉)를 삼았다. 그 후 무후의 작위를 계승했었고, 경요 4년에는 행군호위장군(行軍護衛將軍)으로 승진했으나, 그때에는 황호가 멋대로 일을 다스리고 있어서 병을 핑계하고 나오지 않았었다.

그제야 후주는 극정의 진언을 받아들여서 조서를 세 통이나 연거푸 보내서 그를 불러내자 울며불며 호소했다.

"등애의 군사가 이미 부성에 들어왔으니 성도가 위태롭게 됐소. 경은 선군(先君)의 옛일을 생각하여 짐의 목숨을 구해주오!"

제갈첨도 눈물을 흘리면서 아뢨다.

"소신의 부자는 선제의 후은을 받자왔고, 폐하께도 특별한 대우를 받자왔으니 간뇌도지하온들 어찌 다 보답하겠습니까? 원컨대 폐하께서는 성도의 군사를 동원하셔서 소신이 영솔하고 나서 한 번 결사적으로 싸워 보도록 해주십시오."

제갈첨은 후주로부터 성도의 군사 7만을 맡아 가지고 여러 장수를 모아 놓고 선봉으로 나설 만한 사람이 없느냐고 물었다. 선뜻 나선 사람이 제갈첨의 맏아들 제갈상(諸葛尙)이었다. 제갈상은 이때 겨우 19세. 갖가지 병서를 읽었으며 무예에 통하지 않는 게 없었다. 제갈첨은 기뻐하면서 그에게 선봉을 명령하여, 그날 중으로 성도를 떠나 위나라의 군사와 대결하라고 했다.

한편 등애는 마막이 바친 한 권의 지리도(地理圖)를 받았는데, 거기에는 부성에서 성도에 이르는 1백 60리, 산천과 도로의 험준한 요로가 일일이 분명히 그려져 있었다. 그것을 다 보고 나서 등애가 깜짝 놀랐다.

"부성에만 있다가 촉인이 앞산을 가로막는다면 어떻게 성공하겠느냐? 시일을 지연시키다가 강유의 군사가 쳐들어오면 우리 군사는 위태롭게 되겠다."

시급히 사찬과 아들 등충을 불러서 분부했다.

"그대들은 1군을 거느리고 밤을 헤아리지 말고 면죽(綿竹)으로 쳐들어가서 촉병을 막으라. 나는 곧 뒤따라서 도착할 것이니 절대로 태만히 굴지 말 것이며, 적군에게 그 지점을 먼저 점령당한다면 그대들의 목을 베리라!"

사찬과 등충은 군사를 이끌고 면죽에 도착하자 곧 촉군의 병사와 맞닥뜨렸다. 양군이 진을 치자 두 사람이 말을 달려 문기 아래 나가 보니 촉군은 팔진(八陣)의 진법으로 진을 치고 있었다.

북소리가 세 번 울리고 문기가 양쪽으로 갈라지더니 수십

명의 대장들이 사륜거 한 채를 호위하고 나오는데, 수레 위에
단정히 앉아 있는 사람은 윤건, 우선에 학창을 입었는데, 뒷자
락이 모가 진 것이며, 수레 옆에 누런 깃발이 휘날리는데 거
기에는 ‘한승상 제갈무후’라고 씌어 있었다. 사찬·등충은 어
찌나 놀랐는지 전신에 땀이 비오듯하며 군사를 돌아다보고 말
했다.

“알고 보니 공명이 아직도 살아 있었구나! 우리도 이젠 마
지막인걸!”

급히 군사를 후퇴시키려고 했을 때, 촉병이 무찌르고 덤벼
드니 위병은 대패하여 도주했으며 촉병은 20여 리나 그대로
무찌르며 추격해 오다가 등애의 구원병이 나타난 것을 보자
군사를 거둬 들였고 등애는 본채로 돌아와서 사찬과 등충을
문책했다.

“그대들 두 사람은 싸우지도 않고 후퇴했으니 무슨 까닭이냐?”
등충이 대답했다.

“촉군의 진중에서는 제갈공명이 군사를 영솔하고 있기 때문
에 그대로 내빼 왔습니다.”

등애가 격분해서 말했다.

“설사 공명이 다시 살아났다 한들 뭣이 두렵단 말이냐? 그
대들은 경솔히 후퇴하여 싸움을 패하게 했으니 마땅히 당장에
목을 베어서 군법을 바로 잡아야겠다!”

여러 사람들이 간곡히 말리자 그제야 등애의 노기가 풀렸
다. 사람을 내보내서 초탐해 봤더니, 돌아와서 말했다. 공명의
아들 제갈첨이 대장이오, 첨의 아들 제갈상이 선봉이며, 수레
위에 앉아 있던 것은 나무로 조각한 공명의 유상(遺象)이었다

는 것이다.

등애는 그 말을 듣더니, 사찬과 등충에게 말했다.

"성공, 실패의 기회는 이번 한 번에 달렸다. 그대 둘이 또다시 승리를 거두지 못한다면 반드시 참할 것이다."

사찬·등충은 또다시 군사 1만 명을 거느리고 출전했는데 제갈상이 필마 단창(匹馬單鎗)으로 달려나와서 용감무쌍하게 두 사람을 물리쳐 버렸다.

이때 제갈첨이 또 좌우 양군을 지휘하면서 달려나와 위군의 진중으로 육박하여 좌충우돌, 수십 번을 왕래하며 무찌르니 위병은 대패했고, 죽은 자가 부지기수였다.

사찬과 등충도 부상을 입고 도주했다. 제갈첨은 군마를 몰고 20여 리나 무찌르며 그대로 쫓아와서 다시 진영을 정비했다. 사찬·등충이 돌아와서 등애를 만났는데, 등애가 보니 두 사람이 모두 부상을 당하자 아무런 문책도 하지 않고 여러 장수들과 상의했다.

"촉군의 제갈첨은 부친의 뜻을 훌륭히 계승하여 두 차례에 걸쳐 우리 인마를 1만 이상이나 죽였소. 이제 속히 격파하지 않으면 반드시 화가 미칠 것이오!"

감군(監軍) 구본(丘本)이 말했다.

"어째서 편지 한 통을 내서서 유인해 보지 않으십니까?"

등애는 그 말대로 편지 한 통을 작성해 가지고 사자를 시켜서 촉나라 영채로 보냈다. 수문장이 장하로 인도하여 그 편지를 올렸다.

제갈첨이 그 편지를 뜯어 보니, 등애는 천자의 명령을 받들고 대군을 거느리고 나와서 촉나라를 토벌하여 그 땅을 대부

분 점령했으며, 성도의 위기도 조석으로 박두했는데, 공은 어째서 응천순인(應天順人)하여 투항하지 않느냐는 말이었으며, 또 천자에게 아뢰어 제갈첨을 낭야왕(瑯琊王)으로 봉할 것이니 조종(祖宗)을 빛나게 하라 했고, 절대로 이것이 헛된 말이 아니라고 적혀 있었다.

제갈첨은 그 편지를 읽고 나더니 벌컥 화를 내며 편지를 발기발기 찢어 버리고 그 자리에서 사자의 목을 베게 하고 종자를 시켜서 그 수급을 위나라 영채로 가지고 가서 등애에게 보여주도록 했다.

등애는 격분하여 당장 나가서 싸우려 했다. 구본이 간했다.

"장군께서 경솔히 나가시면 안 됩니다. 마땅히 기병(奇兵) 작전을 써서 이기셔야 됩니다."

등애는 그 말대로 천수(天水)의 태수 왕기와 농서의 태수 견홍의 양군을 배후에 매복시켜 놓고, 친히 군사를 인솔하고 내달았다.

이때, 마침 제갈첨도 도전을 하고 싶은 생각이었는데, 홀연 등애가 친히 군사를 이끌고 나왔다는 보고를 받자 대로하여 당장에 병사를 거느리고 달려나와 위군의 진중으로 쳐들어갔다. 등애는 패주했고 제갈첨은 그대로 무찌르며 뒤를 쫓았다.

홀연 양쪽에서 복병이 내달았으니 촉병은 대패하여 면죽으로 물러나섰고 등애가 포위령을 내리니 위병은 일제히 고함을 지르며 면죽을 철통같이 둘러싸 버렸다.

제갈첨은 성 안에서 적군이 박두해 들어오는 것을 보자 팽화(彭和)에게 명령하여 편지를 가지고 포위망을 뚫고 동오로 가서 구원병을 청하도록 했다.

팽화는 동오에 도착하여, 오주 손휴를 알현하고 급함을 고하는 제갈첨의 서신을 전달했다.

오주가 그것을 다 보고 나더니, 여러 신하들과 대책을 상의했다.

"촉중이 위급하다니 내가 어찌 가만히 앉아서 보기만 하고 구원하지 않겠소?"

드디어 노장(老將) 정봉(丁奉)을 대장으로 하고, 정봉(丁封)·손이(孫異)를 부장으로 내세워서 병력 5만을 거느리고 촉나라를 구원하러 가라는 명령을 내렸다.

정봉은 출전 명령을 받자, 정봉·손이에게 군사 2만을 주어서 면중(沔中)으로 향하게 하고 자기는 친히 3만의 군사를 이끌고 수춘(壽春)으로 향하여 3로로 분병하여 구원하기로 했다.

제갈첨은 아무리 고대하고 있어도 원군이 도착하지 않으니,

"언제까지나 지키고만 있다는 것은 좋은 계책이 못 되오!"

하고 여러 장수들에게 말하고, 아들 제갈상과 상서(尙書) 장준(張遵)을 성에 남겨두어 수비하게 하고, 친히 무장을 갖추고 말에 올라 3군으로 3문을 활짝 열어젖히고 무찔러 나갔다.

등애는 이 광경을 보자, 싸우지도 않고 후퇴해 버렸다. 제갈첨이 맹렬히 추격을 했을 때 홀연 한 발의 포성이 일어나더니 사면에서 군사들이 몰려들어서 제갈첨을 가운데로 몰아 넣고 포위해 버렸다.

제갈첨은 군사를 이끌고 좌충우돌 수백 명을 죽여 버렸다. 등애가 활로 쏘라고 명령하니 촉병은 사방으로 흩어졌다.

제갈첨도 화살을 맞고 말에서 떨어졌다. 고함을 지르는 말이,

"나도 기진맥진했다! 한 번 죽어서 나라에 보답하는 길밖에

없다."

하면서, 칼을 뽑아 스스로 목을 찌르고 절명했다.

아들 제갈상이 성 위에서 부친이 군중에서 죽는 것을 보자, 발연히 대로하여 드디어 무장을 갖추고 말에 올랐다.

장준이 간했다.

"소장군(小將軍), 경솔히 나가지 마십시오."

제갈상이 탄식했다.

"우리 부자 조손(祖孫)은 나라의 후은을 받았는데, 이제 부친이 적군에게 돌아가셨으니 나 홀로 살아 뭣을 하겠소!"

그대로 말을 달려 무찌르고 나가서 진중에서 죽고 말았다.

등애는 두 사람의 충의를 가엾게 여겨 부자를 합장케 하고, 이 틈을 노려서 면죽으로 쳐들어갔다.

장준·황숭(黃崇)·이구(李球) 세 사람이 각각 1군을 이끌고 나와서 대결했으나 위나라의 대군을 당해낼 도리가 없이 세 사람이 다같이 전사했다. 이리하여 등애는 면죽을 점령하고 군사를 위로해 주자 다시 성도로 쳐들어갔다. 이야말로 후주에게 위험한 날이 닥쳐옴이 유장(劉璋)의 말로와 다름이 없게 되는 셈이다.

118. 열녀와 그 남편

哭 祖 廟 一 王 死 孝
入 西 川 二 士 爭 功

후주는 성도에서 등애가 면죽을 점령하고 제갈첨 부자가 이미 죽었다는 소식을 듣자 대경실색하여 문무백관을 급히 소집해 놓고 대책을 상의했다.

근신이 아뢌다.

"성 밖의 백성들은 늙은이를 부축하고 어린 것을 끌며, 통곡소리 천지를 진동하는 속에서 목숨을 건지려고 도주하고 있습니다."

후주가 당황하여 어쩔 줄 모르고 있는데 홀연 초마가 보고하기를, 위병이 성 아래까지 밀고 들어오려고 한다는 것이었다.

여러 관원들이 상의했다.

"군사도 장수도 그 수가 적어지고 없어졌으니 적과 대결하기는 어렵소. 일찌감치 성도를 포기하고 남중(南中)의 7군으로 달려가는 게 좋겠소. 그 땅은 험준하여 자연적으로 방비할 수 있으니 만병(蠻兵)의 힘을 빌려서 다시 극복해도 늦지는 않을 것이오."

광록대부 초주가 말했다.

"안 되오. 남만은 오랫동안 거들떠보지도 않던 곳이니, 평소에 아무런 혜택도 준 일이 없다가 이제 달려가면 반드시 큰 화를 입을 것이오."

여러 관원들이 또 아뢨다.

"촉나라와 오나라는 이미 동맹을 맺고 있으니 이렇게 사태가 급박한 때는 그곳으로 갈 수 있다고 생각됩니다."

초주가 또 간했다.

"자고로 남의 나라에 의지해서 천자가 된 사람은 없었습니다. 신의 생각으로는 위나라는 능히 오나라를 점령할 수 있어도, 오나라는 위나라를 점령하지 못하리라고 믿습니다. 그러니 오나라에 가서 칭신(稱臣)한다는 것은 첫째가는 치욕입니다. 또 만약에 오나라가 위나라에게 점령당한다면 폐하께서는 또다시 위나라에 칭신하셔야 될 것이오니 이것은 두번째 치욕입니다. 오나라에 투항하지 마시고 위나라에 귀순하심이 좋겠습니다. 위나라에서는 반드시 국토를 나누어서 폐하께 봉해 드릴 것이오니, 위로는 친히 종묘를 지키실 수 있으며, 아래로는 백성을 안전하게 하실 수 있으실 것이오니, 원컨대 폐하께서 고려하시기 바랍니다."

후주는 결단을 내리지 못하고 궁중으로 들어가고 이튿날이 되자 여러 사람들의 이론이 분분하였다. 초주는 사태가 급박함을 알고 또다시 표를 올려 간했다.

후주가 초주의 말대로 투항하러 나서려고 했을 때, 홀연 병풍 뒤에서 한 사람이 나타나더니 날카로운 음성으로 초주를 매도했다.

"목숨만을 아까워 하는 썩어빠진 놈아! 어찌 함부로 사직의 대사를 망령되게 궁리한단 말이냐? 자고로 남의 나라에 항복한 천자가 어디 있었단 말이냐?"

후주가 바라보니 바로 다섯째 아들 북지왕(北地王) 유심(劉諶)이었다. 후주는 아들 일곱을 낳았는데, 첫째아들이 유선(劉璿)이오, 둘째가 유요(劉瑤), 셋째가 유종(劉琮), 넷째가 유찬(劉瓚), 다섯째가 바로 북지왕 유심이었고, 여섯째가 유순(劉恂), 일곱째 아들이 유거(劉璩)였는데, 일곱 아들 가운데서 오직 유심만이 어렸을 적부터 총명하고 지나치게 영민했으며, 나머지는 모두 나약하고 착하기만 했다.

후주가 유심에게 말했다.

"대신들은 모두 투항함이 마땅하다고 하는데 너 혼자만이 혈기만을 믿고 만성(滿城)을 유혈 속에 빠뜨리겠다는 거냐?"

유심이 대답했다.

"옛적에 선제께서 재세시에 초주가 국정에 관여한 일이 없었사온데, 이제 망령되게 대사를 논의하고 말을 함부로 하오니 매우 이치에 맞지 않는 일입니다. 신이 간절히 생각하옵건대, 성도의 군사는 아직도 수만 명은 있사옵고 강유의 전군이 모두 검각에 있사오니, 만약 위병이 성도에 침범하는 줄만 안다 하오면 반드시 구원하러 올 것입니다. 내외에서 공격하면 전공(全功)을 거둘 수 있습니다. 어찌 썩어빠진 선비의 말을 들으시고 경솔히 선제의 기업을 폐하시겠습니까?"

후주가 호통쳤다.

"너 따위 어린 놈이 어찌 천시(天時)라는 것을 알겠느냐?"

유심이 머리를 조아리고 통곡했다.

"만약에 세궁역진(勢窮力盡)하여 화가 미쳐오는 것이라고 하오면 부자·군신 다같이 성을 등에 지고 한 번 싸워서 사직과 함께 죽어서 선제를 뵈옴이 좋겠거늘 어찌 적에게 투항을 하겠습니까?"

후주는 그래도 말을 듣지 않았다. 유심이 방성통곡을 했다.

"선제께서도 용이하게 기업을 창업하신 바 아니온데, 어찌 일조일석에 이것을 버리겠습니까? 저는 차라리 죽는 한이 있더라도 그런 모욕은 당하지 않겠습니다!"

후주는 마침내 근신에게 명령하여 유심을 궁문 밖으로 끌어 내게 하고, 초주를 시켜서 항서(降書)를 작성케 하여 사서시중(私署侍中) 장소(張紹), 부마도위(駙馬都尉) 등량(鄧良)을 파견하여 초주와 함께 옥새를 가지고 낙성으로 가서 투항하게 했다.

이때, 등애는 매일 수백의 철기(鐵騎)를 시켜서 성도를 초탐케 했다. 그날 항복하는 기가 세워진 것을 보고 등애가 기뻐서 어쩔 줄 모르고 있는데, 얼마 안 되어서 장소 일행이 도착하니 등애는 사람을 시켜서 맞아들이게 했다. 세 사람은 섬돌 아래 배복하고 항관옥새(降款玉璽)를 바쳤다. 등애는 항서(降書)를 뜯어 보고 크게 기뻐하며 옥새를 받아들였고, 장소·초주·등량 일행을 정중히 대접했다.

등애는 또 답서를 작성해서 세 사람에게 주어 성도로 돌려보내 인심을 안정시키도록 했다. 세 사람은 등애에게 절하고 성도로 급히 돌아와서 후주를 입견하고 답서를 올렸으며, 등애가 대접을 잘 하더란 말을 상세히 보고했다.

후주는 그것을 뜯어 보더니 크게 기뻐하며 곧바로 태복(太僕) 장현(蔣顯)에게 칙령(勅令)을 내려서 강유에게 가서 항복하라 명령하도록 하고, 상서랑(尙書郎) 이호(李虎)를 시켜서 등애에게 문부(文簿)를 전달시켰는데, 호수(戶數)가 도합 28만, 남녀 94만, 갑옷 입은 장수 수가 10만 2천, 관리 4만, 식량 40여 만, 금은 3천 근, 비단 사견(絲絹)이 각 20만 필이었으며, 나머지 물건은 창고 속에 있는지라 수효에 넣지 않았고, 12월 초 하루를 택하여 군신(君臣)이 다같이 나가서 항복하기로 했다.

북지왕 유심은 이 소식을 알자 노기충천하여 그 즉시 칼을 차고 궁중으로 들어왔다.

그의 아내 최부인(崔夫人)이 물었다.

"대왕께서는 오늘 안색이 이상하시니 무슨 까닭이십니까?"

유심이 대답했다.

"위병이 머지않아 닥쳐들 것이오. 부황(父皇)께서 이미 항관을 바치셨고, 내일이면 군신이 나가서 항복한다 하니 우리 사직은 이것으로 멸망하는 것이오. 나는 먼저 죽어서 선제를 지하에서 뵙는 한이 있더라도 타인 앞에 무릎을 꿇지는 않겠소!"

최부인의 말이,

"훌륭하십니다! 훌륭하십니다! 어차피 돌아가신다 하오면 첩부터 먼저 죽여 주시고 왕께서 돌아가셔도 늦지는 않을까 합니다."

하니 유심이 물었다.

"그대는 무엇 때문에 죽소?"

최부인이 대답했다.

"왕께서 부친을 위하셔서 돌아가시는 일이나, 첩이 남편을 위하여 죽는 일이나 그 의(義)는 같은 것인데 뭣을 물으실 필요가 있겠습니까?"

말을 마치자 최부인은 머리를 기둥에 부딪쳐 죽고 말았다. 유심이 세 아들을 자기의 손으로 죽이고, 아내의 목을 베어 가지고 소열묘(昭烈墓)로 가서 땅에 엎드려 통곡했다.

"소신은 기업을 타인에게 버려 줌이 부끄러워 볼 수 없기로 먼저 처자를 죽여서 거리낌을 끊고 나서 이 일명으로 조부님께 보답하고자 하오니 조부님께서 영혼이 계시다 하오면 이 손자의 마음을 알아 주시옵소서!"

한바탕 방성통곡을 하고, 눈에는 피를 흘리며 자기 손으로 목을 찔러 죽고 말았다. 촉인들이 이 소문을 듣고 애통해하지 않는 사람이 없었다.

뒷 사람이 그의 죽음을 슬퍼하여 다음과 같은 시구를 남겼다.

군신이 달게 무릎을 꿇었으나
한 아들만이 홀로 슬퍼하네.
서천의 일은 이미 사라졌으나
웅장하도다 북지왕이여!
몸을 버려 열조에 보답하고
머리를 부둥켜 뜯으며
창공을 우러러 통곡하니
늠름하게 사람은 살아 있는 듯
누가 한나라가 이미 망했다 하랴!

君臣甘屈膝　一子獨悲傷
去矣西川事　雄哉北地王

損身酬烈祖   搔首泣穹蒼
凜凜人如在   誰云漢已亡

　후주는 북지왕이 자살했다는 소문을 듣고 사람을 시켜서 매장하라 했다.
　이튿날, 위나라 군사는 대거 도착했고, 후주는 태자제왕(太子諸王)과 여러 신하 60여 명을 인솔하고 자신을 결박하고 상여를 타고 북문 10리 밖에 나가서 투항했다. 등애는 후주를 부축해서 일으키며 친히 그 결박한 것을 풀어 주었고, 타고 온 상여를 태워 버리고 난 후 수레를 나란히 하여 성 안으로 들어왔다.

　이리하여 성도 사람들은 모두 향화(香花)를 들고 영접했고, 등애는 표기장군(驃騎將軍)으로 모셨으며, 나머지 문무제관들에겐 각각 계급의 고하에 따라서 벼슬자리를 주었다. 후주를 궁중으로 돌아가게 한 후 방을 내붙여서 민심을 안정시키고 창고의 이관(移管)을 받았다. 또 태상(太常) 장준(張峻), 익주(益州)의 별가(別駕) 장소(張紹)를 각군으로 파견하여 군민을 항복시키게 하고, 강유에게도 사람을 보내서 항복을 설득시키도록 했다. 한편 낙양으로도 사람을 보내서 첩보를 전했다.
　등애는 황호가 간험하다는 소문을 듣고 목을 베려 했으나, 황호는 등애의 좌우 측근자에게 금은 보배로 뇌물을 먹이고 죽음을 간신히 면했다.
　이리하여 한나라는 마침내 멸망하고 말았다.
　이때, 태복(太僕) 장현이 검각에 도착하여 후주의 칙명을 전달하고 투항했다는 사실을 알렸더니 강유는 어찌나 놀랐던지 입만 벌리고 말을 못했다.

장하의 모든 장수들은 그 소식을 알자 일제히 원망하며 눈을 부릅뜨고 이를 악물고 머리털을 뻗치고 칼을 뽑아 돌을 치며 소리를 질렀다.

"우리들은 목숨을 내걸고 싸우고 있는데 어째서 먼저 항복을 했단 말이냐!"

통곡소리가 수십 리 밖에까지 들렸다. 강유는 인심이 아직도 한나라를 생각하고 있음을 알고 부드러운 말로써 어루만져 주었다.

"여러 장수들 걱정 마시오. 나에게 한실을 부흥시킬 수 있는 한 가지 계책이 있소."

모든 사람이 무엇이냐고 물었다.

강유는 여러 장수들의 귓전에다 대고 뭣인지 속삭여서 계책을 알려 주었다.

그 즉시 검문관(劍門關)에는 온통 항복하는 기가 꽂혔다.

그리고 먼저 사람을 시켜서 종회의 영채로 보고하게 해서, 강유가 장익·요화·동궐을 거느리고 항복하겠다고 말하게 했다.

종회는 기뻐서 어쩔 줄 모르며, 사람을 시켜서 강유를 영접케 했다. 강유가 장으로 들어갔다.

종회가 말했다.

"백약(강유)! 왜 이다지 늦게 왔소?"

강유는 정색을 하고 눈물을 흘리면서 말했다.

"국가의 전사(全師)가 나에게 있으니 여기 온 것도 오히려 빨리 온 셈이오."

종회는 심히 기특한 말이라 생각하고 얼른 자리에서 내려와 맞절을 하고 상빈(上賓)으로 대접했다.

강유가 종회에게 말했다.

"듣자니 장군께선 회남(淮南) 이래 계책마다 어긋남이 없었고, 사마씨의 극성(極盛)함도 모두 장군의 힘이라기에 이 강유는 달게 여기 머리를 수그린 것이오. 만약에 등사재(등애)가 상대였다면 마땅히 결사적으로 싸워 봤지 어찌 이렇게 투항하려 들었겠소?"

종회는 화살을 꺾어서 맹세하고 강유와 형제를 맺었으니, 그 정이 매우 각별했으며 여태까지나 마찬가지로 병사를 영솔하도록 하라고 했다. 강유는 남몰래 기뻐하면서 장현을 성도로 돌려보냈다.

한편, 등애는 사찬을 익주 자사로 하고 견홍과 왕기도 각각 주군(州郡)을 맡도록 해주고, 또 면죽(綿竹)에 축대를 쌓아서 전공(戰功)을 표창하고, 촉중의 여러 관원들을 전부 소집하여 주연을 베풀고 술을 마셨다.

술기운이 거나하게 돌아가고 있을 때 등애는 여러 관원들을 손으로 가리키며 말했다.

"그대들은 다행히 나 같은 사람을 만났기 때문에 오늘이 있게 된 것이오. 만약에 다른 장수를 만났다면 모두 몰살을 당했을 것이오."

여러 관원들이 몸을 일으켜서 절하고 있을 때, 홀연 장현이 나타나더니 강유가 자진하여 종회진서(종회)에게 투항했다고 했다. 등애는 종회를 몹시 미워하고 마침내 사람을 시켜서 편지를 가지고 낙양에 가서 진공 사마소에게 전하도록 했다. 사마소가 그 편지를 받아 보았다.

　신 등애 간절히 아룁니다. 군사에는 성예(聲譽)가 앞선 다음에 실상이 뒤따른다고 합니다. 이제야말로 촉나라를 평정한 기세로써 오나라를 쳐서 석권하기에 좋은 시기입니다. 그러나 큰일을 치른 뒤인지라 장사들이 피로하여 곧 쓸 수가 없게 됐으므로 농우의 군사 2만과 촉병 2만을 남겨 두어 염전과 광산 일을 돌보게 하고 아울러 배를 만들게 해서 순조로운 계책에 대비해 두고, 사신을 보내서 이해관계를 설득하면 오나라는 토벌하지 않고도 평정할 수 있으리라고 생각합니다. 또 유선(劉禪)을 후대하였다가 손휴(孫休)를 치게 함이 좋을 것이오. 만약에 지금 곧 유선을 서울로 불러올린다 하면 오인이 반드시 의심할 것이오니, 이것은 귀순하여 향화(向化)하는 마음을 권하는 일이 못 되므로, 우선 촉나라에 머물러 있게 해두었다가 내년 겨울에 상경케 할까 합니다. 이제 즉시 유선을 부풍왕(扶風王)에 봉하시고 재물을 주어서 좌우의 측근자들을 먹이게 하고, 그 아들에게 작을 내려 공경(公卿)을 삼으셔서 귀명지총(歸命之寵)을 나타내게 하신다면 오인은 위엄을 두려워하고 덕을 품어, 바람결을 따르듯이 복종하게 되리라고 생각합니다.

　사마소는 이 편지를 다 보고 나자, 등애가 제멋대로 하고 싶은 마음이 있지나 않을까 깊이 의심하고 우선 위관(衛瓘)에게 편지를 보내놓고 나서 등애를 봉(封)하는 조서를 내렸다.

정서장군 등애는 위엄을 빛내고 무용을 발휘하여 적진에 깊이 들어가 참호지주(僭號之主)를 자진해서 귀항케 함에 있어서 군사는 때를 넘지 않았고, 싸움은 날을 마치지 않고, 출전한 지 미구에 구름이 걷히듯 돗자리를 말듯 파촉(巴蜀)을 탕정(蕩定)하였으니 그 공훈이 백기(白旗)가 강초(强楚)를 격파하고 한신(韓信)이 힘센 조(趙)나라를 이겨 낸 데 못지않도다. 이에 등애를 태위로 삼고 2만 호를 증읍(增邑)하며 두 아들을 정후(亭侯)에 봉하여 각각 식읍(食邑) 천 호(千戶)를 주게 하노라

등애가 조서를 받고 나니 감군 위관이 사마소의 편지를 꺼내서 등애에게 주었다. 그 편지 속에는 등애가 말한 바 일은 나중에 아뢸 것이며, 아무렇게나 청할 일이 아니라고 적혀 있었다.

등애가 말했다.

"장수는 밖에 있으면 군명도 받을 수 없을 때가 있다는데, 내가 조명을 받들고 출정한 이상 어째서 나의 의사를 함부로 가로막아 버린단 말인가?"

또 편지를 써 사자를 낙양으로 보내서 전달하게 했다.

이때에 조정 안에서는 모든 사람들이 등애가 반드시 모반할 마음을 품고 있다고 하는지라, 사마소는 점점 더 의심을 품고 그를 꺼리게 됐는데, 이러는 판에 마침 사자가 돌아와서 등애의 편지를 올렸다.

사마소가 그 편지를 뜯어보았다.

등애, 명령을 받들고 서정(西征)한 이래 원악(元惡)이 이미 굴복하였으므로 권도에 의하여 일을 처리하여 귀순한 지 얼마 안 되는 자들을 안정시켰습니다. 만약에 국명만을 기다리고 있었다면 왕복하는데 시일만 지연되었을 것입니다. '춘추지의(春秋之義)'에도, 대부(大夫)가 나라를 나왔으면 사직을 안정하고 국가를 이롭게 함이 가하다 했습니다. 이제 오나라가 아직 귀순하지 않은 채 촉나라와 연결을 맺고 있으니 대수롭지 않은 일에 구애되어 사기를 잃어서는 안 됩니다. 병법에도 앞으로 나감에 명(名)을 구하지 않고 뒤로 물러섬에 죄(罪)를 피하지 않는다고 했습니다. 등애에게 비록 옛 사람의 절개가 없다 할지라도 어디까지나 나라에 해를 끼치지는 않을 것이므로 우선 이쯤 아뢰옵고 옳다고 여기시면 시행하시기를 바랍니다.

사마소는 다 보고 나더니 깜짝 놀라면서 황망히 가충과 대책을 강구했다.

"등애가 공로만 믿고 교만해져서 제멋대로 행사를 하니 배반할 의사는 명백히 드러났소. 어찌 했으면 좋겠소?"

가충이 대답했다.

"주공께서는 어째서 종회에게도 벼슬을 봉하셔서 등애를 제거하시지 않으십니까?"

사마소는 그 말대로 사자를 시켜 조명을 받들고 가서 종회를 사도(司徒)에 봉하게 했다.

그리고 위관에게 명령하여 양로군을 감독하도록 하고 또 그에게 편지를 주어서 종회와 함께 등애의 거동을 감시하여 변고를 방지하도록 했다.

종회는 봉(封)을 받자 곧 강유를 불러 상의했다.

"등애는 나보다 많은 공을 세워서 태위의 직을 봉했는데, 사마공은 그에게 배반할 마음이 있지나 않은가 의심하여 위관을 감군(監軍)에 명령하고 나에게 조명을 내려 그를 제지하게 하는데, 백약(강유)에게는 무슨 고견이 없소?"

"듣자니 등애는 출신이 미천하며 어렸을 적에는 시골서 소나 몰며 자랐다는데 이번에는 요행 음평(陰平)을 나무에 오르고 절벽에 매달려서 빠져 나왔기 때문에 큰 공을 세운 것이지, 결코 양모(良謀)에서 이루어진 일은 아니오. 모두가 국가의 홍복(洪福)에 덕을 본 것뿐이오. 만약에 장군이 이 강유를 검각에 몰아넣지 않았다면 어찌 성공을 했겠소? 이제 촉주를 부풍왕에 봉하려 하는 것은 촉인의 마음을 사로잡자는 꾀이니 그 배반하려는 마음이야 말하지 않아도 알 수 있는 일이오. 그러니 진공(晉公)이 의심하는 것은 바로 이 점이오."

강유는 종회에게 조용히 이야기하고 싶은 일이 있으니 좌우 측근자를 물러나게 해달라고 넌지시 말하고 나서, 한 장의 지도를 꺼내서 종회에게 주면서 그것은 옛날에 무후가 이 지도를 선제에게 바쳐서 익주가 옥야천리(沃野千里), 백성은 번성하고 나라가 부유한 땅임을 설명했기 때문에 선제가 성도에서 창업을 했던 것이니, 등애도 그곳에 들어갔으니 미칠 듯이 날뛸 것이 뻔하다고 말해 주었다.

종회는 어떻게 등애를 처치했으면 좋겠느냐고 강유에게 상의했다. 강유는 진공이 의심을 품고 있을 때 급히 표를 올려서 등애가 모반하고 있는 사실을 보고하면, 곧 종회에게 등애를 토벌하라는 명령이 내릴 것이니 그때에는 등애를 당장에 붙잡을 수 있을 것이라고 계책을 세워 주었다.

종회는 그 즉시 낙양으로 사자를 보내서 표를 올리고 등애가 불원간 반드시 배반하리라는 구체적 사실을 들어서 아뢰게 했다.

사마소는 종회의 표를 받아 보자 대로하여 당장에 종회에게 사신을 보내어 등애를 체포하라 명령했고, 가충에게 군사 3만을 주어서 사곡으로 출동케 하고, 자기 자신도 위주 조환을 출동시켜서 친정(親征)에 나서도록 했다.

이때 서조의 아전 소제가 간했다.

"종회의 군사는 등애의 6배나 되오니 그에게 명령하셔서 등애를 잡도록 하실 것이지, 친히 출마하실 필요는 없으십니다."

그러나 사마소는 껄껄껄 웃었다.

"그대는 자신이 예전에 종회가 배반할 것이라고 나에게 말했던 것을 잊었소? 내가 가는 것은 등애 때문이 아니고 종회 때문이오."

"소생은 공께서 그런 사실을 잊어버리시지나 않았나 해서 말씀드린 것이오니 절대로 누설되지 않도록 해야겠습니다."

사마소는 그의 말이 옳다 하고, 드디어 대군을 동원하여 떠났다. 이때, 가충도 종회에게 배반할 마음이 있는 것이 아니냐고 걱정스럽게 사마소에게 넌지시 말했더니, 사마소가 대답했다.

"그렇다면, 그대를 내보내 놓으면 이번에는 그대마저 의심해야겠군! 어쨌든 장안에 도착하면 자연 명백해질 것이오."

이런 사실을 염탐꾼이 재빨리 종회에게 알리니, 종회는 사마소가 이미 장안으로 오고 있다는 사실을 알게 되자, 당황하여 강유를 불러 등애를 붙잡을 대책을 상의했다.

이야말로 서측의 항장(降將)을 받아들이자마자 또다시 장안
의 대병을 보게 될 판이다.

119. 놀림감이 된 임금

假投降巧計成虛話
再受禪依樣畫葫蘆

종회가 강유를 불러서 등애를 붙잡을 계책을 상의해 보았더니 강유의 말이, 감군(監軍) 위관(衛瓘)을 시켜서 등애를 붙잡도록 해보고, 등애가 만약에 위관을 죽이려고 한다면 그것은 배반할 의사가 명백한 것이므로 그때, 종회가 군사를 일으켜서 토벌하는 것이 좋겠다는 계책을 제공했다.

종회가 기뻐하면서 즉시 위관에게 명령하여 부하 수십 명을 거느리고 성도로 가서 등애 부자를 체포하라고 명령했더니, 위관의 부하는 이런 계책의 밑바닥을 들여다보고 가지 말라고 만류했다. 그랬더니 위관의 말이,

"나는 나대로 생각하는 바가 있소."

하면서, 떠나기 직전에 2, 30통의 격문을 각처로 뿌렸다. 그 격문에는 조명을 받들고 등애를 체포하러 가는데, 다른 사람들은 추호도 관련이 없으니 일찍 귀순하면 전직에 따라서 벼슬 자리도 줄 것이며 출두하지 않는 자는 삼족을 멸하겠다고 적었다.

그러고는 함거(檻車) 두 채를 마련해 가지고 성도로 달려갔다.

닭이 울고 날이 밝을 무렵에 격문을 보게 된 등애의 부장들

은 일제히 위관의 말 앞에 나와서 항복했다.

등애는 마침 부중에서 일어나지 않고 있었는데, 홀연 위관이 부하 수십 명을 거느리고 뛰어들어 호통을 쳤다.

"조명에 의하여 등애 부자를 잡으러 왔다."

깜짝 놀라 침상에서 굴러 떨어지는 등애를 위관은 무사들에게 명령하여 결박시켜 함거 속에 처넣었다. 영문도 모르고 달려나온 아들 등충도 역시 붙잡혀서 함거 속에 처넣었다.

이때 벌써 한편에서는 종회의 대군이 쳐들어왔다고 일대 혼란이 일어나고 있었다. 종회는 강유와 함께 말을 버리고 부중으로 뛰어들었는데, 등애의 부자가 이미 결박되어 있는 것을 보고 채찍으로 내리치며 매도했다.

"소나 몰던 자식이 어찌 감히 버릇 없는 짓을 하느냐?"

강유도 역시 등애를 매도했다.

"되지도 못한 놈이 요행만 믿고 까불었기 때문에 오늘 혼이 나는 거다!"

등애도 지지 않고 욕설을 퍼부었지만, 종회는 등애 부자를 낙양으로 수송해 버리고 말았다.

성도로 들어간 종회가 등애의 군사를 모조리 수하에 포섭하고는 위세가 당당해져서 이제야말로 우리는 비로소 소원성취를 했다고 말했더니, 강유가 말했다.

"이제 공께서는 큰공을 세우시고 그 위력이 사마공만 못지 않게 되셨으니, 이제부터는 배를 타시고 행방을 감추시어, 옛적에 한나라의 장량(張良)이 했듯이 신농시대(神農時代)의 선인 적송자(赤松子)를 따라서 공부나 하시는 게 어떠시겠소?"

종회가 깔깔깔 웃으며 말했다.

"우리가 이제 겨우 40미만에 이제부터 공명을 세울 텐데 그렇게 세상을 도피할 까닭은 없다고 생각하오."

"그렇게 한가한 신세가 되기 싫으시다면 물론 좋은 계책이 있으실 것이니, 이는 공이 알아서 하실 노릇이지, 이 노부(老夫)의 말이 필요하겠소?"

이때부터 두 사람은 매일같이 대사를 상의했으며, 강유는 비밀리에 후주에 서신을 보내서 조금만 더 참고 있으면 반드시 기울어진 사직을 다시 바로잡고 한실을 부흥시킬 날이 머지않아 다가올 것이라고 연락해 주었다.

종회와 강유가 모반을 획책하고 있을 때, 홀연 사마소의 편지가 날아들었는데, 자기는 종회가 등애를 잡지 못하고 놓쳐 버리지나 않나 걱정이 되어서 장안까지 나왔다는 것이었다.

종회는 그 의미를 재빨리 알아차렸다. 등애의 몇 갑절의 병력을 가진 자기가 등애를 잡지 못할까 걱정한다는 것은 어떤 다른 의심에서 나온 소행이라는 것을 간파했다.

종회는 배짱을 든든히 하고 최후의 사태를 각오했으며, 그 옆에서 강유가 또 꾀를 냈다.

"곽태후께서 돌아가셨다고 하는데, 사마소를 주살하여 시살죄(弒殺罪)를 다스리라는 태후의 조명을 받으셨다 하면 좋지 않겠소. 공의 재간을 가지면야 중원을 석권하기는 쉬운 노릇이오."

종회는 강유를 선봉으로 내세우기로 서로 약속하고, 원소절(元宵節―정월 15일)을 기하여 주연을 베풀어 대장들을 한 자리에 모아 놓고 그들의 심중을 타진해 보기로 했다.

강유는 남몰래 기쁨을 금치 못하고 있었다. 그 이튿날 주연석상에서 술이 몇 순배째 돌아가고 있을 때, 종회는 술잔을 손에 든 채 갑자기 소리를 지르면서 엉엉 울었다. 대장들이 깜짝 놀라서 그 까닭을 물었더니, 종회가 대답했다.

"곽태후는 임종시에 나에게 유명을 내리셨소. 사마소가 대역무도하여 남궐(南闕)에서 시군(弑君)하고 조만간 위나라를 찬탈하려고 하니 토벌하라고 하시었소. 그대들도 각자 첨명(簽名)하여 함께 성사하도록 하기 바라오."

여러 사람들이 깜짝 놀라 서로 얼굴들만 쳐다볼 뿐이었다.

"내 말에 거역하는 사람은 참할 것이오!"

종회가 칼을 뽑아 들고 호령을 하니 모든 사람은 부들부들 떨면서 어쩔 수 없이 첨명을 했다. 그러고 난 다음에 종회는 대장들을 궁중에 감금하고 무사들을 시켜서 감시케 했다.

강유가 또 꾀를 냈다.

"내 생각 같아서는 여러 장수들이 복종하지 않는다면 갱에 넣어 죽여 버리는 게 좋겠소."

"나도 벌써 궁중에 갱을 파게 하고 만반 준비를 갖추고 있으며, 큰 몽둥이를 수천 자루나 마련해 뒀으니 복종하지 않는 놈은 때려 죽여서 묻어 버리겠소."

두 사람이 주고받는 말을 종회가 가장 아끼는 부장 구건(丘建)이 옆에 있다가 들었다. 구건은 본래 호열(胡烈)의 수하에 있었는데, 그때 마침 호열도 궁중에 감금당해 있었는지라 종회가 한 말을 몰래 호열에게 알려 주었다. 대경실색한 호열은 눈물을 흘리며 부탁했다.

"아들 호연(胡淵)이 군사를 거느리고 이곳을 포위하고 있을 텐데 그놈은 종회가 이런 못된 마음을 먹고 있는 줄을 전혀 모르고 있을 것이니 옛 정리를 생각하고 한 마디만 그놈에게 전해 주시오."

구건은 이런 부탁을 받고 종회에게 가서 청을 드렸다.

"지금 대장들이 궁중에 감금되어 있사온데 먹고 마시는 것이 불편한 모양이오니 한 사람을 시키셔서 드나들며 시중들게 하심이 좋겠습니다."

종회는 구건을 어디까지나 믿고 있었기 때문에 바로 구건에게 그 일을 감독해서 선처하라고 명령하면서 비밀이 누설되지 않도록 천만 조심하라고 신신당부했다. 구건은 종회가 추호도 의심치 않도록 대답해 놓고, 몰래 호열의 심복을 궁중으로 들여보내서 밀서를 부탁하여 호연의 영내로 전달하도록 했다.

호연은 대경실색하여 그 밀서를 두루두루 각영으로 돌려서 여러 사람이 다 알도록 했다.

격분한 여러 대장들은 호연의 영내로 몰려들어서 상의했다.

"우리가 비록 이대로 죽는다 할지라도, 어찌 역적에게 복종할 수 있겠소?"

"정월 18일에 궁중으로 쳐들어가서 여차여차합시다."

감군 위관은 호연의 계책을 매우 기뻐하고, 당장에 군사를 정비해 놓고, 구건에게 명령하여 이런 사실을 호열에게 전달시키고, 호열은 또다시 여러 대장들에게 알렸다.

강유는 또 종회에게 무시무시한 계책을 제공했다.

"대장들은 모두 복종치 않을 배짱들인 모양이오. 살려 두었다가는 반드시 해가 미칠 것이니 일찌감치 죽여 버리는 게 좋겠소."

종회는 그 말대로 강유에게 명령하여 무사들을 거느리고 위나라의 대장들을 죽이러 가라고 명령했다. 강유가 그것을 승낙하고 행동을 개시하려 나서려고 했을 때, 갑자기 극심한 가슴통증이 일어 졸도하니 부하들이 부축해 일으켜서 한참 만에야 맑은 정신이 들었다. 이때, 궁전 밖에서 홀연 사람들이 소동을 일으키고 있다는 보고가 들어왔다. 종회가 사람을 내보내서 무슨 일인지 알아보려고 했는데 벌써 무수한 군사들이 문 안으로 달려들었다. 종회가 문을 잠그라고 명령을 내렸으나 군사들이 전 위에서 기왓장을 벗겨서 내동댕이치니 순식간에 수십 명의 사상자를 냈다.

그리고 궁전 안팎에서 불길이 치밀었다. 쳐들어온 군사들은 문을 부수고 몰려들었다. 종회는 친히 칼을 휘두르며 순식간에 몇 명을 찔러서 거꾸려뜨렸다. 그러나 그도 마침내 빗발치듯 퍼붓는 화살을 맞고 쓰러지지 않을 수 없었다. 여러 장수들은 종회의 목을 베어 버렸다.

강유도 칼을 뽑아 들고 전으로 뛰어 올라와서 좌충우돌, 갈팡질팡 마구 무찔러 댔으나 불행히도 가슴앓이가 다시 치밀어서 하늘을 우러러보며 소리를 질렀다.

"나의 계획은 실패했다! 천명이다!"

그리고 제 칼로 목을 찔러 죽고 말았다. 그의 나이 59세. 궁중의 사망수는 수백 명에 달했다.

위관(衛瓘)이 명령을 내렸다.

"중군은 각각 영소(營所)로 돌아가서 왕명을 기다리라!"

격분한 위병들은 그 말에는 귀도 기울이지 않고 강유에게 달려들어 원수를 갚으려고 배를 갈라 봤더니 강유의 쓸개는 크기가 달걀만큼이나 컸다.

대장들은 또 가족을 잡아서 하나도 남기지 않고 모조리 죽였다. 등애의 부하들은 종회와 강유가 죽은 것을 보자 밤을 헤아리지 않고 등애를 도로 찾으려고 달려갔다.

이런 사실을 재빨리 위관에게 알려준 사람이 있었다. 위관이 말했다.

"등애는 내가 잡았다. 이제 그를 살려 둔다면 나는 몸을 묻을 곳이 없게 될 것이다."

이 말을 듣자 호군(護軍) 전속(田續)이 말했다.

"전에 등애가 강유를 공략했을 때, 소생은 놈에게 하마터면 죽을 뻔했습니다. 오늘이야말로 그 원수를 갚아 주고 싶습니다."

위관은 심히 기뻐하면서 그 즉시 그에게 군사 5백 명을 주어서 뒤를 쫓게 하니, 전속이 면죽까지 쫓아갔을 때, 마침 등애 부자는 함거에서 구출되어 성도로 돌아오려는 중이었다. 자기편 사람이 나타난 줄로만 알고 아무 생각 없이 영접하다가 전속의 한칼에 목이 날아가 버렸다. 등충도 역시 난군 중에서 절명했다.

강유·종회·등애가 이미 죽었고, 장익도 난군 중에서 죽었으며, 태자 유선(劉璿), 한수정후(漢壽亭侯) 관이(關彝)도 모두 위나라 병사들에게 살해당했다. 군민간에 일대 소동이 일어나서 아우성을 치고 서로 디디고 밟고 하는 아수라장에 죽은 사람도 부지기수였다.

열흘쯤 지난 뒤에 가충이 먼저 도착하여 방을 내붙이고 민심을 안정시켰기 때문에 소란이 겨우 가라앉았다. 위관을 성

도에 남겨 두고 후주는 낙양으로 옮겨갔는데, 그를 따르는 사
람으로는 상서령 번건, 시중 장소, 광록대부 초주, 비서랑 극
정 등밖에 없었다. 요화·동궐 등도 모두 병을 핑계로 두문불
출하다가 울화병으로 죽었다.

이때 위나라는 경원 5년(서기264면)을 함희 원년(咸熙元
年)으로 고쳤다.

봄 5월에 오나라 대장 정봉은 촉나라가 멸망한 것을 알자,
오나라로 되돌아왔는데 중서승(中書丞) 화핵(華覈)이 오주 손
휴에게 아뢨다.

"오나라와 촉나라는 이와 입술의 관계에 있습니다. '입술이
망하면 이가 견딜 수 없다(脣亡則齒寒)'고 합니다. 소신의 생
각으로는 사마소가 미구에 우리나라를 공격하리라고 믿습니
다. 그러니 폐하께서는 깊이 방어책을 강구하셔야겠습니다."

손휴는 그 말대로, 육손의 아들 육항(陸抗)을 진동대장군
(鎭東大將軍)에 봉하고, 형주목을 임명하여 양강(襄江) 어귀
를 지키게 하고 좌장군 손이(孫異)에게 남서(南徐)의 각처 요
로를 든든히 지키게 하고, 또 장강 연안 일대의 수백 영에 둔
병케 하여 노장 정봉이 통솔 감독하도록 해서 위나라 군사를
방비하고 있었다. 건녕(建寧) 태수 곽과(霍戈)는 성도를 지키
지 못하게 되었음을 알자, 소복을 입고 서쪽 하늘을 사흘 동
안이나 바라다보며 통곡했다. 여러 장수들이 말했다.

"한주(漢主)께서 이미 실위하셨는데, 왜 빨리 투항하지 않
으십니까?"

곽과가 울면서 말했다.

"길이 멀리 막혀서 우리 주공의 안위도 알 수 없고, 만약에 위

주가 예의를 갖추어 대접한다면 성을 다 내놓고라도 투항해도 늦지 않지만, 만약에 우리 주공을 위태롭고 욕되게 한다면 주인이 욕을 보면 신하는 죽는 법이니 어찌 이대로 투항하겠소?”

여러 사람들도 이 말에 찬성하고 낙양으로 사람을 급히 보내서 후주의 소식을 탐지하도록 했다.

후주가 낙양에 도착하니, 사마소는 이미 조정에 돌아와 있었으며, 맹렬히 후주를 공격했다.

“그대는 주색에 빠져서 어진 사람들을 물리치고 실정(失政)했으니 마땅히 주륙해야 할 것이오.”

후주는 얼굴이 흙빛이 되어서 어찌 할 바를 몰랐다. 문무백관이 모두 아뢨다.

“촉주(蜀主)께서는 이미 나라의 기강을 그르치셨다고는 하지만 다행히 일찍 귀항하셨으니 사(赦)하심이 좋을까 합니다.”

사마소는 유선을 안락공(安樂公)에 봉하고, 주택·월급·용도(用度)를 돌봐 주고 비단 말 필, 동비(僮婢) 백 명을 딸려 주었다. 아들 유요(劉瑤)와 구신(舊臣) 번건·초주·극정 등에게도 후작을 봉해 주었다. 황호는 나라를 좀먹고 백성을 해쳤다 해서 무사에게 명령하여 저자에 끌어내어 능지처참에 처했다.

곽과도 후주가 안락공에 봉해진 것을 알고 부하를 거느리고 투항했다. 이튿날 후주는 친히 사마소의 부하(府下)에 가서 절하였다. 사마소가 주연을 베풀고 정중히 대접했는데, 그 앞에서 위나라 음악을 연주해서 무희를 구경시켜 주었다.

촉나라 관원들은 슬픔을 금치 못하였으나 후주 혼자서 희색이 만면했다. 사마소는 또다시 촉인을 시켜서 촉나라 음악을 그 앞에서 연주하게 하여 들려 주었다. 촉나라 관원들은 모두 눈물을 흘렸는데, 후주만은 희희낙락하였다. 술좌석이 한창 어우러지고 있을 때 사마소가 가충을 보고 말했다.

"사람이 매정하기 이 지경이라면, 비록 제갈공명이 있었다 손치더라도 오랫동안 온전히 보좌할 수 없었을 것이니, 하물며 강유를 가지고야 말이 되겠소."

그리고 후주에게 물어 보았다.

"촉나라 생각이 나지 않으시오?"

"이곳의 나날이 즐거우니 촉나라 생각은 없소."

얼마 만에 후주는 몸을 일으켜 옷을 갈아 입으려고 했다. 극정이 곁채로 따라 나가서 말했다.

"폐하께서는 어째서 촉나라 생각이 나지 않는다 하십니까? 만약에 그가 또 묻사옵거든 우시면서 '선인(先人)의 분묘가 멀리 촉나라 땅에 있으니 마음이 아프며 생각하지 않는 날이 없다'고 대답하십시오. 그래야만 진공이 폐하를 촉나라로 돌아가시도록 해드리게 됩니다."

후주는 그 말을 기억하고 다시 자리로 들어갔다.

술이 거나하게 취했을 때 사마소가 또 물었다.

"촉나라 생각이 나시오?"

후주는 극정이 말하라고 한 대로 대답했다. 그런데 아무리 울려고 해도 눈물이 나지 않아서 그대로 눈을 감아 버렸다.

사마소가 물었다.

"어째서 극정의 말과 똑같소?"

후주가 깜짝 놀라 눈을 뜨며 말했다.

"사실 극정이 그리하라고 시켰소."

사마소와 좌우 사람들이 모두 웃음을 터뜨렸다. 이래서 사마소는 후주가 솔직한 것을 믿고 그를 의심하지 않게 되었다.

조정의 대신들은 사마소가 촉나라를 평정한 공적을 찬양하고 그를 왕으로 모시려고 했으며, 위주 조환은 천자라는 것은 이름뿐이오, 아무 일도 마음대로 하지 못하니, 온갖 대권을 장악하고 있는 사마소의 일에 반대할 수 없었다. 그래서 진공 사마소를 진왕(晋王)에 봉하고 그의 부친 사마의에게는 선왕(先王), 형 사마사에게는 경왕(景王)이라는 시호를 내렸다.

사마소의 처는 왕숙(王肅)의 딸로서 두 아들을 낳았는데, 장남 사마염(司馬炎)은 체구가 거대하게 크고 머리털이 땅을 쓸며 두 손이 무릎에까지 내려오고 총명·영무(英武), 그리고 담량이 대단했다. 둘째아들은 사마유(司馬攸)인데 성격이 온화하고 공손하고 겸손하며 효성스러워서 사마소가 대단히 사랑했는데, 사마사에게 아들이 없었기 때문에 사마유를 주어서 뒤를 잇도록 했었다. 사마소는 평소에도,

"천하는 우리 형님의 것이다!"

라는 말을 곧잘 했는데, 자기가 진왕이 되면서 둘째 아들 사마유를 세자로 세우려고 했다. 그러나 산도(山濤)가 장자를 폐하고 차자를 세움은 예의에 어긋나는 일이라고 간곡히 간했기 때문에 결국 사마염을 세자로 세웠다.

여러 대신들은 사마소의 이런 처사를 지극히 찬양해 주었더니, 그는 기뻐하면서 왕궁으로 돌아와서 식사를 하려고 하는 찰나에 갑자기 말을 할 수 없게 되었다. 그 이튿날에는 생명도 위태로울 지경이었다. 태위(太尉) 왕상(王祥), 사도(司徒)

하증(何曾), 사마(司馬) 순개(荀顗)와 그밖의 여러 대신들이 문병을 갔더니, 사마소는 말을 못하고 손으로 사마염을 가리키면서 숨을 거두었다.

"천자의 대권은 진왕께 있었으니 태자를 진왕으로 모시고 나서 장례를 치르도록 합시다."

하증이 이렇게 말했는지라 그 말대로, 그날로 사마염을 진왕의 자리에 모시고, 하증을 진나라 승상에, 사마망을 사도(司徒)에, 석포(石苞)를 표기장군에, 진건(陳騫)을 거기장군에 봉하고, 부친 사마소에게 문왕(文王)이라 시호를 올렸다.

장례가 끝나자, 사마염은 가충과 배수(裵秀)를 왕궁에 비밀히 청해 이런 말을 했다.

"조비도 한나라 천자의 자리를 계승했으니, 내가 위나라 천자의 자리를 계승함이 잘못된 일은 아닌가 하오."

가충과 배수가 두 번 절하며 고했다.

"전하께서는 조비의 법을 따르셔서 수선대(受禪臺)를 마련하시며 천하에 포고하시고 대위에 오르심이 좋을까 합니다."

사마염은 매우 기뻐하며, 그 이튿날 칼을 찬 채로 입내(入內)하였다. 이때 위주 조환은 연일 조정에 나오지 않고 심신이 어지러워 어찌 할 바를 모르고 있었다. 사마염이 후궁으로 달려들어가니 조환은 황망히 어탑에서 일어서서 영접했다. 사마염은 자리잡고 앉은 다음 물었다.

"위나라의 천하는 누구의 힘입니까?"

조환이 대답했다.

"모두 진왕 부조(父祖)의 은혜요."

사마염은 웃으면서 재덕 있는 사람에게 왕위를 양보하라고 권고했다. 조환이 대경실색하여 말도 제대로 못하니, 옆에 있던 황문시랑 장절(張節)이 호통을 쳤다.

"진왕의 말씀은 잘못입니다. 지난번에 위나라의 무조황제(조조)께서는 동쪽을 소탕하시고 서쪽을 토벌하시어 남북을 정벌하셨으니 천하를 용이하게 얻으신 게 아니었습니까. 이제 천자께서는 유덕무죄(有德無罪)하신데 무슨 까닭으로 자리를 남에게 양보하라 하십니까?"

사마염이 격분했다.

"이 사직은 바로 대한(大漢)의 사직이오. 조조가 천자를 끼고 제후를 시켜서 스스로 위왕이 되어서 한실을 찬탈한 것이오. 우리 조부 3대는 위나라를 보필하여 천하를 얻은 것이지, 결코 조씨의 힘으로 된 것이 아니며 사실 사마씨(司馬氏)의 힘으로 이루어졌다는 것은 사해가 다 아는 바오. 어째서 오늘날 내가 위나라의 천하를 맡을 수가 없단 말이오?"

장절이 또 말했다.

"이런 일을 하신다면 나라를 찬탈하는 도적이 되십니다."

사마염이 대로했다.

"내가 한가(漢家)의 원수를 갚겠다는데 뭣이 안 된다는 말이냐?"

사마염은 무사에게 호령하여 장절을 전 아래로 끌어 내려 죽였다. 조환은 울면서 꿇어앉아 사마염의 뜻을 받아들였고, 가충에게 수선대를 세우라고 명령했다.

이리하여 12월 갑자일(甲子日)에 조환은 친히 전국(傳國)의 옥새를 받들고 수선대 위에 나서서 문무백관을 소집해 놓고, 진왕 사마염을 단상에 청해 올리고 옥새를 넘겨 주었다.

가충이 천명이 진나라에 있어 사마씨의 공덕으로써 제위에 오른다는 말과, 조환을 진류왕(陳留王)에 봉하므로 즉시 금용성(金墉城) 밖으로 나갈 것이며, 조명 없이는 두 번 다시 입경하지 말 것을 선언하니, 조환은 눈물을 흘리며 물러섰다.

이날 문무백관이 수선대 아래에서 재배하고 만세를 불렀으며, 사마염은 위나라의 국통(國統)을 계승해서 국호를 대진(大晉)이라 하고, 연호를 태시 원년(泰始元年)으로 고쳤으며, 천하에 대사령을 내리니, 마침내 위나라는 멸망하고 말았다.

진제(晉帝) 사마염은 사마의에게 선제(先帝), 백부 사마사에게 경제(景帝), 부친 사마소에게 문제(文帝)라는 시호를 올렸고, 칠묘(七廟)를 세워서 조정을 영광되게 했다. 이 칠묘라 함은 사마균(司馬均—漢나라 征西將軍), 사마량(司馬量—사마균의 아들. 豫章太守), 사마전(司馬雋—사마량의 아들. 潁川太守), 사마방(司馬防—사마균의 아들. 京兆尹), 그리고 사마의·사마사·사마소 일곱 사람의 묘다.

이리하여 진나라의 대사가 이미 작정되니 매일 조회를 열고 오를 토벌할 계책을 강구하게 됐다. 이야말로 한가(漢家)의 성곽은 이미 옛것이 아니오, 오국의 강산 또한 달라지려는 판국이다.

120. 끝없는 흥망성쇠

薦杜預老將獻新謀
降孫皓三分歸一統

　　오주 손휴는 사마염이 위나라의 제위를 찬탈했다는 소식을
듣고, 그가 반드시 오나라를 토벌할 것이라는 근심 걱정 때문
에 병이 들어 자리에서 일어나지 못하게 되었다. 승상 복양흥
(濮陽興)을 궁중으로 부르고 또 태자 손만(孫䨂)을 불러 들여
서 서로 인사를 시키더니 손만의 팔목을 붙잡고 복양흥을 가
리키면서 절명했다.

　　복양흥은 여러 관원들과 협의하여 태자 손만을 천자로 세우
려고 했으나, 좌전군(左典軍) 만욱과 좌장군 장포(張布)가 다
같이 그의 나이가 어리다는 이유로 반대하므로, 망설이기만
하다가 주태후(朱太后)에게 아뢨다. 그러나 과부가 어찌 국가
의 대사를 알겠느냐 하며 좋도록 하라고만 하는지라, 복양흥
은 드디어 손호(孫皓―字는 元宗)를 모셔다가 태자로 세웠다.

　　손호는 손권의 태자 손화(孫和)의 아들이었다. 그해 7월에
즉위하여 연호를 원흥 원년(元興元年)이라고 고쳤는데, 한번
제위에 오르게 된 손호는 날이 갈수록 흉포해졌고, 주색에 빠
져 갔다. 중상시(中常侍) 잠혼(岑昏)을 총애하여서, 복양흥과
장포가 간했더니 두 사람의 목을 베어 버리고 삼족을 멸했다.

해가 바뀌자 연호를 또다시 보정 원년(寶鼎元年)이라 고치고 육개(陸凱)·만욱(萬彧)을 좌우 승상으로 삼았는데, 당시의 손호는 무창(武昌)에 있었기 때문에 양주(揚州)의 백성들은 양곡을 공급하느라고 장강을 거슬러 올라오기에 여간 고생을 하지 않았다. 그런데도 손호는 주착없이 향락에만 빠져 있어서 공사(公私)가 뒤죽박죽이 되어, 육개가 상소를 올려 간했다.

좌우 사람 모두 그 인물을 얻지 못했으며 저희들 멋대로 도당(徒黨)을 만들어서 충성스럽고 어진 사람을 배척하는 것은 정사를 어지럽게 하고 백성을 해롭게 하는 일이니, 가지가지 부역을 폐지하고, 주살을 폐지할 것과 궁녀의 수효를 줄이고 백관을 잘 뽑아서 기용해 달라는 권고였다.

그 상소문을 보자 손호는 심히 불쾌히 여기면서, 여전히 뉘우치는 기색이 없이 술사(術士)를 불러들여 점을 쳐 보니 모든 일이 길조라고만 하여 손호는 중서승(中書丞) 화핵(華覈)을 불러 들여서 상의했다.

"짐은 한나라의 땅을 아울러 점령하여 촉주를 위하여 원수를 갚고자 하는데 어느 땅부터 공략함이 좋겠소?"

화핵이 덕으로써 오나라 백성을 안정시킴이 상책이지 애써서 군사를 동원할 필요가 없다고 간했다. 손호는 노발대발하여 화핵이 구신(舊臣)만 아니라면 목을 베겠다고 호통를 치고 무사를 시켜서 궁중에서 축출해 버렸다. 화핵은 이때부터 국운이 기울어져 감을 탄식하고 은둔생활을 했으며, 손호는 자기 고집대로 진동장군(鎭東將軍) 육항(陸抗)의 부병(部兵)을 양강(襄江) 어귀에 주둔시켜서 양양(襄陽)을 넘보게 했다.

이 소식을 알게 된 낙양에서는 진주(晉主) 사마염이 가충과 상의하여, 도독 양호(羊祜)에게 명령을 내려서 양양을 지키게 했다. 양호는 양양을 방비하면서 민심을 파악하고 양곡을 증산하기에 힘썼고, 투항해 온 오나라 군사 가운데서 고향으로 가고 싶다는 사람들은 모두 돌려보냈다. 그리고 언제나 소박한 가죽옷에 넓은 띠를 두르고 갑옷도 입지 않았으며, 장전을 호위하는 병사도 불과 10여 명을 거느릴 뿐이었다.

부장들은 오나라의 허를 찌르고 공격을 가하자고 했지만 양호는 끝까지 무리한 싸움을 할 필요가 없다고 그들을 다스렸고, 여러 장수들도 그 명령에 복종하여 오로지 국경을 방비하는데만 전력을 기울였다.

하루는 양호가 여러 장수를 거느리고 사냥을 나갔더니, 저편에서도 육항이 사냥을 나와서 마주치게 되었으나, 양호는 어디까지나 경계선을 침범하지 말라고 자기의 장수들에게 엄명했고, 사냥에서 돌아온 뒤에도 잡은 짐승들을 조사해서 오나라 군사들이 먼저 쏘아서 잡은 것은 일일이 사자(使者)를 시켜서 돌려보내 주었다.

이런 사나이다운 태도에 감격한 육항은 오래 저장해 두었던 두주(斗酒) 한 병을 사자에게 주면서 그대의 도독에게 올려 달라고 해서 돌려보냈다.

양호의 사자가 술을 가지고 돌아간 뒤에, 육항의 부하들이 그 까닭을 물었더니, 육항이 말했다.

"상대방이 나에게 덕을 베푸니 내 어찌 그대로 있을 수 있겠소?"

사자가 돌아와서 육항이 술을 보냈다고 양호에게 내놓았더

니 양호는,

"흠! 그도 내가 술을 잘 마시는 것을 알고 있는 모양이군!"

하면서, 당장에 술병 마개를 열고 마시려고 했다. 어떠한 간계가 들어 있는지 모를 일이니 그 술을 마시지 말라고 부하들이 권고했으나 양호는,

"육항은 사람에게 독을 먹일 위인이 아니니 걱정할 것은 없소!"

하면서 한 방울도 남기지 않고 병을 기울여 다 마셔 버렸다.

이런 일이 있은 뒤부터 양편에서는 서로 사자를 내왕시키고 있었는데, 어느날 육항의 사자가 양호에게 왔을 때 육장군은 건재하시냐고 물어 봤더니, 며칠 동안 건강이 좋지 않아서 자리에 누워 있다는 것이었다.

이 말을 들은 양호는,

"그의 병도 아마 나의 병과 같을 거야!"

하더니, 자기에게 좋은 약이 있으니 육장군에게 갖다 드리라고 사자에게 주어서 돌려보냈다. 육항의 좌우 사람들은 적군의 장수가 보낸 약은 반드시 독약일 것이라 하며, 마시지 말라고 육항에게 권고했지만 육항은,

"양호는 남을 독살시킬 사람은 아니니까 의심할 것은 없어!"

하면서, 그 약을 마시고 이튿날부터 몸이 좋아졌다. 그리고 대장들에게 말했다.

"저편에서 덕으로 대하는데 이편이 폭력으로 대한다면, 그것은 저편이 싸우지 않고 이편을 굴복시키는 것이오. 우리는 각자가 각자의 국경선을 지키는 데 전념할 뿐이오, 사소한 이해관계를 따질 필요는 없소."

이때 느닷없이 오주가 파견한 사자가 도착되어 진군(晉軍)

에게 지지 않도록 진격을 개시하라는 명령을 전달했으나, 육항은 즉시 표를 작성해서 사자에게 주어서 돌려보냈다. 그런데 그 표에는 국내의 일을 다스리기에 전심할 일이지, 함부로 싸움을 시작할 일이 아니라는 점을 역설했다.

이 표를 받아 본 손호는 노발대발하며 육항이 변경에서 적군과 내통하고 있다는 풍문이 과연 사실이라 생각하고, 곧바로 사자를 파견하여 육항의 병권을 박탈하고 사마(司馬)로 떨어뜨리고 좌장군 손기(孫冀)에게 대신 군사를 지휘하게 했다.

손호는 건형(建衡)이라고 연호를 고치고(서기 269년) 봉황 원년(鳳凰元年—서기272년)에 이르기까지, 무슨 일이나 제멋대로, 병사들의 괴로움은 안중에 없이 싸움만 일삼는 바람에, 상하의 원성이 그칠 날이 없었다.

승상 만욱(萬彧), 장군 유평(留平), 대사농(大司農) 누현은 보다못해서 바른 말을 했기 때문에 모두 살해당하고 말았다. 전후 10여 년에 살해당한 충신이 40여 명이나 되었지만 신하는 손호의 위력 앞에 벌벌 떨 뿐, 아무도 감히 간하는 사람이 없었다.

한편 양호는 육항이 병권을 잃고, 손호가 덕망이 없어져 가는 것을 알자, 오나라를 격파할 절호의 기회라 생각하고 표를 작성하여 낙양으로 보내서 이 기회에 사해를 평정함이 좋겠다고 역설했다. 사마염은 이를 보고 무척 기뻐하면서 당장에 군사를 일으키려고 했지만, 가충·순욱·풍환(馮紞)이 완강히 반대하고 나서자 사마염도 싸울 것을 단념했다.

천자가 자기의 뜻을 받아들여 주지 않으니 양호는 함녕 4년(서기 278년)에 입조하여 고향에 돌아가 병을 휴양하겠다는 청을 드렸다. 사마염이 다시 한번 군사를 거느리고 국가를 위하여 오나라를 격파해 달라고 했으나, 양호는 사실 늙고 병든 몸이 되어서 그해 11월에는 병이 위독하여 자리에 눕게 되었다.

사마염은 친히 그를 찾아가서 문안을 드렸다. 사마염이 병상 앞에 이르니 양호는 눈물을 흘리면서 말했다.

"신은 만 번 죽어도 폐하께 보답하지 못하게 됐습니다!"

사마염도 눈물을 흘렸다.

"짐도 경이 오를 정벌하자는 말을 듣지 않은 것을 매우 유감스럽게 생각하오. 이제 누구를 시켜서 경의 뜻을 계승시켰으면 좋겠소?"

양호가 눈물을 머금고 말했다.

"신은 이미 죽은 목숨이오니 어리석은 의견이나마 말씀드릴까 합니다. 우장군 두예(杜預)가 이 임무를 감당할 만합니다. 만약 오나라를 토벌하시려면 언제나 그를 기용하시기 바랍니다."

말을 마치자, 양호는 그대로 절명했다.

사마염은 방성통곡하며 궁중으로 돌아와서 태부(太傅) 거평후(鉅平侯)의 직위를 보내도록 칙명을 내렸다. 남주(南州—형주)의 백성들은 그의 죽음을 알자 철시(撤市)를 하고 통곡했으며, 강남(江南) 국경을 지키는 장사들도 울지 않는 사람이 없었다. 양양 사람들은 양호가 생전에 현산(峴山)에 잘 놀러 왔던 일을 생각하고 그곳에 묘를 세우고 사시로 제사를 결한 일이 없었으며, 그곳을 왕래하는 사람들도 비석을 보면 눈물을 흘리지 않는 사람이 없어서 '타루비(墮淚婢)'라는 이름을 붙이게 됐다.

진주(晉主)는 양호의 말대로 두예를 진남대장군을 삼아서 형주의 일을 도독하도록 했다. 두예는 위인이 의젓하고 속이 트인데다가, 굉장히 공부하기를 즐겨하며 좌구명(左丘明)의 〈춘추전(春秋傳)〉을 가장 좋아해서 읽었고, 앉으나 누우나 항시 책을 옆에 끼고, 어디를 나갈 때면 반드시 사람을 시켜서 이 〈좌씨 춘추전〉을 말 앞에 가지고 있도록 하는지라, 당시 사람들이 '좌전벽(左傳癖)'이라고까지 불렀었다.

두예는 진주의 명령을 받게 되자 양양에서 민심을 안정시키고 군사를 양성하여 오나라를 토벌할 준비를 했다.

이때, 오나라에서는 정봉·육항이 모두 죽었고, 오주 손호는 여러 신하를 모아 놓고 주연을 베풀 때마다 곤드레만드레 취하도록 마시라 명령했고, 또 황문랑 10명을 두어서 규탄관(糾彈官)이라 하여 감시하게 하고, 주연이 파한 뒤에는 여러 사람의 잘못을 규탄관을 시켜서 보고하게 해서 비위에 거슬리는 자는 잔인하게도 얼굴 살갖을 벗기거나 혹은 눈알을 뽑는 소름끼치는 짓을 예사로 했다. 그래서 나라 안의 온갖 사람들이 공포에 휩싸여 부들부들 떨었다.

진나라 익주(益州) 자사 왕준(王濬)은 상소하여 오나라를 토벌하자고 했다.

그 상소문에는, 다음과 같이 씌어 있었다.

손호는 황음(荒淫)이 날고 심해지니 마땅히 빨리 정벌해야 할 것입니다. 만약에 일단 손호가 죽고 다시 현명한 임금이 서게 되면 강적으로 변할 것이오며, 신은 배를 만들기 7년, 만들어 둔 배들이 나날이 썩어 갑니다.

신의 나이 이미 70이오니 죽을 날도 멀지 않았습니다. 이 삼자(三者) 중에서 한 가지라도 틀어진다면 오나라를 뺏기는 어려울 것입니다. 원컨대 폐하께서는 사기를 잃지 않으시기 바랍니다.

진주는 상소문을 다 보고 나더니 마침내 여러 신하들과 상 의했다.

"왕공(왕준)의 말은 양도독(양호)의 말과 우연히도 일치되 오. 짐은 결심했소."

시중 왕혼(王渾)이 아뢨다.

"신이 듣자옵건대 손호는 북쪽으로 쳐올라오려고 군오(軍 伍)가 이미 완전히 정비되었고, 그 성세가 대단하여 대결하기 어렵다 합니다. 다시 1년쯤 더 기다려서 그들의 기세가 수그 러졌을 때 토벌하시면 성공하실 수 있을까 합니다."

진주는 그 말대로 당장에 조명을 내려서 출전을 정지하고 움직이지 못하게 해놓고 후궁으로 물러나 앉아서 비서승상(秘 書丞相) 장화(張華)와 바둑을 두며 소일했다.

이때, 근신이 변방에서 표가 올라왔다고 보고하여서, 진주 가 그것을 뜯어 보니 바로 두예의 표였다.

전에, 양호는 조정의 신하들과 일을 도모하지 않고, 폐하와 비밀리에 계책을 꾸몄기 때문에 군정의 신하들 사이에 구구한 이론(異論)이 많았습니다. 무릇 무슨 일이나 이해관계로써 비 교해 봐야 할 것입니다. 이번 거사에 이로운 점을 생각하옵건 대 10중 8, 9는 되옵고, 해로운 점은 단지 공을 세울 수 없다 는 점뿐인가 합니다. 가을이 되면서부터 적을 토벌해야 할 형세가 현저하오니, 이제 만약 중지한다 하오면 손호는 공포심을 품고 무창으로 도읍을 옮길 것이오며, 강남의 여러 성을 완전히 수리해 가지고 백성을 옮겨갈 것이오니, 이때에는 성을 공격하기도 어렵고 들에서 양초를 뺏기도 어려워져서 내년 계획은 소용이 없게 되리라고 생각됩니다.

진주가 막 표를 다 보고 났을 때, 장화가 돌연 몸을 일으키더니 바둑판을 옆으로 밀어 놓으며 손을 소맷자락 속에 집어 넣고 정중히 아뢌다.

"폐하께옵서는 성무(聖武)하시어 나라는 부강하고 백성도 강하온데, 오주는 음학(淫虐)하고 백성이 근심 걱정으로 지내고 나라가 피폐해 있습니다. 이제 토벌한다 하오면 힘 안 들이고 평정할 수 있을 것이오니 원컨대 너무 망설이지 마시기 바랍니다."

진주의 말이,

"경의 말이 이해관계를 잘 통찰했으니 내 뭣을 망설이겠소?"

하며, 즉시 나와서 승전(升殿)하여 진남대장군 두예를 대도독에 임명하여 군사 10만을 거느리고 강릉(江陵)으로 출동하게 하고, 진동대장군 낭야왕(瑯琊王) 사마주(司馬伷)를 제중(滁中)으로 출동하게 하고, 정동대장군 왕혼을 횡강(橫江)으로 출동하게 하고, 건위장군 왕융(王戎)을 무창(武昌)으로 출동하게 하고, 평남장군 호분(胡奮)을 하구(夏口)로 출동하게 해서, 각각 군사 5만을 거느리고 일제히 두예의 지휘를 받도록 했다.

또 용양장군 왕준, 광무장군 당빈(唐彬)은 강에 떠서 동쪽으로 내려가게 하니 수륙 병사가 도합 20여 만, 전선이 수만 척이 되었다. 이밖에도 관남장군 양제(楊濟)를 양양(襄陽)에 출둔하여 각방의 인마를 감독하도록 했다.

이런 소식이 재빨리 동오에 전해졌다. 오주 손호가 대경실색하여 승상 장제(張悌)와 사도 하식(何植), 사공 등수(滕修)를 불러서 대책을 상의했더니, 장제가 진군(晉軍)을 막아낼 계책을 세웠다.

즉, 거기장군 오연(伍延)을 도독으로 하여 강릉으로 출동하게 하여 두예와 맞서게 하고, 표기장군 손흠(孫歆)에게 하구와 그밖의 적군을 막아내도록 하고, 장제 자신은 좌장군 심형(沈瑩), 우장군 제갈정(諸葛靚)과 병력 10만을 인솔하고 우저(牛渚)에 출둔하고, 각방의 군사들을 후군으로 세우기로 했다.

후궁으로 들어간 손호가 불안해하는 기색을 보자, 그가 총애하는 중상시 잠혼이 까닭을 물으니, 손호는 급박한 정세를 솔직히 말해 주었다.

잠혼이 왕준의 배를 한 척도 남기지 않고 모조리 가루를 만들어 줄 계책이 있다고 말하면서, 강남에는 철이 많으니 길이 수백 장, 무게 2, 30근쯤 되는 쇠사슬을 백여 줄 만들어서 연강(沿江) 긴요한 지점에 가로질러 놓아서 막아 버리고, 다시 한 장 길이가 넘는 철추(鐵錐) 수만 개를 만들어서 물 속에 가라앉혀 두면 진나라 배가 바람을 타고 오다가 철추에 부딪혀서 깨질 것이니 어떻게 강을 건너올 수 있겠느냐는 것이었다.

손호는 크게 기뻐하며 장인(匠人)을 강변으로 동원시켜서 밤을 새워가며 쇠사슬과 철추를 만들어서 적당한 곳에 막아 놓도록 지령을 내렸다.

한편, 진나라 도독 두예는 강릉으로 출전하자 아장(牙將) 주지(周旨)에게 명령하여 수군 8백 명을 인솔하고 조그만 배를 타고 몰래 장강을 건너가서 낙향(樂鄕)을 야습하되 깃대를 산림 속에 많이 세우고, 낮에는 포를 쏘고 북을 울리며 밤에는 각처에서 횃불을 올리도록 했다.

주지는 명령을 받자 여러 사람을 인솔하고 강을 건너가서 파산(巴山)에 매복했다. 그 이튿날, 두예는 대군을 거느리고 수륙 양면으로 동시에 쳐들어갔다. 전초(前哨)에서 보고가 들어왔다.

"오주는 오연을 파견하여 육로로 출동하게 했고, 육경(陸景)을 수로로 출동하게 했으며, 손흠을 선봉으로 해서 3로로 대결해 볼 작정이라 합니다."

두예가 군사를 인솔하고 전진하니, 손흠의 배가 벌써 도착했다. 양편 군사가 처음으로 싸우게 되자 두예는 곧 뒤로 물러났다. 손흠이 군사를 거느리고 강안(江岸)으로 올라와서 추격하니, 20리도 못 가서 한 발의 포성이 들리더니 사면에서 진병이 대거 습격해 왔다. 오병은 재빨리 후퇴했다. 두예는 이 기회를 놓치지 않으려고 그대로 무찔러 들어가니 오병의 사상자는 부지기수였다.

손흠이 성변(城邊)으로 달아났을 때, 주지의 군사가 8백여 명이나 그 속에 휩쓸려 들어갔다가 성 위로 올라가자마자 횃불을 올리니 손흠은 대경실색했다.

"북쪽에서 온 군사들은 강을 날아서 건너왔단 말인가?"

이런 말을 하고 놀라는 손흠이 급히 후퇴하려고 하는 찰나, 주지는 큰 소리로 호통을 치면서 한칼에 손흠의 목을 베어서 말 아래로 날려 버렸다.

육경이 배 위에서 바라보자니, 강남 언덕 위에 불길이 치밀고 파산 위에서 깃발 한 폭이 바람에 휘날리는데, 그 위엔 '진 진남 대장군 두예'라고 씌어 있었다. 육경은 깜짝 놀라서 강 언덕 위로 올라와서 목숨이나 건지려고 뺑소니를 치다가 달려드는 진장 (晉將) 장상(張尙)의 칼을 맞고 역시 목이 날아가 버렸다.

오연은 각군이 모두 패하는 광경을 보자 성을 포기하고 도주하다가 복병에게 붙잡혀서 결박을 당해 가지고 두예 앞에 끌려갔다. 두예는,

"살려 두어서 뭣에 쓴단 말이냐!"

하고 소리치더니 무사에게 호령하여 목을 베어 버리고 마침내 강릉을 점령했다.

이렇게 되니 원강(沅江)·상강(湘江) 일대에서 황주(黃州) 각 군에 이르는 태수와 현령들은 소문만 듣고도 모두 인(印)을 가지고 와서 투항했다.

두예는 사람을 시켜서 절월(節鉞)을 가지고 그들을 안무케 하고 추호라도 괴롭히지 말도록 했으며, 드디어 군사를 몰고 무창을 공격하니 무창 역시 투항했다. 두예는 군위(軍威)를 크게 떨치고 여러 장수들을 총집합시켜서 건업(建業)을 점령할 계책을 함께 상의했다.

호분은 겨울이 되기를 기다려서 일거에 공격을 하는 게 좋겠다고 했지만, 두예는 지금의 파죽지세를 가지고 그대로 밀고 나가야만 두 번 다시 손을 댈 여지도 없이 격파할 수 있다고 주장하며, 여러 장수들에게 격문을 날려서 일제히 건업을 점령하기 위하여 진격을 개시하라고 지시했다.

이때, 용양장군 왕준은 수병을 입솔하고 물결을 따라서 장강을 내려오고 있었는데, 오군이 쇠사슬과 철추를 물 속에 장치해 두었다는 것을 알자 코웃음을 쳤다.

그는 수십 만의 뗏목을 만들어서 그 위에 풀을 묶어서 사람처럼 만들어 갑옷을 입히고 무기를 들려서 배언저리에 세워 물결을 따라 떠내려가게 했다. 적군이 나타났다고 오병이 뿔뿔이 흐트러졌을 때, 뗏목은 유유히 강물을 따라서 내려오면서 철추를 뽑아 떠내려가게 하고, 마유(麻油)에 붙여진 불로 쇠사슬은 저절로 녹아서 풀어지고 흐트러져 버렸다.

이때, 왕준은 순식간에 양로로부터 대군으로 무찔러 들어가니 이겨 내지 못할 곳이 없었다.

동오의 승상 장제는 좌장군 심형, 우장군 제갈정을 거느리고 진나라 군사와 맞서 보려고 나섰는데, 심형이 제갈정에게 이런 말을 했다.

"상류의 제군은 방비가 신통치 않으니 진군은 반드시 여기까지 쳐들어올 것이오. 있는 힘을 다하여 승리를 거두면 강남은 그대로 안전할 것이오. 강을 건너가서 싸우다가 불행히 패하게 되면 대사는 끝장나고 마는 것이오."

"공의 말이 옳소!"

제갈정의 대답이 채 끝나기도 전에 보고가 들어오기를 진병이 물줄기를 따라서 쳐들어오는데 도저히 막아낼 도리가 없다는 것이었다. 두 사람은 대경실색하여 급히 장제에게로 달려와서 상의했다.

제갈정이 울면서 말했다.

"동오도 위태롭습니다. 왜 빨리 피하시지 않으십니까?"

장제도 눈물을 흘리며 말했다.

"오나라가 망하리라는 것은 현우(賢愚)를 막론하고 다 아는 일이지만, 만약에 군신이 모두 투항하고 한 사람도 국난(國難)에 죽는 사람이 없다면, 이 역시 욕된 일이 아니겠소?"

제갈정도 눈물을 흘리며 돌아갔다. 장제와 심형은 군사를 풀어서 적을 막아내니 진병은 일제히 그들을 포위해 버렸다. 주지가 제일 먼저 오영(吳營)으로 무찔러 들어갔다. 장제 혼자서 고군분투했으나 난군 중에서 절명했고, 심형도 주지의 한칼에 죽어 버렸으며, 오병은 패하여 사방으로 도주했다.

진나라 군사는 우저(牛渚)를 격파하고 오나라 국경 안으로 깊숙이 들어갔다. 왕준이 사람을 보내서 첩보를 전했더니 진주 사마염은 그 소식을 듣고 크게 기뻐했는데, 가충이 아뢨다.

"우리 군사는 오랫동안 밖에 나가서 지쳤고 수토불복(水土不服)이니 반드시 질병이 생길 것입니다. 마땅히 군사를 거둬들이셔서 다시 싸우실 계책을 세우심이 좋겠습니다."

그러나 장화(張華)는 이 말에 반대했다.

"이미 우리 대병은 적의 소굴로 들어갔으며 오나라 사람들의 간담을 서늘하게 했으니 한 달도 못 가서 손호는 반드시 붙잡히고 말 것입니다. 만약에 군사를 소환하신다면 전공이 허사가 되고 마니 가석하기 이를 데 없는 일입니다."

진주가 미처 대답도 하기 전에 가충이 장화에게 호통을 치면서 말했다.

"그대는 천시와 지리란 것을 모르고 함부로 공명심에 사로잡혀서 사졸들을 곤폐하게 하니, 그대를 참하여도 천하에 사죄할 길이 없을 것이오!"

사마염이 달랬다.

"이것은 짐의 뜻이오. 장화는 짐과 뜻이 같으니 말다툼할 필요는 없소."

그때 두예가 급히 사람을 파견하여 표를 올렸다는 보고가 들어왔다.

진주가 그 표를 받아 보았더니 역시 시급히 군사를 진격시킴이 마땅하다는 내용이었다. 진주는 그 이상 망설이지 않고 당장에 정진하라는 명령을 내렸다.

왕준 등은 진주 명령을 받들고 수륙 겸진하여 풍뢰가 고동하듯 쳐들어가니 오나라 사람들은 깃발만 보고도 투항했다.

오주 손호는 이 소식을 듣자 크게 놀랐다. 여러 신하들이 아뢨다.

"북쪽 군사는 나날이 박두해 오고 강남 군민들은 싸우지도 않고 투항하니 어찌 하면 좋겠습니까?"

손호가 말했다.

"어째서 싸우지 않는 거요?"

"오늘의 화근은 모두 잠혼의 죄입니다. 폐하께서는 그를 참하여 주십시오. 신 등은 성 밖으로 나가서 결사적으로 한번 싸우겠습니다."

손호의 말했다.

"중귀(환관) 한 사람이 어찌 나라를 망칠 수 있겠소?"

여러 사람들이 큰 소리로 외쳤다.

"폐하께서는 촉나라의 황호를 보지 않으셨습니까?"

그들은 드디어 오주의 명령도 기다리지 않고 일제히 궁중으로 몰려 들어가 잠혼을 잡아서 사지를 찢고 그 살을 날로 씹었다.

도준(陶濬)이 아뢌다.

"신이 영솔하고 있는 전선은 모두 너무 작습니다. 원컨대 군사 2만을 큰 배에 태워 가지고 한 번 싸워 보면 넉넉히 격파할 것 같습니다."

손호는 그 말대로 드디어 어림제군(御林諸軍)을 도준에게 주어서 상류에 나가 적과 대결하게 했고, 전장군(前將軍) 장상(張象)은 수병을 거느리고 장강으로 내려가면서 적군과 싸우게 했다.

두 사람의 부병(部兵)이 진격하려고 하자, 뜻밖에도 서북풍이 맹렬히 일어나서 오병은 깃발을 세울 수 없고 모조리 배 안에 거꾸로 박히니 군사들은 배를 타려 하지 않고 사방으로 흩어져 달아났고 단지 장상의 군사 수십 명만이 적군과 대결하려고 하였다.

한편, 진나라 대장 왕준은 돛을 올리고 쳐들어왔는데, 삼산(三山)을 지났을 때, 사공이 말했다.

"풍파가 대단하니 배가 갈 수 없습니다. 잠시 풍세를 살폈다가 다소 가라앉거든 가시기로 하십시다."

왕준은 대로하여 칼을 뽑아 들고 호통을 쳤다.

"나는 지금 석두성(石頭城)을 점령하려고 하는데, 그것을 가로막다니 그게 무슨 소리냐?"

드디어 북을 올리며 거침없이 나갔다. 오장(吳將) 장상이 자기 종군을 인솔하고, 투항을 청해 오니, 왕준이 말했다.

"만약에 진심으로 투항하는 것이라면 전부(前部)가 되어서 공을 세우라."

장상은 본선을 되돌려 곧장 석두성 아래로 가서 소리를 질러 성문을 열게 하고 진나라 군사를 맞아들였다.

손호는 진병이 이미 입성했음을 알자 스스로 목을 찔러 죽으려고 했으나 중서령 호충, 광록훈 설형의 권고를 받아들여 자신을 스스로 결박해서 상여를 타고 문무백관을 인솔하고 왕준의 군전(軍前)으로 가서 귀항했다.

왕준은 그의 결박한 줄을 풀어 주더니 상여를 태워 버리고 왕례를 갖추어 그를 맞았다.

이리하여, 동오의 주·군·현·호·군리(軍吏)·병사·남녀 노소·미곡(米穀)·주선(舟船)·후궁(後宮) 5천여 명까지 송두리째 대진(大晉)에 귀속되고 말았다. 대사가 이미 끝장이 나자 방을 내붙여 민심을 안정시키고 국고(國庫)는 모조리 봉폐했으며, 바로 그 이튿날 도준의 군사는 싸우지도 않고 저절로 자취를 감춰 버렸고, 낭야왕 사마주와 왕융의 대군이 모두 도착되어 왕준이 큰 공을 세웠음을 보고 기뻐서 어쩔 줄 몰랐다.

또 그 이튿날에는 두예도 도착하여 3군을 위로해 주고, 창고를 열어 오나라 백성을 도와주니 그들도 그제야 마음을 놓았다. 오직 건평(建平)태수 오언(吳彦)만은 성 안에서 항거하며 투항하지 않다가 오나라가 완전히 망한 것을 알고야 할 수 없이 항복했다.

왕준이 표를 올려 첩보를 알리니, 조정에서 진주가 축하의 술잔을 손에 잡고 눈물을 흘리며 오늘날이 있게 된 것은 양태부(양호)의 공로인데, 살아 생전에 보여 주지 못했음이 한이 된다고 했다. 표기장군 손수(孫秀)는 조정을 나와서 손호가 강남을 고스란히 포기해 버린 것을 원통히 생각하고, 남쪽을 향하여 통곡을 했다.

왕준은 군사를 철수하여 오주 손호를 낙양으로 데리고 와서 천자께 배알시켰다.

이 자리에서 가충이 손호에게 물었다.

"남방에 계셨을 때, 사람의 눈알을 파 내시고 살갗을 벗기시고 한 것은 무슨 형벌이었습니까?"

손호가 대답했다.

"신하로서 인군을 죽이려하거나 간망불충(奸妄不忠)한 자에게는 이 형벌을 가했소."

가충은 묵묵히 부끄러움을 금치 못할 따름이었다. 진제(晉帝)는 손호를 귀명후에 봉했고, 그 자손을 중랑에 봉했으며, 승상 장제는 전사하여서 대신 자손을 봉했으며, 왕준은 보국대장을 삼았다.

이리하여 세 나라는 진제 사마염에게로 돌아갔고 통일의 기틀이 마련되었다.

그 후, 후한 황제 유선은 진나라 태강(太康) 7년에 죽었고, 위주 조환은 태강 원년, 오주 손호는 태강 4년에 각각 임종했다.

뒷 사람이 이런 사실을 서술한 다음과 같은 고풍시(古風詩) 한 편이 있다.

고조가 칼을 뽑아 들고 함양에 들어가니 염염히 타오르는 듯한 붉은 해가 부상(동쪽 바다 속)에서 떠올랐다.

광무가 용같이 일어나 대통을 이룩하니

금빛 까마귀 하늘 한복판으로 날아 올라갔다.

슬프다! 헌제가 해우를 이었으니

붉은 해가 서쪽 함지 곁에 떨어졌다!

하진이 꾀가 없어 중귀(환관)가 어지럽게 구니

양주의 동탁이 조당에 자리잡았다.

왕윤이 계책을 세워 반역의 도당을 주멸하니

이각·곽사가 칼과 창(싸움)을 일으켰다.

사방의 도적이 개미처럼 모여 들고

육합(천지사방)의 간웅들이 모두 매처럼 설치고 뽐내게 됐다.

손견·손책이 강좌(강남)에서 일어나고

원소·원술이 하량에서 일어났다.

유언 부자는 파촉을 근거지로 삼고,

유표의 군사는 형주와 양주에 주둔했다.

장연·장로는 남정에서 패권을 잡게 되었고

마등·한수는 서량을 지켰다.

도겸·장숙·공손찬은

각각 웅재를 발휘하여 한쪽을 점령했다.

조조는 전권을 잡고 상부에 있으면서 영준한 인물들을 손아귀에 넣고 문무를 사용했다.

그 위력이 천자를 떨게 하고 제후를 명령했으며,

용맹한 군사를 모조리 거느리고 중토를 진압했다.

누상의 현덕은 본래 황족의 자손으로, 관운장·장비와 의로써 맺어 주공을 도우려 했다.

동서로 분주히 달리며 집 없음을 한탄했고,

장수가 적고 군사가 미약하여 정처없이 헤매는 나그네 신세가 되었다.

남양을 세 번 찾으니, 정은 어찌 그리 깊었던지 와룡을 한

번 보자 천하를 나눴다.

먼저 형주를 점령하고, 나중에 서천을 점령하니

패업과 왕도가 천부(옥야천리—촉나라의 땅)에 있었다.

오호라! 3년 만에 이 세상을 떠나니,

백제성에서 고아를 맡길 때, 아프고 쓰라림을 참았다.

공명이 여섯 번이나 기산 앞에 나갔으니 한 손으로 하늘을 받들려 했다.

역수(曆數)가 여기 와서 끝나고,

장성이 아닌 밤중에 산언덕에 떨어질 줄이야 어찌 알았으랴!

강유가 혼자 기력이 높은 것만 믿고, 중원을 아홉 번이나 토벌하여 헛수고만 했다.

종회·등애 군사를 나누어 진격하니 한실의 강산이 모두 조씨에게 속하게 됐다.

비·예·방·모를 거쳐 간신히 환에 이르렀다가

사마씨가 또다시 천하를 교체받았다.

수선대 앞에는 운무가 일어나고

석두성 아래에는 파도가 없었다.

진류왕이 안락공과 더불어 귀명하니

왕후·공작은 뿌리로부터 다시 싹터났다.

분분한 세상사는 무궁무진하며

천수는 망망하여 피할 길이 없다.

정족이 삼분된다는 것은 이미 꿈이 되어 버렸고,

뒷 사람이 이들을 조상한다 하며 탄식하여 말할 뿐이다.

高祖提劍入咸陽　炎炎紅日升扶桑

光武龍興成大統　金烏飛上天中央
哀哉獻帝紹海宇　紅輪西墜咸池傍
何進無謀中貴亂　涼州董卓居朝堂
王允定計誅逆黨　李催郭汜興刀鎗
四方盜賊如蟻聚　六合奸雄皆鷹揚
孫堅孫策起江左　袁紹袁術興河梁
劉焉父子據巴蜀　劉表軍旅屯荊襄
張燕張魯霸南鄭　馬騰韓遂守西涼
陶謙張繡公孫瓚　各逞雄才占一方
曹操專權居相府　牢籠英俊用文武
威震天子令諸侯　總領貔貅鎮中土
樓桑玄德本皇孫　義結關張願扶主
東西奔走恨無家　將寡兵微作羈旅
南陽三顧情何深　臥龍一見分寰宇
先取荊州後取川　霸業王圖在天府
嗚呼三載逝升遐　白帝託孤堪痛楚
孔明六出祁山前　願以隻手將天補
何期歷數到此終　長星半夜落山塢
姜維獨憑氣力高　九伐中原空劬勞
鍾會鄧艾分兵進　漢室江山盡屬曹
丕叡芳髦纔及奐　司馬又將天下交
受禪臺前雲霧起　石頭城下無波濤
陳留歸命幷安樂　王侯公爵從根苗
紛紛世事無窮盡　天數茫茫不可逃
鼎足三分已成夢　後人憑弔空牢騷

옮긴이 약력

중국 남양대학에서 수업
경향신문 문화부장 및 편집부국장 역임

저 서
단 편 집 ≪결혼도박≫ ≪연애 100장≫ ≪혼혈아≫
장편소설 ≪태양은 누구를 위하여≫ ≪석방인≫ ≪장미의 침실≫

삼국지 (6)   〈서문문고 60〉

개정판 인쇄 / 1996년 7월 15일
개정판 발행 / 1996년 7월 20일
옮긴이 / 김 광 주
펴낸이 / 최 석 로
펴낸곳 / 서 문 당
주 소 / 서울시 마포구 성산1동 20-12호
전 화 / 322—4916~8 팩스 / 322-9154
등록일자 / 1973. 10. 10
등록번호 / 제13-16

초판 발행 : 1972년 12월 15일 * 잘못된 책은 바꾸어 드립니다